Die letzten 5 Sekunden

Marcus Hünnebeck

5 DIE LETZTEN SEKUNDEN

Thriller

PAHLBERG

Marcus Hünnebeck

www.huennebeck.eu

www.facebook.com/MarcusHuennebeck

www.instagram.com/marcushuennebeck

Lizenzausgabe des Pahlberg Verlags, ein Imprint des Belle Époque Verlags, Inh. G. Pahlberg, Wiesenstr. 7, 72135 Dettenhausen, mit freundlicher Genehmigung des Autors.

Lektorat: Ruggero Leò
Korrektorat: Kirsten Hünnebeck, Frank Sperling
Innenlayout und Schriftsatz: Hans-Jürgen Maurer
Covergestaltung: © cover.artwize.de

Herstellung: Custom Printing, Wał Miedzeszyński 217/1, 04-987 Warszawa, Polen

ISBN: 978-3-98845-060-9

1

Provokant langsam schlenderte der Spaziergänger über die rote Fußgängerampel. Zehn Meter von der Haltelinie entfernt hupte Joel. Gleichzeitig bremste er leicht ab. Der Passant hob genervt einen Arm, warf ihm einen bösen Blick zu, beschleunigte jedoch zumindest seinen Schritt.

»Manche Leute legen es wirklich drauf an«, murmelte Joel, während er wieder Gas gab. Sein Telefon klingelte. Er schaute aufs Display des Multimediasystems. Sein Freund Richard rief an. Joel nahm das Gespräch entgegen.

»Hey, Richie! Wie geht's?«

»Joel! Alles klar bei dir?«

»Kennst mich doch. Und bei dir?«

Richie stöhnte theatralisch auf. »Wenn die Frauen nicht so anstrengend wären, hätte ich keinen Grund zur Klage. Mein Chef hat mir heute einen Bonus für nächsten Monat angekündigt.«

»Glückwunsch. Lohnt es sich?«

»Zweitausend plus.«

»Wow. Hast du mit ihm geschlafen?«

»Bloß ein Screenshot von seinen Mails gemacht und ihm gedroht, sie seiner Frau zu zeigen.«

Die beiden lachten.

»Gibt's 'ne Neue in deinem Leben?«, fragte Joel. »Oder welche Weiber findest du gerade anstrengend?«

»Alle. Was haben wir eigentlich vor Tinder gemacht? Letzte Woche hatte ich vier Dates.«

»Nicht dein Ernst.«

»Wie soll man sich bei der Auswahl entscheiden? Aber dafür bist du wohl der falsche Ansprechpartner. Die Probleme hast du ja nicht.«

»Zum Glück nicht.«

»Mit dir und Nicole also noch alles in Ordnung?«

»Besser geht's nicht. Bald suchen wir uns eine gemeinsame Wohnung. Dieses Pendeln zwischen zwei Buden nervt.«

»Alter! Nicht dein Ernst!«

»Doch, absolut.«

»Wie lange seid ihr jetzt ein Paar? Sechs Monate?«

Joel lachte gutmütig. »Wir hatten vorletzte Woche unser Einjähriges.«

»Oh. Glückwunsch nachträglich. Wie hält man es bloß so lange zusammen aus?«

»Wenn man erst einmal seinen Seelenpartner gefunden hat …«

Richie stöhnte genervt auf. »Was ist los mit dir? Seelenpartner? Ernsthaft? Früher haben wir Frauen nach der Körbchengröße und der Form ihrer Lippen eingestuft. Und jetzt redest du so einen schleimigen Mist?«

»Wir werden alle älter und weiser.«

»Ich nicht«, widersprach Richie.

Joel gluckste. Sein Freund traf den Nagel auf den Kopf. Er weigerte sich standhaft, erwachsen zu werden und Verantwortung in einer Beziehung zu übernehmen. Diskussionen mit ihm darüber waren allerdings sinnlos. Beim Thema Familienplanung winkte Richie immer ab.

»Weswegen rufst du eigentlich an?«, fragte Joel. Er näherte sich langsam seinem Zuhause in Soho. Diesmal hatte der Verkehr ihm keinen Strich durch den Zeitplan gemacht.

»Heute Abend spielen die Yankees.«

»Gegen die White Sox. Wird bestimmt spannend.«

»Sollen wir es uns angucken? Vielleicht im Grislys? Hab gehört, da treten nachher ein paar coole Comedians auf. Die Yankees, ein bisschen Lachen, Nachos und Bier. Klingt das nicht verlockend?«

»Du hast also kein Date heute Abend?«

»Erst morgen. Mit Rachel. Ihre Fotos sind eine glatte Zehn.«

»Ich weiß nicht«, sagte Joel. »Wieder nach Midtown reinfahren steht nicht auf meiner Wunschliste. Bin froh, dem Verkehr entkommen zu sein.«

»Sei mal ein bisschen spontan. Früher haben wir das so oft gemacht.«

»Früher hatten wir auch noch Pickel.«

»Wenn du wüsstest, wo ich vor Kurzem …« Richie lachte.

»Keine Details! Heute ist es echt schlecht. Vor allem so spontan.«

»Wieso? Bist du mit deiner Süßen verabredet?«

»Vielleicht.«

»Was heißt das?«

»Sie weiß noch nicht, ob sie es schafft. Auch wenn's wohl gut aussieht.«

»Also bleibst du auf Abruf zu Hause, statt mit mir die Yankees anzufeuern?«

»Nicht auf Abruf.«

»Was denn sonst, du Pantoffelheld?« Richie lachte. Auf eine unangenehme Weise, die Joel schon früher gestört hatte. Sein Freund hatte eine Art an sich, die schnell verletzend wurde.

»Gib dir einen Ruck!«

»Ach, Richie!« Eines hatte sich in den letzten Jahren

7

nicht verändert. Joel fiel es unglaublich schwer, einem Freund abzusagen. Doch das hämische Lachen klang in ihm nach. »Nee, heute geht's wirklich nicht. Ich bin mir ziemlich sicher, Nicole kommt nachher vorbei. Wir haben uns schon gestern nicht gesehen.«

»Uh! Das klingt schlimm.«

Der verächtliche Tonfall gab endgültig den Ausschlag. »Was hältst du von nächster Woche Donnerstag? Da könnte ich. Aufs Grislys hätte ich mal wieder Bock. Dann bleibe ich länger im Büro und fahre nicht erst nach Hause.«

»Meinetwegen. Grüß Nicole von mir.«

Abrupt trennte Richie die Verbindung. Fassungslos schüttelte Joel den Kopf. Was dachte sich sein Freund nur? Dass er spontan anrufen könnte, und alles tanzt nach seiner Pfeife? Joel musste sich eingestehen, dass ihre Freundschaft früher so funktioniert hatte. Jahrelang hatte er sich an Richie gehängt, weil der bei Frauen unglaublich gut ankam. Oft genug hatte er in Kneipen eine Auserwählte angesprochen, und für Joel war dann deren Freundin übrig geblieben. Zum Glück waren diese Zeiten endgültig vorbei. Vielleicht wäre es sogar angebracht, den Kontakt zu ihm zu kappen. Nicole mochte ihn ohnehin nicht. Sie hatte ihn von Anfang an durchschaut. Vier Verabredungen in einer Woche. Was sagte das über Richies Absichten aus? Wie oft hatte er versucht, seine Dates schon nach dem ersten Treffen ins Bett zu bekommen? Wahrscheinlich jedes Mal.

Joel setzte den Blinker und fuhr in seine Straße. Als er eine Parklücke nahe der Haustür entdeckte, lächelte er. Das war ein Zeichen. Eine kleine Belohnung dafür, die richtige Entscheidung getroffen zu haben. Die Aussicht, mit Nicole den Abend zu verbringen, war viel mehr wert als ein Treffen mit seinem früheren besten Freund. Zeiten änderten sich.

Und sollte Nicole es nicht schaffen, könnte er die Yankees auch zu Hause anfeuern.

An seiner Wohnungstür steckte Joel den Schlüssel ins Schloss. Überrascht hielt er nach einer halben Umdrehung inne. Die Tür war nicht verriegelt. Wie konnte das sein? Er schloss morgens immer ab. In seiner Gegend wurde zwar nur selten eingebrochen, trotzdem würde er diese Sicherheitsvorkehrung niemals vergessen.

Dafür gab es bloß eine logische Erklärung. Joel lächelte.

»Nicole?«, rief er, als er die Tür öffnete.

Niemand antwortete ihm.

»Baby? Bist du da?«

Er betrat die stille Wohnung und runzelte die Stirn. Seltsam!

In der halbdunklen Diele erkannte er erst nach ein paar Sekunden, was auf dem Boden lag. Nun strahlte er übers ganze Gesicht. Nicole war einfach die Beste. Immer wieder für Überraschungen gut. Sie hatte aus roten Rosenblättern einen Pfeil mit zwei Spitzen gebildet. Die erste Spitze zeigte ins Badezimmer, die zweite ins Schlafzimmer. Was hatte das zu bedeuten? Lag sie dort im Bett und unterdrückte gerade ein Grinsen, weil sie sich seinen verwirrten Gesichtsausdruck vorstellte?

Er legte den Rucksack auf den kleinen Dielentisch und schloss die Wohnungstür.

»Baby?«, fragte er noch einmal. »Bist du etwa schon im Bett?«

Voller Vorfreude stieß er die angelehnte Tür auf. Doch das Schlafzimmer war leer. Es sah aus wie am frühen Morgen – mit einer Ausnahme. Die jedoch hatte es in sich und fachte seine Neugierde an. Die schwarze Unterwäsche und den Zettel hatte er nicht auf die Bettdecke gelegt. Seine Erregung wuchs. Was hatte das alles zu bedeuten?

Er trat ans Bett und musterte die Wäsche. Halterlose Strümpfe, ein schwarzer Stringtanga und ein Spitzen-BH, den er noch nie an Nicole gesehen hatte. Joel nahm den Zettel auf. Zu seiner Überraschung hatte sie ihn nicht von Hand geschrieben, sondern am Computer ausgedruckt.

Das hier ziehe ich nach dem Bad an. Warst du schon dort? Falls nicht, wird's langsam Zeit. Dort findest du meine Anweisungen.

Sie hatte der letzten Zeile rote Kusslippen hinzugefügt.

»Oh Gott, du bist so genial«, flüsterte er. »Nicole?«, rief er schließlich lauter.

Kaum vorstellbar, dass sie bereits im Bad auf ihn wartete. Sonst ergäbe ihre Botschaft keinen Sinn. Oder gehörte das alles zu einem ausgeklügelten Plan? Joel legte den Zettel zurück und ging ins Badezimmer. Neben der leeren Badewanne lag eine weitere ausgedruckte Nachricht. Wahrscheinlich hatte sie keine Lust gehabt, den langen Text mit der Hand zu schreiben. Er setzte sich auf den geschlossenen Toilettendeckel und las ihre Zeilen.

Hallo, mein Schatz.

Ich hoffe, du freust dich auf das, was dir jetzt bevorsteht. Eine solche Überraschung hast du dir verdient, denn du bist einfach der Beste. Nie zuvor war ich so verliebt in einen Mann wie in dich. Und deshalb habe ich mir für heute Abend etwas Besonderes ausgedacht.

Während du bei der Arbeit warst, habe ich ausprobiert, wie lange es dauert, die Badewanne zu füllen. Das waren ziemlich genau zwölf Minuten. Bitte stell das Wasser um Punkt neunzehn Uhr an, und leg dich hinein, sobald die Wanne voll ist. Ich bin um Viertel nach sieben bei dir und bringe gekühlten

Champagner mit. Klettere zu dir in die Badewanne. Wir läuten den Abend ein, ehe ich ein paar Minuten vor dir rausgehe, mich abtrockne und ins Schlafzimmer verschwinde, wo ich mich für dich umziehe. Den Rest überlasse ich deiner Fantasie. Ich habe zwei Bitten an dich, damit es perfekt wird. Melde dich bis dahin nicht bei mir. Auch nicht mit der klitzekleinsten Nachricht. Kein Emoji, einfach nichts. Okay? Und halte dich an meinen Zeitplan. Du liegst in der vollen Wanne, wenn ich komme. Sonst wäre ich echt enttäuscht. Denn das alles hier hat mich einige Mühen gekostet.

Ich liebe dich.

Deine Nicole

»Wow«, flüsterte er. Ohne ihre eindringliche Warnung hätte er ihr garantiert ein Herz geschickt. Ihr geschrieben, wie sehr er sich auf sie freute, in jeder Hinsicht. Doch in diesem Punkt war sie eindeutig. Es erschien ihm viel zu riskant, ihrer Bitte nicht nachzukommen. Bloß nichts riskieren.

Joel dachte an Richie. Der würde vor Neid erblassen, wenn er wüsste, wie sein Kumpel die nächsten Stunden verbringen würde. Was waren vier Dates in einer Woche gegen die Liebe des Lebens? Er schaute auf seine Uhr. Noch blieb ihm genügend Zeit. Er musste dringend auf andere Gedanken kommen. Seine Erregung war kaum zu dämpfen.

2

Wieso war ihre Wohnungstür nicht abgeschlossen? Hatte ihre Putzhilfe das vergessen? Doch das konnte eigentlich nicht sein, Elena kam schließlich erst morgen. Oder hatte sie den Termin eigenmächtig vorverlegt, so wie sie sich in letzter Zeit einige teilweise unangemessene Freiheiten herausnahm?

»Hallo?«, rief Nicole, als sie die Wohnung betrat.

Niemand antwortete.

»Was ist das?« Sie erblickte das aus Rosenblättern geformte Herz am Boden. So viel Arbeit hatte sich Elena ganz sicher nicht gemacht. Sonst müssten sie wirklich mal miteinander reden.

»Joel? Wo bist du?«

Keine Antwort.

»Schatz?«

Unsicher ging sie ins Schlafzimmer.

»Hey«, sagte sie überrascht und erfreut zugleich.

Auf dem Bett lagen ein rotes Geschenkkästchen mit blauer Schleife und ein Zettel.

Das hier packen wir nach dem Bad gemeinsam aus. Gemeinsam, nicht allein! Und jetzt ab ins Badezimmer, wo du meine Hauptnachricht findest.

Sie nahm das Kästchen in die Hand. Es war nicht sehr schwer. Trotzdem lächelte sie. Was es wohl enthielt? Vielleicht die Halskette, die ihr vor Kurzem so gut gefallen hatte?

Eine süße Geste, sie verstand bloß nicht, warum er ihr

keinen handschriftlichen Brief verfasst hatte, der hätte schließlich viel besser gepasst.

»Ich bin sehr gespannt«, murmelte sie.

Rasch ging sie ins Badezimmer. Neben der Kopfstütze der Badewanne lag ein weiterer ausgedruckter Brief.

Meine große Liebe,
ist mir die Überraschung gelungen? Heute Mittag habe ich mir extra zwischendurch freigenommen und bin in deine Wohnung gefahren. Habe ausprobiert, wie lange es dauert, die Badewanne volllaufen zu lassen. Willst du es wissen? Vierzehn Minuten und dreißig Sekunden. Nun hoffe ich, dass du im Schlafzimmer das Geschenk noch nicht geöffnet hast, denn sonst würdest du mir die Überraschung verderben. Wie soll ich schließlich auf …
Na ja. Du wirst schon sehen, was ich meine.

Sie wischte sich Tränen der Rührung aus den Augen. Bereitete er auf diese Weise seinen Antrag vor? Einerseits originell, andererseits …

Sie wusste nicht, was sie davon halten sollte. Ihr Blick richtete sich wieder auf den Brief.

Lass bitte um Punkt sechs Uhr die Badewanne ein, und kletter schon einmal hinein. Ich möchte zu der Liebe meines Lebens ins Wasser steigen. Gekühlten Champagner bringe ich mit. Und das kleine Kästchen machen wir entweder dann oder später auf. Je nachdem, was dir lieber ist. Ich habe zwei Bitten an dich, damit es perfekt wird. Melde dich bis dahin nicht bei mir. Auch nicht mit der klitzekleinsten Nachricht. Kein Emoji, einfach nichts. Okay? Und halte dich an meinen Zeitplan. Du liegst in der vollen Wanne, wenn ich komme. Ansonsten wäre ich echt enttäuscht. Denn das alles hier hat mich etwas Mühe gekostet.

Ich liebe dich.

Dein Joel

Sie lächelte. Okay, das war bei Weitem nicht so romantisch, wie er sich das in seiner Fantasie wohl ausgemalt hatte, aber letztlich zählte der Wille. Wenn er ihr wirklich einen Antrag machen würde, müsste sie den Rest ihres Lebens verschweigen, dass sie sich ihn anders vorgestellt hatte. Sei's drum. Nicole schaute auf die Uhr. Zehn Minuten vor sechs. Er hatte ihr einen knappen Zeitrahmen gesteckt. Trotzdem würde sie sich daran halten.

»Ach, Joel«, flüsterte sie mit belegter Stimme. »Manchmal bist du ein richtiger …«

Trottel, schoss es ihr durch den Kopf. Allerdings war das ein zu böses Urteil. Er hatte sich bestimmt lange überlegt, wie er sie sprachlos machen könnte. Also würde sie mitspielen. Irgendwie freute sie sich auch. Sie hatte zwar von einem Antrag in aller Öffentlichkeit geträumt, am liebsten während einer Aufführung am Broadway, aber das Leben steckte bekanntermaßen voller Überraschungen. Dass er offenbar bereit war, diesen Schritt zu gehen, überstrahlte alles andere. Der Unfalltod ihrer Eltern und der Streit mit ihrem Halbbruder hatten sie viel Kraft gekostet. Joel schien das erkannt zu haben.

Sie bekam ein schlechtes Gewissen wegen ihrer Ansprüche. Nur weil er nicht völlig ihre Erwartungen erfüllte, musste sie nicht …

Sie zuckte ihre Achseln. Zum Glück würde er niemals erfahren, was sie gedacht hatte. Sie legte den Zettel beiseite und wischte sich wieder die Tränen aus den Augen. Sie müsste dringend eine Kleinigkeit essen, bevor sie sich in die Wanne legen würde.

Eine knappe halbe Stunde später glitt sie wohlig seufzend in das warme Wasser. Vielleicht war seine Idee doch nicht schlecht gewesen. Ihre Muskeln entspannten sich. Zeit für ein Bad nahm sie sich viel zu selten, meistens schlüpfte sie lieber unter die Dusche, weil es schneller ging.

Ein Knarzen weckte ihre Aufmerksamkeit. Die Wohnungstür öffnete sich.

»Schatz!«, rief sie. »Ich bin schon in der Badewanne.«

3

Calvin Williamson saß auf der Couch und griff in die Chipstüte. Im Fernsehen lief der Vorbericht zum Spiel der Yankees. Er nahm eine Handvoll Chips und steckte sie sich in den Mund. Noch während er kaute, signalisierte ihm das in die Jahre gekommene Smartphone einen Nachrichteneingang. Williamson wischte sich die Hände an den Hosenbeinen ab und griff zum Telefon. Waren die Risse auf dem Display schlimmer geworden, oder bildete er sich das bloß ein?

Er hatte eine Textnachricht von einem unbekannten Absender erhalten. Er öffnete sie. Seine Augen weiteten sich.

Hey Calvin!
Ich habe über unsere Streitigkeiten nachgedacht. Eigentlich will ich mich nicht streiten, aber du hast angefangen. Ich kann nichts für das, was in der Vergangenheit passiert ist. Papas Affäre mit deiner Mutter hätte fast die Ehe meiner Eltern zerstört. Trotzdem erscheint es mir klug, noch einmal über alles mit dir zu sprechen. Deswegen gebe ich dir jetzt die Chance, zu mir zu kommen. Du weißt ja, wo ich wohne. Das ist ein einmaliges Angebot. Mir egal, ob du heute etwas vorhast oder nicht. Wenn du nicht innerhalb der nächsten zwei Stunden bei mir auftauchst, gehe ich ins Bett. Dann bleibt das Testament bestehen. Deine Entscheidung!
Nicole

Williamson blickte auf die Handynummer, die nicht in

seinen Kontakten gespeichert war. Hatte er deshalb Nicole nicht mehr erreicht? Wegen einer neuen Telefonnummer? Die sie sich vielleicht sogar seinetwegen zugelegt hatte? Erneut wischte er mit den Händen über die Hosenbeine. Zwar gefiel ihm ihr herrischer Tonfall nicht, trotzdem würde er sich ihren Bedingungen beugen. Sie bot ihm eine unerwartete Chance.

Hi Nicole!
Ich bin in spätestens 40 Minuten bei dir. Falls ich deutlich länger brauche, liegt's am Verkehr, nicht an mir.
Bis gleich.
C

Er schickte die Nachricht ab. Dann sprang er von der Couch auf und stellte den Fernseher aus. Hoffnung erwachte in ihm. War sie endlich zur Vernunft gekommen und bereit, ihm seinen Anteil abzugeben? Das wäre großartig. Sein Anwalt hatte nämlich keine großen Chancen gesehen, ein Stück vom Testamentskuchen zu erstreiten.

Williamson stürmte ins Schlafzimmer und riss den Kleiderschrank auf. Er nahm ein weißes Hemd und eine dunkelblaue Hose heraus. Sollte er vielleicht sogar ein Jackett überziehen, oder war das zu förmlich? Zögerlich entschied er sich dagegen.

Was hatte ihre Nachricht zu bedeuten? Wieso war sie jetzt gesprächsbereit, nachdem sie wochenlang auf stur geschaltet hatte? Gab es eine Schwachstelle in dem Testament, die er und sein Anwalt übersehen hatten?

Er würde sich ihr Angebot genau anhören. Jeder Dollar auf seinem Konto würde ihm helfen. Je mehr, desto besser.

Falls sie ihn mit einem Kleinstbetrag abspeisen wollte, würde er sich einen anderen Anwalt suchen. Bestimmt gab es einen Grund für ihren Stimmungswandel.

4

Joel schaute zur Badezimmeruhr. Er lag perfekt im Zeitplan. Nicole hatte das einfach grandios geplant. Was für eine gelungene Überraschung. Irgendwie müsste er sich bald revanchieren. Doch spontan fiel ihm nichts ein, und er wollte es unter keinen Umständen vermasseln. Darüber würde er in Ruhe nachdenken. Vielleicht war er an der Reihe, den nächsten Schritt anzuleiern. Womit er nicht bloß die Suche nach einer gemeinsamen Wohnung meinte. Aus ihren Andeutungen wusste er, wie sie sich den perfekten Antrag vorstellte. Joel seufzte. Falls er das nach ihren Wünschen gestalten wollte, hätte er viel zu organisieren. Ohne Garantie, dass es funktionieren würde. Darüber müsste er ein anderes Mal nachdenken.

Er stellte das Wasser ab. Mit der empfindlichen Stelle an der Innenseite des Handgelenks überprüfte er die Temperatur, die ihm genau richtig erschien. Hatte er es mit dem Schaum übertrieben? Hoffentlich nicht. Es war ein Badezusatz, den sein Schatz vor Wochen mitgebracht hatte. Da war es ihm klug vorgekommen, nicht damit zu geizen.

Rasch zog er sich das T-Shirt und die Boxershorts aus. Sollte er wirklich zuerst ins Wasser steigen? Genau darum hatte sie ihn gebeten. Also glitt er in die Badewanne. Kaum saß er darin, stieg das Wasser bedenklich bis zum Wannenrand.

»Viel zu viel!«, murmelte er. Sobald Nicole zu ihm käme, würde die Wanne überlaufen. Rasch ließ er Wasser ab. Als es bis auf eine passable Höhe gesunken war, drückte er den Stöpsel wieder fest.

In diesem Moment hörte er, wie sich die Wohnungstür öffnete. Joel grinste voller Vorfreude.

»Baby, du weißt ja, wo ich bin.«

Er hatte die Tür des Badezimmers geschlossen, damit die Wärme nicht aus dem Raum entwich. Nicole mochte es warm, diesen Gefallen wollte er ihr heute ohne Rücksicht auf seine eigenen Vorlieben erfüllen.

Sie antwortete nicht.

»Hast du mich gehört, Schatz?«

Noch immer reagierte sie nicht. Allerdings hörte er sie durch die Wohnung gehen. Plante sie eine weitere Überraschung für ihn? Er starrte zur Tür. Endlich drückte sie die Klinke nach unten.

»Da bist du ja«, säuselte er.

Die Tür wurde aufgestoßen. In der ersten Sekunde traute er seinen Augen nicht. Da stand nicht Nicole.

»Was zum Teufel?«

Ein Mann hatte das Badezimmer betreten. In der Hand hielt er einen Taser. Panisch stützte sich Joel am Wannenrand ab und versuchte, sich hochzudrücken. Dabei starrte er zu dem Taser, aus dem etwas herausschoss und ihn am Hals traf. Der Stromschlag versetzte ihm einen unerträglichen Schmerz. Er verlor das Bewusstsein. Seine Hand rutschte vom Badewannenrand ab.

5

Er trat an die Wanne. Alles war gelaufen wie geplant. Zufriedenheit erfüllte ihn. Er hatte lange davon geträumt, und nun hatte er es endlich zum richtigen Zeitpunkt realisiert. Seine Vorbereitungen waren intensiv gewesen, hatten Zeit und Kapazität erfordert. Heute war der Startschuss für ein besseres Leben. Die Belohnung für seine Mühen war es wert.

Er starrte auf den Mann, der durch den Stromschlag tiefer ins Wasser gerutscht war. Schaum bedeckte sein Gesicht, der Mund befand sich unter der Oberfläche, die Nase noch darüber.

»Grüß deine Süße von mir«, flüsterte er und legte die Hand auf den Kopf des Mannes. Dann drückte er ihn unter Wasser.

Nach genau fünf Minuten nahm er die Hand weg. Er ging zu dem Waschbecken und trocknete sich ab. Dann breitete er ein Badehandtuch auf dem Boden aus. Nun käme der körperlich anstrengende Teil. Er konnte den Toten nicht einfach in der Badewanne liegen lassen. Das hätte die Inszenierung zerstört. Also beugte er sich vor und zog den Körper umständlich aus dem Wasser. Der Kopf des Leichnams schlug gegen den Rand, ebenso sein Fußgelenk. Schließlich hatte er es geschafft. Der Tote lag auf dem Handtuch. Schnaufend hielt der Mörder einen kurzen Moment inne und kam zu Atem. Noch war viel zu tun. Zunächst trocknete er sich die Arme ab. Die Handschuhe waren nass geworden, was er schon beim Kauf eingeplant hatte. Er bückte sich zu dem Toten und schlug ihn in das große Handtuch ein. Hastig rieb er den Körper trocken. Dieser Teil der Arbeit hatte ihm bei der Frau viel mehr Spaß gemacht, aber er verdrängte den Gedanken daran. Dafür wäre später Gelegenheit. Schließlich hob er ihn hoch, darauf bedacht, ihn nicht mit blanker Haut zu berühren. Ächzend trug er ihn ins Schlafzimmer, wo er die Leiche aufs Bett legte. Ob dem Mann die Dessous stehen würden?

Er zog dem Toten zunächst die halterlosen Strümpfe über, ehe er den Tanga und den BH anlegte. Schließlich ging er in die Diele und holte aus dem mitgebrachten Rucksack den roten Lippenstift und das Polaroidbild heraus. Zurück im Schlafzimmer malte er dem Mann die Lippen an, dann platzierte er das in der Wohnung der Frau geschossene Foto neben seinem Kopf. Er trat zwei Schritte vom Bett weg und musterte zufrieden sein Werk. Der Mörder lächelte. Er ging zurück in die Diele und pfiff dabei eine Melodie. Wie schon in der anderen Wohnung hatte er auch hier beim ersten Besuch eine kleine Kamera versteckt. So hatte er überprüft, ob seine Opfer zur erwarteten Zeit nach Hause gekommen waren. Es hatte reibungslos geklappt. Die meisten Menschen waren Gewohnheitstiere, wodurch sie es ihm leicht machten. Er nahm die Kamera ab, lächelte in die Linse und steckte sie in den Rucksack. In diesem Moment piepte sein Handy.

6

Die Haustür war offen gewesen, daher hatte Calvin Williamson nicht draußen gewartet, sondern war direkt zu Nicoles Wohnung im zweiten Stock hochgegangen. Auf der Hinfahrt waren ihm Zweifel gekommen. Hatte Nicole wirklich beschlossen, fair zu sein, oder würde sie ihr Angebot unter fadenscheinigen Gründen zurückziehen? Würde sie später behaupten, sie hätte sich gütlich einigen wollen, aber er habe kein Interesse daran gezeigt? Damit würde sie allerdings nicht durchkommen.

Im zweiten Stock angekommen, klopfte er an die Tür und trat einen Schritt zurück. Nichts passierte. Er wartete ein paar Sekunden, ehe er energischer anklopfte und Nicoles Namen rief.

»Ich hab's gewusst«, sagte er wütend.

Was würde sie behaupten? Dass er nicht gekommen sei? Er griff zu seinem Telefon und öffnete ihre Textnachricht.

Hey Nicole. Ich stehe vor deiner Wohnungstür. Hast du mein Klopfen nicht gehört?

Williamson schickte die Nachricht ab. Zu seiner Überraschung dauerte es nicht lange, bis er eine Antwort erhielt.

Tut mir leid, ich hatte leichte Kopfschmerzen und habe mich vor ein paar Minuten ins Bett gelegt. Der Schlüssel ist unter der Fußmatte. Komm rein.

Die Antwort überraschte ihn. Was hatte das zu bedeuten? Wartete sie wirklich im Schlafzimmer auf ihn? Unsicher hob er die Fußmatte an. Darunter lag tatsächlich ein Schlüssel. Dutzende Gedanken schossen ihm durch den

Kopf. War er gerade dabei, in eine clever konstruierte Falle zu tappen? Würde sie behaupten, er habe ihr sexuelle Gewalt angetan? Zum Glück fand er eine Lösung, mit der sie hoffentlich nicht rechnete. Er würde einfach alles mit der Kamera aufnehmen, was in den nächsten Minuten passierte. Williamson ließ die Matte los und startete das Video. Dann hob er den Abtreter erneut an, nahm den Schlüssel an sich und steckte ihn ins Schloss. Die Tür war nicht abgeschlossen.

»Hey, Nicole, ich komme jetzt rein.«

Niemand antwortete ihm. Er fühlte sich wie eine Figur in einem billigen Horrorfilm, die eine dunkle Treppe in den Keller hinabstieg. Irgendetwas stimmte hier nicht.

»Nicole? Bist du angezogen?«

Wieso reagierte sie nicht? Was für ein verrücktes Spiel spielte sie? Wut stieg in ihm hoch und verdrängte das ungute Gefühl.

»Nicole, ich warne dich. Wenn du mich verarschen willst, bist du an den Falschen geraten. Ich nehme das alles auf Video auf.«

Eine einzige Zimmertür war verschlossen. Er klopfte an.

»Nicole? Ich hoffe, du bist nicht nackt.«

Williamson wartete weitere Sekunden, dann drückte er die Klinke hinunter und stieß die Tür auf.

»Oh mein Gott! Verdammte Scheiße!«

7

Zwei Monate später

Henry Baker stand am Fenster im 48. Stockwerk. In all den Jahren, die er in diesem Zimmer lebte, hatte er sich nie an dem Anblick sattgesehen. Links lag der Central Park, momentan noch ganz grün, schon bald würden sich die Blätter der Bäume verfärben, ehe sie nach und nach abfielen. Rechts die umliegenden Wolkenkratzer, dahinter der Hudson River.

Manchmal zog er nachts die Vorhänge nicht zu, weil ihn die Lichter der Stadt beruhigten. Licht bedeutete Leben. Und das wiederum eine Zukunft.

Henry wandte sich von dem Anblick ab und schaute auf seine Uhr. Es war halb acht morgens. Im Restaurant des Hotels wurde seit einer halben Stunde Frühstück serviert. Sollte er lieber das Hotel verlassen und die erste Mahlzeit des Tages irgendwo in der Umgebung einnehmen?

Nach kurzem Zögern entschied er sich für die bequeme Lösung. Am späten Vormittag käme ein neuer, potenzieller Klient vorbei. Da war es besser, keine Zeit in den Straßen New Yorks zu vergeuden.

Er zog eine legere Hose und ein T-Shirt über. Vor dem Treffen mit dem Interessenten würde er sich umziehen. Momentan gab es keinen Grund, sich zu adrett zu kleiden.

Kaum hatte er Schuhe angezogen, griff er zur Schlüsselkarte und verließ das Hotelzimmer. Bis zu den Fahrstühlen, die ihn in die 35. Etage brachten, waren es bloß ein paar Schritte. Er forderte einen Fahrstuhl an, Sekunden später erklang bereits der helle Ton. Das Licht an einem der Aufzüge leuchtete auf, kurz darauf öffnete sich dessen Tür. Kein anderer Gast hielt sich in der Kabine auf. Henry drückte den Knopf für die Etage, in der nicht nur das Restaurant, sondern auch die Lobby und Rezeption des Fünfsternehotels untergebracht waren. Außerdem war dort der Eingang zum Spa. Unterwegs forderte niemand den Fahrstuhl an, sodass er rasch sein Ziel erreichte.

Er stieg aus und ging den Flur entlang. An der Rezeption standen Vincent und Mia. Beide arbeiteten trotz der frühen Uhrzeit konzentriert an ihren Computern.

»Guten Morgen«, grüßte er die Hotelmitarbeiter.

»Guten Morgen, Henry«, antwortete Vincent.

»Gut geschlafen?«, erkundigte sich Mia.

Die beiden stellten sofort ihre Arbeit ein und wandten sich ihm zu. Manchmal war ihm diese Sonderbehandlung unangenehm, an anderen Tagen genoss er sie.

»Wie immer. Ich hoffe, ihr auch.«

Sie nickten.

»Vincent, tust du mir einen Gefallen?«

»Dem Superstar des Hotels würde ich jeden Wunsch erfüllen. Das ist oberste Anweisung. Wir sollen alles tun, damit du zufrieden bist. Dein Ruf eilt dir voraus.«

»Hör auf«, bat Henry ihn. »Übertreib nicht so!«

»Ich übertreibe niemals. Was kann ich für dich tun?«

»Um elf Uhr erwarte ich einen Klienten. Calvin Williamson. Kannst du ihn zu mir hochbringen lassen? Dann sage ich ihm Bescheid, dass er sich bei dir melden soll.«

»Mache ich gern.« Vincent notierte sich den Namen. »Will dieser Williamson deine besonderen Fähigkeiten in Anspruch nehmen? Um was genau geht es dabei noch mal?«

Henry lächelte geheimnisvoll. Die Hotelangestellten

wussten, dass er gelegentlich bei schwierigen Mordermittlungen als externer Berater hinzugezogen wurde. Worin exakt seine Mitarbeit bestand, ahnten sie allerdings nicht. Das hielt er für die Allgemeinheit unter Verschluss.

»Ich rede nicht über meine Klienten. Oder meinen Job. Es sei denn, du bezahlst mein Honorar. Hoffen wir mal, dass das niemals nötig wird.«

Vincent seufzte. »Nie rückst du mit der Sprache heraus. Dann müssen Mia und ich wohl weiter spekulieren, wie du dein Superhirn einsetzt, um kriminellen Abschaum zu fassen.«

Mia lachte. »Keine Sorge, Henry, du bist nicht unser permanentes Gesprächsthema.«

»Höchstens jeder zweite Satz dreht sich um dich«, fügte Vincent hinzu.

Mia stieß ihrem Kollegen leicht in die Rippen. »Guten Appetit«, wünschte sie Henry.

»Danke.« Henry lächelte ihr zu und wandte sich ab. An dem Empfangspult vor dem Restaurant stand Kairi.

»Hey, Henry«, begrüßte sie ihn.

Einen normalen Gast hätte sie nun nach der Zimmernummer gefragt und ihn zu einem Tisch geführt. Henry hingegen hatte mit allen Mitarbeitern ein Arrangement. Sie mussten ihn nicht wie einen üblichen Klienten behandeln.

»Ist einer der Tische an der Fensterfront reserviert?«

»Nein. Such dir einen aus, und genieße es.«

»Danke.«

Kaum hatte er sich mit Blick auf den Central Park gesetzt, trat einer seiner Lieblingskellner zu ihm.

»John!«, begrüßte Henry ihn. »Hast du deine beiden freien Tage gut genutzt?«

»Besser geht's gar nicht«, antwortete der Mann. »Ich

habe ein fantastisches Musical gesehen. Titanique. Das war unglaublich lustig. Kennst du es?«

Die beiden unterhielten sich ein paar Minuten. Ohne einen Blick in die Karte zu werfen, bestellte Henry anschließend einen Kaffee, frischen Orangensaft und ein klassisches Egg Benedict.

* * *

Wenige Minuten nach elf Uhr klopfte es an der Hotelzimmertür. Nur Sekunden zuvor hatte Vincent den Besucher telefonisch angekündigt. Henry musterte sich im Ganzkörperspiegel. Er trug einen perfekt geschnittenen dunkelblauen Anzug, den er erst vor einigen Wochen bei Bergdorf Goodman erworben hatte. Der Schnitt schmeichelte seinem trainierten Oberkörper. Kombiniert mit dem schwarzen Hemd und den braunen Schuhen war er genau richtig gekleidet, um einen potenziellen Klienten zu begrüßen. Seine Dienste in Anspruch zu nehmen war kein billiges Vergnügen. Mit der entsprechenden Kleidung gab Henry schon einmal das Statement ab, dass sich die Ausgabe trotzdem lohnte.

An der Tür blickte er durch den Spion. Sein Besucher trug T-Shirt, Jeans und weiße Sneaker. Erstaunlich, dass er sich für ein so bedeutendes Gespräch keine bessere Kleidung ausgesucht hatte. Besaß er keinen vernünftigen Anzug? Oder war ihm der erste Eindruck nicht wichtig?

Henry öffnete ihm. »Mr. Williamson, haben Sie gut hergefunden?«

Der Mann nickte. »Ich habe gedacht, wir würden uns im Restaurant treffen«, antwortete er.

»Wenn Ihnen das lieber ist, können wir dorthin wechseln. Allerdings weiß man nie, ob da jemand zuhört. Deswegen bevorzuge ich die Diskretion meines Refugiums. Ihre Entscheidung.«

»Mir egal.«

»Dann kommen Sie herein.«

Henry trat beiseite.

Noch immer nicht völlig überzeugt, betrat der Gast das Hotelzimmer.

»Setzen Sie sich ruhig auf die Couch. Mir ist der Stuhl am Schreibtisch lieber.«

»Schöne Aussicht«, meinte Williamson.

»Nicht wahr?«

Der Besucher nahm Platz, räusperte sich und faltete seine Hände.

»Möchten Sie etwas trinken?«

»Haben Sie eine Coke?«

»Normal oder ohne Zucker?«

»Normal.«

Henry öffnete die Minibar und nahm eine Dose für Williamson heraus. »Brauchen Sie ein Glas?«

»Nicht nötig. Ist das Ihr Büro? Mit einem Bett mitten im Raum?«

Henry reichte dem Mann die Dose, die er sofort aufmachte.

»Ich lebe und arbeite hier.«

»In einem Hotel?«

»Seit vielen Jahren.«

»Wird das auf Dauer nicht zu klein? Wie viel Quadratmeter sind das?«

»Mir stehen ein Pool, ein Spa, ein hervorragendes Gym, das Restaurant und noch viele weitere Annehmlichkeiten zur Verfügung. Wie könnte das zu klein werden?«

»Ja, für ein paar Tage oder Wochen ist das bestimmt cool, aber …«

»Wenn Sie es genau wissen wollen, ich habe schon vor Jahren ein Haus von meiner Großmutter geerbt.« Henry achtete auf die Reaktion des Mannes, doch der ließ sich bei der Erwähnung des Erbes nichts anmerken. »Liegt außerhalb. Ich bevorzuge es, mitten in der Stadt zu sein. Nur in Zeiten, in denen ich absolute Ruhe brauche, bin ich für ein paar Tage in dem Haus. Dort fällt mir die Decke viel schneller auf den Kopf als hier. Finden Sie das erstaunlich?«

»Ein bisschen.«

»Wie auch immer. Sollen wir weiter über meine Lebensumstände sprechen oder uns um Ihr Anliegen kümmern?«

»Was? Sorry. Natürlich will ich über mich, also, ähm, mein Anliegen, also Problem …«, stammelte Williamson.

»Prima, ein bisschen weiß ich ja schon aufgrund unseres Telefonats. Sie haben die Leiche Ihrer Halbschwester in deren Wohnung gefunden, nachdem sie Ihnen eine Nachricht geschickt hat.«

»Die Polizei bezweifelt, dass die Nachricht wirklich von Nicole stammte. Es war nicht ihre Nummer.«

»Sie hatten daran keinen Zweifel?«

Williamson schüttelte den Kopf. »Es erschien mir schlüssig.«

»Wieso?«

»Unsere Eltern sind vor ein paar Wochen … Also nein, *ihre* Eltern, aber mein Vater, wir sind ja nur Halbgeschwister.«

Henry begriff sofort und nickte.

»Wie auch immer«, fuhr der Besucher fort. »Beim Testament bin ich nicht berücksichtigt worden. Ist das nicht unfair? Mein Leben lang musste ich auf meinen leiblichen Vater verzichten, weil er in meiner Mutter nur eine bedeutungslose Affäre sah. Okay, das hatte ich schon als Kind akzeptiert. Dann stirbt er viel zu früh bei einem Unfall, und Wochen später erfahre ich, ich bin nicht einmal im Testament vorgesehen. *Das* konnte ich nicht akzeptieren. Ich habe Nicole ein paar Mal angerufen, na ja, vielleicht etwas zu oft. Zu blöden Uhrzeiten. Betrunken.« Er schaute zu Boden. »Irgendwann erreichte ich sie nicht mehr. Dann kam diese Nachricht von einer anderen Nummer. Das hat Sinn ergeben. Sie hatte ihre Nummer geändert, um Ruhe vor mir zu haben.«

»Haben Sie die Nachricht noch?«

Williamson nickte eifrig. Er zog das Handy aus der Hosentasche und rief den Austausch auf, ehe er das Telefon Henry reichte.

»Ist der Riss im Display neu?«

»Nein. Mir geht's finanziell nicht gut. Deswegen ist das Testament so wichtig …« Er zuckte mit den Achseln.

Henry überflog die Nachrichten.

»Mir kam das komisch vor. Warum legt sie sich ins Bett, wenn sie Besuch von mir erwartet? Zum Glück hatte ich den genialen Einfall, alles zu filmen. Wollen Sie das auch sehen?«

»Unbedingt.«

Ohne dass Henry das Telefon aus der Hand gab, rief Williamson die Datei ab. Während der Clip lief, sprach keiner von ihnen. Henry analysierte das Material. Auf ihn wirkte es nicht nachgestellt. Williamson hatte entweder nicht gewusst, was ihn erwarten würde, oder er war ein grandioser Schauspieler.

»Die Polizei verdächtigt Sie«, stellte Henry fest.

»In gewisser Weise. Sie sehen mich als *Person von Interesse* an.« Er schnaubte verächtlich. »Verhaftet haben sie mich allerdings nie.«

»Ein Alibi haben Sie nicht?«

»Nur dieses Video und den Nachrichtenaustausch. Sie haben mir unterstellt, ich wäre der Besitzer des anderen Telefons und hätte den Film inszeniert, aber ich bin trotz ihres Scheißdrucks nicht eingeknickt. Wieso auch? Hab ja nichts getan!«

»Welche Polizisten haben Sie vernommen?«

Williamson nannte ihm beide Namen. »Es war so ein Klischee. Guter Cop, böser Cop.«

»Wer war der Gute?«

»Detective Petersen. Er hat mir übrigens vor ein paar Tagen Ihren Namen genannt, warum überhaupt …«

»Später«, unterbrach Henry ihn. »Wie oft hat man sich mit Ihnen unterhalten?«

»Neun- oder zehnmal. Zuletzt habe ich nicht mehr mitgezählt. Bei mir zu Hause oder im Präsidium. Wie es Petersen und seinem Partner Curland gerade recht war.«

»Ihr vermeintliches Motiv ist das Testament?«

»Angeblich ja. Nicole hat nie eins verfasst. Ich bin ein leiblicher Verwandter. Das Testament meines Vaters ist noch nicht … Also, ich habe juristische Schritte eingeleitet. Durch Nicoles Tod könnte ich jetzt viel mehr erben.«

»Über welche Summe sprechen wir?«

»Das Vermächtnis ist insgesamt gar nicht so hoch. Siebenhunderttausend geschätzt. Aber es gab Versicherungen, die nach dem Unfall ausgezahlt werden müssen. Da reden wir über drei Millionen Dollar.«

»Ein gutes Motiv.«

»Ich war's nicht! Glauben Sie mir etwa nicht?« Williamson sprang erregt auf.

Die Reaktion gefiel Henry. Sein potenzieller Klient schien wirklich unschuldig zu sein. Oder hätte sich am

Broadway bewerben können. »Ich sammle Fakten. Petersen hat Ihnen geraten, mich zu kontaktieren?«

Williamson setzte sich wieder. »Ja. Wieso eigentlich?«

»Ich helfe gelegentlich Polizeidienststellen in ganz Amerika bei vertrackten Mordfällen. Mit Detective Petersen hatte ich in der Vergangenheit schon zweimal zu tun.«

»Ich verstehe das nicht. Was machen Sie besser als die Polizisten, deren Job das ist?«

»Ich nehme einen anderen Blickwinkel ein.«

»Geht's ein bisschen konkreter?«

In den nächsten Minuten würde sich entscheiden, ob Williamson sein Klient wurde oder nicht.

»Ich besitze eine ganz besondere, sehr ungewöhnliche Fähigkeit.« Henry zögerte. Diesen Part mochte er am wenigsten. Wie sollte man so etwas vernünftig erklären? »Sobald ich einen Raum betrete, in dem jemand gestorben ist, erlebe ich in einer Vision, was fünf Sekunden vor dem Tod passiert ist. Nicht länger. Es ist immer eine Zeitspanne weniger Sekunden.«

Williamson riss den Mund auf. Dann schüttelte er den Kopf. »Verarschen Sie mich?«

»Keineswegs.«

»Ich glaube Ihnen kein Wort. Das ist so ein Hellseherschwachsinn. Die Polizei arbeitet mit Ihnen zusammen? Wie kann das sein?«

»Weil es die Wahrheit ist.«

»Unmöglich! An so etwas glaube ich nicht.«

Henry zuckte mit den Achseln. »Ich werde nicht versuchen, Sie zu überzeugen. Machen Sie's gut.«

Williamson erhob sich nicht. Henry erwiderte gelassen den Blickkontakt.

Schließlich blinzelte sein Besucher. »Wie kann das sein?«

»Eine wissenschaftliche Erklärung gibt es nicht. Ich war als Siebenjähriger in einen Autounfall verwickelt. Mein Kopf stieß gegen das Dach, ich verlor das Bewusstsein. Meine Eltern starben bei dem Unfall.«

»Oh mein Gott. Mit sieben? Schlimm!«

Henry nickte. »Ich bin bei meiner Großmutter aufgewachsen. Und ziemlich schnell nach dem Erwachen im Krankenhaus hatte ich Visionen. Das ist die ganze Geschichte.« Mehr Einzelheiten musste Williamson nicht wissen.

Der Mann fuhr sich mit der flachen Hand durchs Gesicht. »Nicole wurde in der Badewanne ertränkt. Und ihr Freund auch. Das heißt, Sie können den Täter vielleicht sogar sehen?«

»Die Sache mit dem Freund verstehe ich nicht.«

»Ach so. Das können Sie ja gar nicht wissen. Es war ein Doppelmord.«

Williamson erzählte die ihm bekannten Einzelheiten. Henry wunderte sich, dass das Fernsehen oder die Presse noch nicht darüber berichtet hatten. Die Morde hatten es in sich, und bestimmt waren Williamson allenfalls die Hälfte der Details bekannt.

»Heftig«, brummte er.

»Das kann ich Ihnen sagen. Also, ich hab's mir überlegt. Wenn Sie keinen Quatsch erzählen, wäre ich bereit, Ihre Hilfe in Anspruch zu nehmen. Was berechnen Sie? Nach Stundensatz?«

Henry lächelte. »Nein. Ganz so einfach ist es nicht. Da Sie anscheinend kein nennenswertes Vermögen besitzen, würde ich rein auf Erfolgsbasis arbeiten.«

»Das kling gut. Wie viel?«

»Falls innerhalb von achtzehn Monaten nach unserem Vertragsabschluss ein Täter vor Gericht gestellt wird, ist die

Zahlung fällig. Unabhängig davon, wie groß mein Anteil an der Verhaftung war. Oder auch, wenn die Polizei beschließt, Sie anzuklagen. Die Summe, die ich dann in Rechnung stelle, beläuft sich auf eine Viertelmillion Dollar.«

»Was? Verarschen Sie mich?«

»Ganz sicher nicht.«

»Das ist zu viel.«

»Nicht einmal zehn Prozent des Erbes, das Sie wohl nur bekommen werden, wenn der Mörder verurteilt ist.«

»Und ohne die Erwähnung des Erbes? Wie hoch wäre Ihre Summe dann gewesen?«

»Ich nehme immer eine Viertelmillion. Manchmal verlange ich eine garantierte, nicht rückzahlbare Vorabsumme. Bei Ihnen würde ich darauf verzichten.«

»Unfassbar. Sie gehen nur ins Badezimmer, schauen sich dort um und wollen dafür eine Viertelmillion haben?«

»Glauben Sie mir, ich mache viel mehr als das.«

»Fuck! Damit habe ich nicht gerechnet.«

»Es besteht kein Grund zur Hektik. Ich kann Ihnen einen Vertragsentwurf per E-Mail schicken. Erst wenn Sie den unterschrieben haben, würde ich mich bei Petersen melden und die nächsten Schritte in die Wege leiten.«

»Die lassen Sie einfach an den Tatort?«

»Petersen hat mich empfohlen. Was glauben Sie denn?«

»Ist ein Argument. Können wir bitte über den Preis reden?«

»Nein. Keine Chance. Aber entscheiden Sie in Ruhe. Wenn Ihnen das zu teuer ist, hat Sie das nur die Zeit für unser heutiges Treffen gekostet. Und die Cola geht auf mich.« Henry reichte Williamson die Hand. Eine Fortführung des Gesprächs war zu diesem Zeitpunkt sinnlos. Der Besucher war noch nicht in der Lage, eine finale Wahl zu fällen.

8

Viele Jahre zuvor

Ich lächelte meiner Großmutter zu. Ich hatte den Tag genossen und wäre gern länger geblieben, am liebsten sogar über Nacht. Manchmal gruselte ich mich zwar vor dem dunklen Haus, aber solang Menschen in der Nähe waren, hielt sich dieses Gefühl in Grenzen. Mit Mama und Papa in dem großen Gästezimmer zu schlafen wäre großartig gewesen. Oma hatte es uns sogar angeboten, Papa hatte jedoch abgelehnt, ohne Mama oder mich zu fragen.

»Jetzt wird es also Zeit, auf Wiedersehen zu sagen, Henry«, erklärte Oma auf Deutsch.

Mein Papa Peter verdrehte die Augen. »Mutter!«

Oma lächelte. »Sein Deutsch zu pflegen kann ihm nicht schaden. Die Sommerferien in Deutschland haben seine Fähigkeiten verbessert, jetzt solltet ihr nicht wieder nachlassen. Mehrere Sprachen zu beherrschen, wird ihm im Leben weiterhelfen.«

»Auf Wiedersehen und bis bald«, sagte ich in perfektem Deutsch.

Stolz blickte Oma Dorothea mich an. »Sehr gut. Du sprichst fast akzentfrei.«

Ich lächelte dankbar.

»Können wir jetzt langsam?« Meine Mutter Melanie strich sich zärtlich über den kugelrunden Bauch. »Die Zeitabstände, in denen ich auf Toilette muss …«

Papa warf ihr einen Blick zu, der sie verstummen ließ. »Wir machen uns auf den Weg.«

»Sagst du mir Bescheid, sobald die Wehen einsetzen?«, bat Oma.

»Trotz allem?«, hakte Papa nach.

»Ihr wisst, ich heiße es nicht gut, aber es ist ganz allein eure Entscheidung. Hoffentlich kommt ihr in Zukunft damit klar«, antwortete Oma.

»Okay«, erwiderte Papa. »Du hörst von mir, sobald es losgeht. Hab noch einen schönen Abend.«

Der Butler Eddie, der bislang stumm an der geschlossenen Haustür gestanden hatte, öffnete sie für uns. Der Besuch war beendet. Wir gingen zur Garage, wo unser Wagen stand. Während Papa Mama beim Einsteigen half, kletterte ich eigenständig nach hinten. Kaum hatte sich Papa hinters Steuer gesetzt, startete er den Motor.

»Denk an den Gurt«, sagte Mama.

Papa seufzte, legte ihn allerdings an. Wir fuhren los. Ich drehte mich um und winkte meiner Oma zu, bis sie außer Sicht war.

»Alles okay bei dir da hinten, Henry?«, fragte Papa.

»Glaub schon«, antwortete ich.

Mein grummeliges Bauchgefühl hatte wahrscheinlich nur mit dem Abschied zu tun. Mir fiel es immer schwer, Menschen auf Wiedersehen zu sagen, ohne zu wissen, wann man das nächste Mal aufeinandertraf.

* * *

Er hasste sie so sehr. Wie hatte sie ihm das bloß antun können? Ihn kalt lächelnd abzuservieren, nach allem, was er für sie getan hatte. Wie hatte er sich in den zehn Monaten aufgeopfert!

Das würde sie ihm büßen.

Von seiner Parkposition aus hatte er einen wunderbaren Blick auf das Wohnzimmerfenster. Er würde warten, notfalls den ganzen Abend. Sobald sie ein Licht einschaltete und er sicher sein konnte, dass sie zu Hause war, würde er zu ihr gehen und auf eine Aussprache bestehen. Die war sie ihm schuldig. Wenigstens das.

Im Radio lief ein Lied, zu dem sie gern zusammen getanzt hatten. Er empfand Wehmut und Wut zugleich. Eine Weile ertrug er den Song, dann musste er ihn ausstellen. Fast im selben Moment trat sie ans Wohnzimmerfenster und schaute hinaus. Instinktiv duckte er sich. Hielt sie nach ihm Ausschau? War ihre Verbundenheit noch so tief, dass sie seine Anwesenheit intuitiv spürte? Aber etwas stimmte nicht. Sie wirkte nicht verärgert, sondern aufgeregt und glücklich. Für ihren Gesichtsausdruck gab es nur eine logische Erklärung. Das durfte einfach nicht wahr sein. Erwartete sie bereits Besuch? Bloß zwei Wochen nach ihrer Trennung? Verdammte Schlampe!

Als sie sich vom Fenster zurückzog, hielt er es keinen Augenblick mehr aus. Eine solche Behandlung hatte er nicht verdient. Er stieg aus dem Auto, warf die Tür zu und stiefelte auf den Hauseingang zu.

* * *

»Wie lange noch?«, fragte ich. Mir kam die Rückfahrt ewig vor, und das ungute Gefühl ließ sich einfach nicht vertreiben.

»Zwanzig Minuten, Henry«, antwortete Papa.

Ich seufzte, erwiderte jedoch nichts. Meine Eltern erwarteten von mir, immer geduldig zu sein, egal wie schwer es manchmal auch war.

Die nächste Minute fuhren wir schweigend. Dann räusperte sich Mama.

»Und wenn sie recht hat?«, fragte sie leise.

Trotz der gedämpften Stimme verstand ich jedes Wort. Ich wusste bloß nicht, wovon Mama sprach.

»Was, wenn wir es bereuen?«, fuhr sie fort.

»Wir können nicht mehr zurück. Ausgeschlossen!«

»Wirklich?«

Papa nickte energisch. »Du weißt, warum wir das gemacht haben. Gerade du wolltest Unabhängigkeit von D. Ihm jetzt zu sagen, wir hätten es uns anders überlegt, würde uns ruinieren. Finanziell sowieso, aber auch gesellschaftlich. Du weißt, über welchen Einfluss er verfügt. Die Leute würden mich von der Sekunde an meiden, in der er den Daumen über mir senkt. Das würde er tun. Er ist ein rachsüchtiger Geschäftspartner.«

»Peter, ich habe Angst.«

Mein Bauchgrummeln wurde schlimmer. Eltern sollten keine Angst haben – oder es unter keinen Umständen zugeben.

Papa nahm die rechte Hand vom Lenkrad und legte sie auf Mamas Oberschenkel. Die umklammerte sie und streichelte mit dem Daumen den haarigen Handrücken.

»Es war die richtige Entscheidung«, sagte Papa. »In ein paar Jahren blicken wir zurück, vielleicht ein bisschen wehmütig, dafür aus einer Position der Stärke. Weil wir wissen, dass es sich gelohnt hat. Und wenn du unbedingt willst, können wir in einem Jahr oder so …«

»Das wäre schön. Dann wären wir endlich zu viert.«

»Du musst ein gesundes Kind zur Welt bringen, danach geht's aufwärts. Und D kann sich nicht mehr in unsere Entscheidungen einmischen. Darauf freue ich mich am meisten.«

Mama ließ Papas Hand los und schaute aus dem Fenster. »Ich mich auch«, murmelte sie leise. »Hoffentlich bereuen wir es nie.«

»Werden wir nicht.«

»Das kannst du nicht versprechen.«

»Werden wir nicht!«, wiederholte Papa eindringlich. »Vertrau mir!«

* * *

Seine blutbesudelte Hand rutschte von der Türklinke ab. Überzeugt davon, dass sie ihm folgte, um sich zu rächen, sah er panisch über die Schulter. Doch das war nicht möglich – sie würde sich nie wieder bewegen. Wenn sie das nächste Mal die Wohnung verließ, dann in einem Sarg.

Er wischte sich die Hand an dem weißen T-Shirt ab und griff erneut nach der Klinke. Diesmal rutschte er nicht ab. Er riss die Tür auf. Als er sich im Treppenhaus den Stufen zuwandte, sah er den Nachbarn aus der unteren Etage, der ihn entsetzt musterte.

»Wir haben die Schreie gehört«, sagte er. »Die Polizei ist unterwegs.«

»Du Wichser!«, brüllte er.

Wütend stürmte er los. Der Nachbar trat den Rückzug an. Sie

prallten zusammen, bevor der Mann die Sicherheit seiner Wohnung er-
reicht hatte.

»Misch dich nicht in meine Angelegenheiten ein!«, schrie er.

Stöhnend ging der Nachbar zu Boden und brüllte um Hilfe.

*Am liebsten hätte er seinen Kopf gepackt und zertrümmert. Doch
ihm blieb keine Zeit. Die Bullen waren unterwegs! Er musste verschwinden, also rannte er weiter. Auf dem Weg nach unten kam ihm
niemand mehr entgegen. Als er seinen Wagen erreichte, hörte er die
Sirenen. Er sprang ins Fahrzeug. Erst jetzt bemerkte er die Passanten,
die innegehalten hatten und ihn beobachteten. Die Bullen würden von
ihnen erfahren, nach welchem Auto sie Ausschau halten müssten.
Trotzdem war es noch nicht zu spät. Hoffte er zumindest. Er startete
den Motor und fuhr mit durchdrehenden Reifen davon.*

* * *

*Wir näherten uns einer kleinen Anhöhe. Ich blickte nach vorn. Seit ich
Papa gefragt hatte, wann wir zu Hause wären, waren noch keine fünf
Minuten vergangen. Am liebsten würde ich ihn bitten, anzuhalten. Aber
dann kämen wir ja nie an.*

Plötzlich brüllte Papa: »Scheiße!«

Mama rief entsetzt: »Oh mein Gott!«

*Ein Wagen kam auf der Anhöhe in Sicht und raste auf uns zu.
Hinter ihm zählte ich drei Streifenwagen.*

*Das schwarze Auto hatte seine Spur verlassen. Papa versuchte, nach
rechts auszuweichen. Aber es war zu spät. Ein lauter Knall ertönte.
Schreie. Knarzen. Ich wurde durchgeschüttelt. In meinem Bauch breitete
sich ein Gefühl aus, das mich an den Flug letzten Sommer erinnerte, als
wir nach Deutschland gereist waren. Ein stechender Schmerz am Kopf
vertrieb die Erinnerung daran. Die Welt um mich herum wurde schwarz.*

*Das Letzte, was ich hörte, war Mamas panische Stimme. »Henry!
Peter!«, wimmerte sie.*

9

Henry Baker entdeckte Detective Scott Petersen auf einer Bank, unmittelbar hinter einem der Baseballplätze des Central Parks. Der breitschultrige Polizist, der einen braunen Anzug mit schwarzen Lederschuhen kombiniert hatte, schien dem Verlauf des aktuellen Spiels interessiert zu folgen. Die Krawatte hatte er etwas gelockert. Auf der Stirn erkannte Henry eine Schweißperle. Für September war es den ganzen Tag unerwartet heiß gewesen. Auch jetzt, am frühen Abend, hatte es sich noch nicht richtig abgekühlt. Umso erstaunlicher, dass Petersen das Jackett nicht im Auto gelassen oder zumindest ausgezogen hatte.

»Wer gewinnt?«, fragte Henry.

»Ist ziemlich ausgeglichen. Drei zu drei. Haben Sie neuerdings Interesse an Baseball?«

»Nicht wirklich«, gab Henry zu. »Ist zwar ein Outdoorspiel, aber trotzdem will ich nicht das Risiko eingehen, im Stadion eine Toilette aufsuchen zu müssen.«

Petersen schmunzelte. »Sie sind ein echter Kauz.«

»Umso erstaunlicher, dass Sie mich Williamson empfohlen haben.«

Der Detective zuckte mit den Achseln. »Das war in einem schwachen Moment.«

Henry griff in die Hosentasche und zog vier zusammengefaltete Blätter heraus. Am Ende jeder Seite hatte Calvin Williamson unterschrieben. Petersen warf nur einen kurzen Blick darauf.

»Er hat Sie also engagiert. Ist das ein Grund für einen Glückwunsch?«

»Das wird sich zeigen.«

»Sie berechnen ihm Ihr übliches Honorar?«

Henry nickte. »Er wollte mich runterhandeln, aber damit fange ich erst gar nicht an. Das spricht sich sonst herum.«

»Pro bono arbeiten Sie nie, obwohl Sie es sich leisten könnten. Wenn Sie nicht so teuer wären, würden wir Sie häufiger zurate ziehen.«

»Petersen, haben Sie eine Vorstellung davon, was ich jeden Monat vom Hotel berechnet bekomme?«

»Ich will es gar nicht wissen. Verstehe ohnehin nicht, wie man dort leben kann.«

»Es gibt keinen besseren Ort. Jeden Morgen und Abend kommt der Zimmerservice. Essen rund um die Uhr, dieses herrliche Restaurant mit Blick auf den Park. Ich kann, wann immer ich will, im Schwimmbad Bahnen ziehen, selbst nachts, wenn es für andere Gäste geschlossen ist. Und das Gym ist fantastisch ausgestattet, auch das darf ich zu jeder Uhrzeit benutzen.«

»Kein Wunder, dass Sie aussehen wie ein olympischer Zehnkämpfer.«

»Danke für die Blumen. Aber Sie halten sich ebenfalls bemerkenswert gut in Form. Donuts und Hotdogs scheinen nicht Ihre Hauptnahrungsquelle zu sein.«

»Das verbietet mir meine Frau. Bestimmt joggen Sie regelmäßig im Central Park.« Er seufzte. »Hannah hat das erst neulich als gemeinsames Hobby vorgeschlagen.«

»Überwinden Sie sich! Es ist herrlich. Vor allem morgens, wenn der Park noch nicht von Touristen überfüllt ist. Was mir am Hotelleben am wichtigsten ist: In den Räumlichkeiten, in denen ich mich aufhalte, ist nie jemand gestorben. Sie können sich nicht vorstellen, wie angenehm das ist.«

Der Polizist starrte ihn an und lockerte seine Krawatte noch ein wenig mehr. »Ich glaube, ich kapier's noch immer nicht so ganz. Wie viele Menschen haben hier im Central Park schon ihr Leben verloren?«

»Keine Ahnung«, antwortete Henry. »Hat für mich zum Glück keine Bedeutung.«

»Selbst wenn auf dieser Bank jemand vorgestern erstochen worden wäre, würden Sie nichts davon *sehen*?«

»Nein. Draußen funktioniert es nicht.«

»Und falls es erst gestern passiert wäre?«

»Ich würde nichts wahrnehmen.«

»Ich versteh's nicht«, brummte Petersen.

»Ich auch nicht. Meine Großmutter liebte Lebensweisheiten. Wissen Sie, welche ihre Lieblingsweisheit war?«

»Sie werden es mir hoffentlich verraten.«

»Gott bürdet uns nicht mehr auf, als wir tragen können.«

Der Detective presste die Lippen zusammen und schüttelte den Kopf. »Erzählen Sie das Verbrechensopfern, die niedergestochen, vergewaltigt oder zusammengetreten wurden und danach nie wieder zurück ins normale Leben gefunden haben. Das ist Bullshit! Nichts gegen Ihre Großmutter.«

Henry zuckte mit den Achseln. »Ich gestehe Ihnen Ihre Meinung zu. Sie haben ja nicht unrecht. Wie auch immer. Draußen überfällt mich keine Vision. Nirgendwo. Selbst am Mahnmal von 9/11 nicht, wo die Zwillingstürme standen. Obwohl dort so viele Menschen gestorben sind.«

Sie schwiegen beide für ein paar Sekunden.

»Und sobald Sie in einem Raum sind, in dem jemand

ums Leben kam, haben Sie diese Visionen«, fuhr Petersen schließlich fort. »Egal, wie lange das her ist.«

»Völlig egal. Ich war mal in ein Restaurant eingeladen, wo in den Fünfzigern ein Mann seine Frau aus Eifersucht erstochen hatte. Mit einem Steakmesser. Vor allen Gästen und den Kellnern. Ein furchtbares Gemetzel! Es war nicht einmal dasselbe Restaurant, nur dasselbe Gebäude. Trotzdem habe ich es genau gesehen. Zum Glück war sie sofort tot. Er hat ihre Halsschlagader erwischt.«

Vom Baseballfeld erklang ein lauter Jubelschrei. Der Schlagmann hatte den Ball perfekt getroffen, der im hohen Bogen davonflog. In aller Ruhe trabte er übers Feld und klatschte mit seinen Kameraden ab.

»Wie halten Sie das bloß aus?«, fragte Petersen.

Eine gute Frage, die sich Henry selbst schon oft gestellt hatte. »Was meinen Sie, warum ich so gern im Freien bin? Oder mich in Hotelräumen aufhalte, in denen nie jemand gestorben ist?«

»Eine Ausweichstrategie«, sagte Petersen.

»Ich nenne es eher Vermeidung von Risiken.«

»Verzeihen Sie, falls das zu persönlich wird. Haben Sie das je mit einem Arzt besprochen?«

»Ich war sogar mehrfach in Behandlung. Dafür hat meine Großmutter gesorgt. Die meisten Psychiater hielten das für eine posttraumatische Belastungsstörung. Das ist einfach bloß Mist. Es gibt keine logische Erklärung. Ich habe gelernt, es zu akzeptieren.«

»Wie hat Williamson darauf reagiert?«

»Anfangs ungläubig. Aber hey, er hat unterschrieben. Nichts anderes zählt. Was können Sie mir über ihn verraten?«

Petersen schnaubte. »Wo soll ich beginnen? Curland und

44

ich haben ihn gehörig in die Mangel genommen. Er ist der einzige lebende Verwandte von Nicole Green, von ihrem Tod profitiert er enorm. Zumal er auch der letzte Verwandte von Stewart Green ist, dessen Testament er angefochten hatte. Solang er eine Person von Interesse für uns ist, wird keine Versicherung an ihn auszahlen.«

»Halten Sie ihn für verdächtig?«

Petersen zögerte. »Nicht so richtig. Es sei denn, er hätte einen perfekten Weg gefunden, den Videoclip zu manipulieren. Unsere Techniker haben keinen Hinweis darauf entdeckt.«

»Ein Täter, der im Auftrag von Williamson arbeitet?«, fragte Henry.

»Ist bei meinem Partner eine sehr beliebte Theorie. Haben Sie das Video gesehen?«

Henry nickte.

»Wirkte es auf Sie so, als hätte Williamson eine Ahnung gehabt, was ihn erwartet, als er Greens Wohnung betrat?«

»Nein.«

»Auf mich auch nicht. Und wieso hätte er ihren Freund ausschalten sollen? Noch dazu auf diese wirklich seltsame Art und Weise.«

Henry gab die Einzelheiten wieder, die er von seinem Auftraggeber erfahren hatte. Petersen rutschte ein Stück näher zu ihm und senkte die Stimme. Unter dem Versprechen absoluter Verschwiegenheit nannte er einige Details, die Henry neu waren.

»Klingt nicht gut. Weitere Morde dieser Art sind nicht passiert?«

»Nirgendwo im ganzen Land«, bestätigte Petersen. »Ich halte mich da auf dem Laufenden. Trotzdem habe ich ein ungutes Gefühl. Es läuft ein Mörder frei herum, der viel über das Leben und den alltäglichen Ablauf seiner Opfer weiß. Woher? Hat er sie über Wochen oder Monate verfolgt, oder kannte er sie persönlich? Wie hat er von dem Streit um das Testament erfahren? Weshalb hat er Williamson in die Sache hineingezogen? Außerdem haben wir keine Ahnung, wieso er die Opfer postmortal gedemütigt hat. Die Frau haben Sie auf dem Video gesehen, aber von dem Mann wissen Sie noch nichts. Warum war ihm das wichtig? So viele Fragen, auf die wir keine Antworten finden.« Petersen rückte wieder ein Stück von ihm ab. »Ich habe Williamson Ihren Namen nicht ohne Hintergedanken genannt«, gab der Detective zu.

Henry lächelte. »Sie kommen nicht weiter.«

»Nein. Der Fall läuft Gefahr, kalt zu werden. Ich brauche einen neuen Ansatz.«

»Den Sie sich von mir versprechen.«

»Wenn Ihr Honorarsatz nicht so unverschämt wäre, hätte ich mich vor Wochen bei Ihnen gemeldet.«

»Und so haben Sie Williamson manipuliert, sich bei mir zu melden.«

»Manipulation? Das ist ein schwerwiegender Vorwurf.« Petersen lächelte gutmütig.

»Mir ist es auch lieber, von einem Privatmann bezahlt zu werden, statt auf den Zahlungseingang des NYPD zu warten.«

»Also gewinnen wir beide.«

»Darf ich mich am Tatort umsehen?«

»In meiner Begleitung lässt sich das arrangieren. Wie sieht's bei Ihnen morgen Abend aus?«

»Passt perfekt.«

»Dann hole ich Sie vor Ihrem Hotel ab. Einverstanden?«

»Ist in Ihrem Auto schon mal jemand gestorben?«

»Ich komme mit meinem Privatwagen. Fast noch fabrikneu. Sechs Monate alt. Also lautet die Antwort Nein.«

»Um wie viel Uhr?«

»Wenn mir nichts dazwischenkommt, gegen sieben«, schlug Petersen vor.

»Ich sage dem Doorman Bescheid, dass ich Sie erwarte. Dann schickt er Sie nicht weg.«

»Ich könnte auch einfach das mobile Blaulicht …«

»Vergessen Sie's. Keine Show morgen Abend.«

Petersen grinste. »Ich überleg's mir. Was das wohl für Ihren Ruf bedeuten würde, wenn ich so tue, als würde ich Sie verhaften?«

»Wehe!« Henry stand auf und reichte Petersen die Hand.

Der erhob sich ebenfalls. »Danke für Ihre Hilfe.«

Die Männer schüttelten einander die Hand.

»Nichts zu danken. Wenn es so läuft, wie ich vermute, verdiene ich eine Viertelmillion.«

»Die Sie gar nicht nötig haben. Wie viel Provision darf ich in Rechnung stellen?«

»Vielleicht lade ich Sie mal auf einen Kaffee ein.« Henry zwinkerte dem Detective zu und wandte sich von ihm ab.

10

Der Doorman Walter bemerkte Henry, kurz bevor er den Eingang des Hotels erreichte.

»Schönen Spaziergang gemacht?«, fragte er. Walter kannte Henrys Vorliebe für ausgiebige Aufenthalte im Freien. Er hatte genau an dem Tag im Hotel angefangen, als Henry dort eingezogen war. Sie hatten rasch einen guten Draht zueinander gehabt.

»War diesmal beruflich bedingt.«

»Wo warst du?«

»Im Central Park.«

»Beruflich?«

»Hab mich mit jemandem getroffen, der sich lieber nicht mit mir in der Bar blicken lassen wollte.«

»Verrückt!« Walter schüttelte den Kopf. Ein schwarzer Mercedes fuhr vor und hielt genau am Eingang. »Entschuldige mich. Neue Gäste.«

»Hab einen ruhigen Abend.«

Henry betrat das Hotel und ging zu den insgesamt drei Aufzügen im Erdgeschoss. Er forderte einen von ihnen an, Sekunden später öffnete sich bereits die Tür der mittleren Kabine. Er drückte den Knopf für die 35. Etage, wofür er keine Zimmerkarte benötige. Nach oben in die Lobby oder zur Bar konnte jeder fahren, unabhängig, ob er im Hotel Gast war oder nicht.

In der 35. stieg er aus. Sollte er noch einen Schlummerdrink zu sich nehmen? Irgendwie fehlte ihm die Lust auf weitere Gespräche, außerdem hatte er Arbeit zu erledigen.

Also ging er in den Gang hinein, der zum Eingang des Spa-Bereichs und zu den Aufzügen führte, die den Hotelgästen vorbehalten waren. Einer davon stand mit offener Tür in der Etage. Henry trat ein, hielt seine Zimmerkarte vor das Lesegerät und fuhr in den 48. Stock. Oben angekommen, wandte er sich nach links und schlenderte zu seinem Zimmer, das bereits für die Nacht vorbereitet war. Das Zimmermädchen hatte jedoch – seinem Wunsch zum Trotz – die Vorhänge nicht zugezogen.

Er trat an die Minibar und nahm eine Dose Limonade heraus, außerdem eine kleine Flasche Wodka. Beides mischte er in einem Glas. Er stellte sich ans Fenster und nippte an dem Getränk. In den Wolkenkratzern brannten schon viele Lichter. An der Anlegestelle des Hudson River hatte ein Kreuzfahrtschiff festgemacht. Für einen Moment verweilte sein Blick auf dem Schiff. Seit Jahren spielte er mit dem Gedanken, eine solche Reise zu unternehmen. Aber ihn hielt die Angst ab, vor Antritt nicht zu wissen, ob an Bord jemand gestorben war.

Schließlich setzte er sich an den Schreibtisch und startete sein MacBook. Kaum war es hochgefahren, rief er eine deutsche Nachrichtenseite auf. Dort fand er einen neuen Beitrag über einen Prozess gegen eine Serienmörderin, die derzeit in Frankfurt am Main vor Gericht stand. Der Fall sorgte in Deutschland für große Aufmerksamkeit, jede neue Meldung wurde mit alten Informationen angereichert, die Henry inzwischen in- und auswendig kannte. Er klickte auf den Startbutton und wechselte in den Vollbildmodus. Eine der Nachrichtenmoderatorinnen unterhielt sich mit einem Experten über die heutige Fortsetzung des Prozesses.

»Herr Stern, Sie haben heute wieder für uns das Verfahren gegen Tilda Schmitt verfolgt. Was gibt es Neues?«, fragte die Sprecherin.

»Leider gar nicht so viel. Die Angeklagte schweigt nach wie vor, deswegen war der Prozesstag auch schon vor dem Mittagessen beendet. Die Staatsanwaltschaft hat weitere Zeugen befragt, die Beweisaufnahme nähert sich langsam dem Ende, es sei denn, Tilda Schmitt würde sich bereit erklären, vollumfänglich auszusagen.«

»Was sie derzeit nicht tut.«

»Nein. Sie lässt alles regungslos über sich ergehen. Ich schätze nicht, dass sie von dieser Strategie abweichen wird.«

»Für alle Zuschauer, die den Prozess in den letzten Wochen nicht verfolgt haben. Frau Schmitt ist wegen doppelten Mordes und Freiheitsberaubung angeklagt. Sie hat ein Dutzend Tattoos, die in Augen der Ermittlungsbehörde jeweils einen von ihr verschuldeten Tod symbolisieren.«

»Das ist richtig.«

»Trotzdem geht es in diesem Prozess bloß um zwei Morde und eine Entführung.«

»Korrekt. Angeklagt ist sie wegen der Ermordung eines Geschäftsmannes in einem Frankfurter Hotel, nahe dem Messegelände, außerdem hat sie vermutlich im Streit einen Helfer getötet. Der — und das macht es besonders pikant — als Kriminalkommissar an den Ermittlungen im Fall des toten Geschäftsmannes beteiligt war. Die beiden haben eine intime Beziehung unterhalten. Nicht zuletzt wird ihr schwere Freiheitsberaubung vorgeworfen, weil sie einen jungen Mann in einem gläsernen Käfig gefangen gehalten hat.«

»Ein Käfig, der sich langsam mit Wasser füllte, was beinahe zum Tod des Opfers geführt hätte.«

»Die Polizei hat ihn in buchstäblich letzter Sekunde gerettet.«

»Aber die Angeklagte hat keine dieser Taten als Tätowierung in ihrer Haut verewigt«, hakte die Moderatorin nach.

»Ganz genau.«

»Das heißt, die Polizei unterstellt ihr insgesamt vierzehn Tötungen.«

»Mindestens.«

»Warum ist sie dann bloß wegen zweier Morde angeklagt?«

»Weil die Staatsanwaltschaft sichergehen wollte, den Prozess erfolgreich abzuschließen. Für die zwei Morde und die Freiheitsberaubung ist die Beweislage meiner Meinung nach ausreichend. Die anderen Taten liegen teilweise schon lange zurück oder haben im Ausland stattgefunden. Möglicherweise wird Schmitt dafür in zukünftigen Prozessen verantwortlich gemacht.«

Henry stoppte die Wiedergabe. Er hatte genug gehört. Nichts Neues, Tilda Schmitt schwieg vor Gericht. Er war ebenso wie der deutsche Prozessbeobachter überzeugt, dass sich daran nichts mehr ändern würde. Was brachte es ihr, weitere Morde zu gestehen? Nur wenn man ihr etwas anbieten könnte, würde sie von ihrer Taktik abweichen. Und danach sah es derzeit nicht aus. Die Staatsanwaltschaft hatte keinen Grund, ihr einen Deal anzubieten. In Deutschland gab es keine Todesstrafe, die der Angeklagten drohen würde.

In den folgenden Minuten suchte er im Netz nach Informationen über die beiden Toten Nicole Green und ihren Freund Joel. Nichts, was er dazu entdeckte, bot ihm einen Anhaltspunkt. Obwohl er fast eine Stunde auf ihren nach wie vor zugänglichen Profilen in den sozialen Medien verbrachte, fand er nichts Verdächtiges. Kein Wunder, dass Petersen Henrys Mitwirken arrangiert hatte. Der Detective wäre für jeden neuen Ansatz dankbar. Was wohl die Tatortbesichtigungen bringen würden?

Henry schaltete das MacBook aus und schaute nach draußen. Das war inzwischen der zwölfte Kriminalfall, in den er involviert war. Ein paar Mal hatte er den Täter durch seine Visionen klar und deutlich vor sich gesehen. Ungefähr genauso oft allerdings nur vage Hinweise auf den Schuldigen erhalten. Neunmal war es zu Verurteilungen gekommen, demgegenüber standen ein Freispruch mangels Beweisen und zwei Ermittlungen, in denen die Polizisten trotz seines Mitwirkens nicht weitergekommen waren. Einer dieser beiden Fälle genoss nach wie vor hohe Priorität. Was an den familiären Verbindungen des Todesopfers lag.

Er dachte über die in Deutschland verhaftete Tilda Schmitt nach. Er musste sich sicher sein, bevor er ihretwegen Schritte unternehmen würde. Seinen Auftraggeber zu verärgern könnte übel enden. War es zu früh, um aktiv zu werden?

Nachdem er das Glas aufgefüllt hatte, diesmal nur mit Limonade, griff er zum Telefon und wählte die oberste Nummer seiner Kontaktliste.

»Hallo, Mr. Baker«, meldete sich der Butler Eddie.

Nicht zum ersten Mal fiel Henry auf, wie alt die Stimme des inzwischen 67-jährigen Mannes klang, der seit 37 Jahren für die Familie arbeitete. Vor zwei Jahren war diese Alterserscheinung erstmals aufgetreten und verstärkte sich seither schleichend.

»Hallo, Eddie.«

»Ich habe Sie lange nicht mehr gesehen, was sehr bedauerlich ist. Ohne Familienmitglieder wirkt das Haus so leer. Aber heute rufen Sie bestimmt an, um mir Ihren Entschluss mitzuteilen, endlich hierhin zu ziehen.«

Henry schmunzelte. Der Butler versuchte nicht zum ersten Mal, ihn darauf festzunageln. »Steter Tropfen höhlt den Stein, nicht wahr, Eddie?«

»Das hoffe ich sehr. Alle Annehmlichkeiten, die man Ihnen im Hotel bietet, kann ich Ihnen hier auch offerieren.«

»Ich stehe gerade in der 48. Etage und blicke auf den Central Park und die beleuchteten Wolkenkratzer.«

»*Fast* alle Annehmlichkeiten«, korrigierte sich der Butler.

»Noch haben Sie mich nicht so weit, Eddie, dafür liebe ich es hier mitten im Wahnsinn einfach zu sehr. Trotzdem werden wir uns in nächster Zeit häufiger sehen.«

»Das höre ich gern, Mr. Baker. Wie genau darf ich das verstehen?«

»In nächster Zeit kommen einige Lieferungen an. Bestellungen, die ich auf Ihren Namen ausgeführt habe. Nicht, dass Sie sich wundern.«

»Welcher Art sind die Lieferungen?«

»Ich plane, den Keller umzugestalten. Das wäre eine Aufgabe von Wochen, wahrscheinlich sogar Monaten.«

»Haben Sie auch schon Handwerker engagiert?«

»Nein. Ich will das in Eigenregie übernehmen. Beziehungsweise mit Ihnen zusammen. Ein neues Projekt.«

»Im Rahmen dessen ich also mit Ihrer Anwesenheit rechnen darf?«

»Genauso habe ich das geplant. Außerdem benötige ich Ihr handwerkliches Geschick.«

»Prima. Ich bin hier und nehme die Lieferungen entgegen.«

»Vielen Dank, Eddie. Übrigens sollten wir demnächst mal ein ausführliches Gespräch über Ihre Zukunft führen, Eddie. Wir werden alle nicht jünger.«

»Jederzeit, Mr. Baker. Jederzeit.«

Henry wünschte dem Mann eine gute Nacht und beendete das Telefonat. Er zog die Vorhänge zu. Heute würde er vermutlich besser im Dunkeln schlafen.

Zehn Minuten später lag er im Bett. Er griff zum Smartphone und fragte sich, ob er die Nachricht schreiben sollte, die ihm vorschwebte. Henry rief den Chatverlauf mit dem Mann auf. In den letzten vier Wochen hatten sie keinen Kontakt mehr gehabt. Henry stand nicht in seiner Schuld. Es gab keinen Grund, sich bei ihm zu melden.

Es sei denn …

Henry schaltete das Telefon aus. Vielleicht würde er morgen früh eine Entscheidung treffen.

11

Viele Jahre zuvor

Zwei Krankenschwestern stürmten in das Zimmer. Eine von ihnen rief hektisch nach einem Arzt.

»Nulllinie«, schrie die andere.

Die erste Krankenschwester trat ans Bett, in dem ich erwacht war und um mich schlug. Schweiß stand auf meiner Stirn.

»Henry«, erklang Omas beruhigende Stimme.

Hektisch blickte ich mich um. Lag ich neben einem sterbenden Mann im Bett? Ich fuchtelte mit den Armen herum, um mir Platz zu schaffen.

»Henry, ganz ruhig«, sagte Eddie. »Wir sind bei dir.«

»Was? Wo?« Verwirrt schaute ich mich um. Der sterbende Mann und die beiden Krankenschwestern waren verschwunden.

»Wo bin ich?«, fragte ich leise. »Wer war der alte Mann?«

»Du liegst im Krankenhaus und hattest bloß einen schlimmen Traum«, erklärte Oma.

»Warum?« Plötzlich erinnerte ich mich an den Unfall. Ich fasste mir an den dröhnenden Kopf und fühlte den Verband. »Wo sind Mama und Papa?«

Oma trat ans Bett und griff nach meiner Hand, die sie beruhigend streichelte. »Es tut mir so leid.«

Die Tränen in ihren Augen beunruhigten mich am allermeisten. Ich hatte Oma noch nie weinen gesehen. »Was tut dir leid? Geht es Mama und Papa gut?«

»Du musst ganz tapfer sein«, flüsterte Oma. »Papa und Mama sind tot.«

»Nein!« Zornig zog ich die Hand weg, um mir die Ohren zuzuhalten. Warum log sie mich an? Hatte sie mir nicht immer verboten, zu lügen?

Oma verschwand aus dem Zimmer. Ein Arzt betrat hektisch den Raum, wieder vernahm ich einen schrillen Warnton.

»Was ist das?«, keuchte ich.

Oma war zurück. »Henry!«, rief sie. »Was ist los?«

»Ich …« Tränen traten mir in die Augen. Was hatte das zu bedeuten? Meine Schultern bebten. Sacht drückte Oma meinen Kopf gegen ihre Brust. Ich weinte hemmungslos.

Es dauerte lange, bis ich mich wieder beruhigte. Oma hielt mich die ganze Zeit fest und streichelte mir den Rücken. Schließlich löste ich mich von ihr und wischte mir die Tränen aus dem Gesicht.

»Was ist mit Mamas Baby?«, fragte ich.

Oma antwortete nicht. Stattdessen warf sie Eddie einen merkwürdigen Blick zu.

»Oma?«

Ein erneuter Alarmton ließ alles um mich herum verschwinden.

12

Henry erwachte. Er tastete nach dem Lichtschalter. Die matte Lampe, die über seinem Kopf angebracht war, vertrieb die Dunkelheit. Er schaute sich um, doch niemand stand neben seinem Bett. Hier im Hotel wurde er nicht von Visionen geplagt. War es Zufall, dass er ausgerechnet heute diesen Albtraum hatte? Vermutlich nicht.

Die Tage im Krankenhaus damals waren der reinste Horror gewesen. Er hatte so viel Traumatisches zu verarbeiten, und zu allem Überfluss hatten ihn seine ersten Erscheinungen unkontrolliert gequält. In dem Zimmer, in dem er gelegen hatte, waren viele Menschen dem Sensenmann begegnet. Henry wusste bis heute nicht, ob er alle gesehen hatte oder nur eine Auswahl.

Er drehte sich zur Seite, nahm das Telefon in die Hand und schaltete es ein. Kaum war es betriebsbereit, rief er den Chatverlauf auf, den er sich vor dem Einschlafen angesehen hatte. Er hatte seine Wahl getroffen und formulierte eine Nachricht.

Mr. Senator, wann haben Sie Zeit für mich? Sie wissen, um was es geht.

Er schickte sie ab. Die Antwort würde vermutlich nicht lange auf sich warten lassen. Der Senator war ein viel beschäftigter Mann, der nachts kaum vier Stunden schlief. Bei der übernächsten Präsidentschaftswahl galt er als der große Favorit seiner Partei. Auch die Wahlforscher räumten ihm schon jetzt beste Chancen ein. In fünf Jahren wäre der Senator wohl der mächtigste Mann der Welt. Um sich darauf vorzubereiten, gewöhnte er seinen Körper lange im Voraus an möglichst wenig Schlaf.

Das Telefon piepte zweimal kurz hintereinander. Wie erwartet antwortete der Senator schnell.

Morgen. 23.30.

Das war kein Vorschlag. Und es bezeichnete nicht die Uhrzeit des Treffens, sondern wann Henry vom Sicherheitspersonal des Senators abgeholt werden würde.

Also stand ihm ein langer Tag bevor. Hatte er sich das gut überlegt? Nicht wirklich, aber nun war es zu spät für einen Rückzieher.

Henry schlug die Decke zurück und ging zur Toilette. Als er wieder im Bett lag, dauerte es, bis ihm die Augen vor Müdigkeit zufielen.

13

Wenige Minuten nach der mit Petersen vereinbarten Zeit klingelte das Hoteltelefon. Henry nahm das Gespräch entgegen.

»Hallo?«

»Walter hier. Dein Besucher ist angekommen. Detective Petersen. Er sagt, ihr seid verabredet. Was hast du ausgefressen?«

»Sag ihm, ich bin unterwegs.« Henry legte auf. Er trat an die Tür, an der bereits eine Sporttasche stand. Hoffentlich klappte alles reibungslos, denn die Stunden bis halb zwölf würden schneller vergehen, als ihm lieb war. Den Senator zu versetzen, würde nicht infrage kommen.

Auf dem Flur begegnete er einer Reinigungskraft.

Die junge Latina, die erst vor wenigen Wochen eingestellt worden war, lächelte ihm scheu zu. »Sie gehen?«

»Ja. Sie können gern ins Zimmer. Den Vorhang dürfen Sie heute übrigens zuziehen.«

»Sí. Einen schönen Abend.«

»Ihnen auch.«

Er forderte einen Fahrstuhl an. Diesmal dauerte es, bis er in der 48. ankam. Als sich die Kabine öffnete, standen darin bereits drei Hotelgäste. Henry lächelte ihnen zu und stellte sich auf einen freien Platz in der Ecke. Zwei weitere Male hielt der Aufzug, ehe er die 35. erreichte. Auch den zweiten Fahrstuhl musste sich Henry teilen.

Vor dem Hoteleingang wartete Detective Petersen an seinem Auto. »Warum hat das so lange gedauert?«

»Wieso sind Sie zu spät gekommen?«

Henry ging zur Beifahrerseite, warf die Tasche auf die Rückbank und stieg ein.

»Ich kann nichts dafür, dass Sie hier leben«, sagte Petersen. »Ohne mein Blaulicht hätte ich noch länger gebraucht. Wie halten Sie das bloß aus? Mitten am Columbus Circle. Hektischer geht's kaum.«

»Stellen Sie sich vor, ich würde am Times Square oder der Fifth Avenue wohnen«, erwiderte Henry lachend. »Im Vergleich dazu ist es hier paradiesisch ruhig.«

Petersen fuhr los. »Sie wissen genau, was ich meine. Warum wohnen Sie in einem Hotel so nah an dem ganzen Chaos? Mich würde ja schon das Hotelleben stören, aber dann noch der Krach und …«

»Ich finde es eher spannend. Und entspannend.«

Petersen warf ihm einen ungläubigen Blick zu. »Entspannend? Ihr Ernst?«

»Manchmal schon. In dem Hotel begegne ich jeden Monat Hunderten von Personen, denen ich sonst nie in meinem Leben begegnet wäre. Viele Deutsche wählen dieses Hotel. Mir geht das Herz auf, wenn ich sie Deutsch reden höre, mit ihnen komme ich beim Frühstück oder abends besonders gern ins Gespräch. So bleibe ich auf dem Laufenden, was die alte Heimat anbelangt.«

»Alte Heimat? Haben Sie da jemals gelebt?«

»Die Heimat meiner Vorfahren«, konkretisierte Henry.

»Trotzdem. Okay, ich gebe zu, die Nähe zum Central Park ist nicht schlecht. Aber davon abgesehen: Sie haben nie Ruhe. In Ihrem Zimmer hören Sie jeden Polizeiwagen, der mit Sirene fährt, oder?«

»Das gibt mir ein Gefühl der Geborgenheit. Weil ich weiß, dass Sie und Ihre Kollegen gut auf mich aufpassen.«

»Ich find's verrückt. Aber ist zum Glück nicht mein Bier. Was haben Sie in der Tasche? Das, was ich vermute?«

»Was vermuten Sie?«

»Eine Schutzweste. Die hatten Sie zumindest bei unserer letzten Zusammenarbeit dabei. Obwohl ich Sie nur zu einem kalten Tatort gebracht habe, an dem keine Gefahr drohte. Genau wie diesmal.«

»Volltreffer. Ich gehe nie an einen Tatort, ohne mich selbst zu schützen. Das habe ich schon immer so praktiziert und werde es nicht anders handhaben, nur weil Sie mich für eine Pussy halten.«

Petersen lachte gutmütig. »Vor was soll die Weste Sie denn schützen?«

»Ist der Mörder schon gefasst? Nein! Sonst bräuchten Sie nicht meine Hilfe. Ich will ihm nicht ungeschützt gegenübertreten, falls er zufällig heute Abend zum Tatort zurückkehrt.«

»Sehr unwahrscheinlich.«

»Können Sie es ausschließen?«

Petersen antwortete nicht.

Nach einer halben Stunde Fahrtzeit, in der sie sich vor allem über die Ermittlungen unterhielten und Henry eine Menge Fragen stellte, erreichten sie den Tatort. Sie hatten beschlossen, zunächst die Wohnung von Nicole Green aufzusuchen. Die Polizei hatte neben der Leiche des Mannes ein Polaroidfoto der toten Frau gefunden. Umgekehrt jedoch nicht. Aufgrund der Erkenntnisse des Rechtsmediziners folgerten sie, dass Green zuerst ermordet worden war.

»Sie wollen die Wohnung allein aufsuchen?«, vergewisserte sich Petersen.

»Ja«, antwortete Henry. »Sonst verwässern Sie meine Eindrücke.«

Er griff nach hinten und zog die Schutzweste aus der Tasche. Gemeinsam stiegen sie aus. Noch am Fahrzeug schlüpfte Henry in die Weste, was Petersen amüsiert beobachtete.

»Sie sind ein echter Kauz«, sagte der Detective. »Ich hätte gewettet, Sie würden aufgrund unseres Gesprächs darauf verzichten.«

»Nicht mal gegen Geld«, erwiderte Henry. »Ich bin so weit.«

Ohne ein weiteres Wort gingen sie auf den Eingang zu. Petersen schaute sich sorgfältig um. Er angelte einen Schlüssel aus der Hosentasche, mit dem er ihnen Zutritt zum Hausflur verschaffte. Zögerlich folgte Henry ihm. Unbekannte Orte zu betreten war ihm jedes Mal ein Graus. Er befürchtete, schon im Flur von einer Vision überrascht zu werden, die nichts mit den Ermittlungen zu tun hatte. Zum Glück passierte jedoch nichts. Sie stiegen die Stufen zu Greens Wohnung hoch. Petersen durchtrennte das Polizeisiegel und nutzte den nächsten Schlüssel.

»Ich lasse die Tür auf und warte hier. Einverstanden? Wenn Sie nach mir rufen, bin ich schnell bei Ihnen.«

»So machen wir es.«

Henry betrat die Wohnung und wartete im Flur. Da Nicole Green im Badezimmer ermordet worden war, konnte er sich in Ruhe umsehen und einen Eindruck von ihrem früheren Leben erhaschen. An den Wänden hing das Filmposter von *Frühstück bei Tiffany*. Er trat näher an das Poster heran. Jemand, vermutlich eine Frau, wie Henry aufgrund der Handschrift annahm, hatte mit schwarzem Filzstift *Irgendwann, Süße* geschrieben und die Botschaft mit einem

Herzen garniert. Sneaker standen auf dem Boden herum, direkt neben einem Schuhschrank. Sie wirkten ausgetreten und waren staubig. An einer Kleiderstange hingen ein paar Jacken, zwei Schals und über einem Haken eine dicke Wollmütze.

Henry wappnete sich für das Unvermeidliche. Es hatte wenig Sinn, sich in der Wohnung umzusehen. So zögerte er den Moment der Vision bloß hinaus. Außerdem konnte er nicht sicher sein, wie viele Mieter schon in diesen Räumen gestorben waren. Er seufzte leise und übertrat die Schwelle zum Badezimmer. Auf dem Weg zur Badewanne schloss er die Augen. Langsam tastete er sich vorwärts, bis er sie erreicht hatte, setzte sich und öffnete wieder die Augen.

An den Rändern seines Blickwinkels tauchte ein purpurner Schatten auf. Das gehörte zu jeder Vision dazu, die in Verbindung mit einem Gewaltverbrechen stand. So unterschied Henry natürliche und unnatürliche Todesfälle voneinander. Er schaute sich um. Von seiner Position aus sah er einen Teil des Spiegels über dem Waschbecken. Darin spiegelte sich ein kahl geschorener Hinterkopf. Er war nur verschwommen zu sehen, vermutlich, weil Green unter Wasser gedrückt wurde.

»Du bist die Erste«, sagte eine tiefe Stimme. »Damit hast du damals wohl nicht gerechnet.«

Henry sprang von dem Badewannenrand auf und stellte sich ans Waschbecken. Statt alles aus einer neuen Perspektive zu sehen, verschwand die Vision. Er rieb sich die Augen, sein Blick klärte sich.

»Petersen!«, rief er.

Der Detective rannte sofort zu ihm.

»Williamson ist nicht Ihr Mörder.«

»Sie konnten den Täter identifizieren?«

»Nein! Ich habe nur einen Blick in den Spiegel über dem Waschbecken werfen können. Wahrscheinlich den Ausschnitt, den Green vor ihrem Tod hat sehen können. Es war alles verschwommen, so als hätte sie unter Wasser die Augen offen gehalten.«

»Aber Sie haben etwas gesehen, obwohl der Rechtsmediziner glaubt, sie sei wegen eines Stromschlags bewusstlos gewesen.«

»Vielleicht ist sie kurz vor dem Ertrinken erwacht, doch es war zu spät, um sich zu wehren. Hautspuren unter ihren Fingernägeln wurden nicht sichergestellt?«

»Leider nicht. Woher wissen Sie, dass es nicht Williamson war, wenn das Spiegelbild verschwommen war?«

»Ich habe einen kahl geschorenen Hinterkopf gesehen. Nicht Williamsons dichtes, schwarzes Haar.«

»Das zählt nicht als Beweis.«

»Nichts von dem, was ich sehe, würde ein Richter zulassen«, gab Henry zu bedenken. »Da ist aber noch etwas. Vielleicht sogar viel wichtiger.«

»Reden Sie!«

»Er hat Folgendes gesagt: ›Du bist die Erste. Damit hast du damals wohl nicht gerechnet.‹ Übrigens mit einer tiefen Stimme, die auch nicht zu Williamson passt.«

»Haben Sie einen Akzent erkannt?«

Henry schüttelte den Kopf. Der Detective wiederholte die Sätze des Mörders.

»Damit hast du damals wohl nicht gerechnet«, sagte er erneut. »Sie kannten sich. Vielleicht nur flüchtig.«

»Haben Sie kahl geschorene Männer vernommen?«

»Keinen, an den ich mich spontan erinnern kann.«

»Dann haben Sie einen neuen Anhaltspunkt.«

»Du bist die Erste«, murmelte Petersen. »Das ist nicht

gut. Ob er das nur auf Green und ihren Freund bezieht? Ich fürchte allerdings …«

Petersen musste den Gedanken nicht ausführen; Henry plagten ähnliche Sorgen. Hatte es ein Mörder auf Paare abgesehen?

»Sie sind sicher, dass es in den letzten Wochen kein vergleichbares Muster bei anderen ungelösten Morden gab?«, fragte er.

»Ich klemme mich direkt morgen dahinter. Allerdings bin ich mir ziemlich sicher.« Petersen stieß schnaubend Luft aus. »Erklären Sie mir noch einmal, was der Unterschied bei Ihrer Vision wäre, wenn sich jetzt der Mörder hier mit uns im Raum aufhielte. Damit ich nichts durcheinanderbringe.«

Henry zögerte. Er verstand so vieles selbst nicht. Wieso er überhaupt von solchen Erscheinungen geplagt wurde. Wahrscheinlich hatte einer der Ärzte, die er im Laufe der Jahre kontaktiert hatte, den Nagel auf den Kopf getroffen. Er war schon vor dem Autounfall ein feinfühliges Kind gewesen. Hatte Schwingungen gespürt, die auf Unheil hindeuteten. Dann hatte er sich durch das Überschlagen des Fahrzeugs den Kopf angestoßen. Ein Arzt vermutete in dieser Kombination die Ursache für alles, was ihn seither plagte. Ohne es wissenschaftlich erklären zu können. Der Neurologe hatte erzählt, dass die meisten Hellseher Scharlatane waren, aber einige wenige von ihnen besaßen wirklich unerklärliche Fähigkeiten. Die auf keinem CT-Bild dieser Welt zu erkennen wären. Der purpurne Rand war eine Besonderheit, die nur auftauchte, wenn der Tote ermordet worden war.

»Meine Visionen sind eingefärbt. Purpur steht immer für dasselbe. Purpur signalisiert mir ein Gewaltverbrechen.

Halte ich mich mit dem Schuldigen am Tatort auf, verschwindet die Farbe, dann sehe ich alles viel klarer.«

»Verrückt«, murmelte Petersen. »Sorry. War nicht persönlich gemeint. Nichts für ungut.«

»Schon okay. Mir fällt auch kein besseres Wort dafür ein.« Henry schaute auf seine Uhr. »Sollen wir jetzt zu dem anderen Tatort? Und danach wollen Sie sich ja noch mit Williamson hier treffen, richtig?« Das hatte Petersen ihm auf der Fahrt mitgeteilt. Williamson hatte sofort zugesagt, ohne misstrauisch zu wirken. Ein weiteres Mosaikstückchen, das ihn unschuldig erscheinen ließ.

»Haben Sie es eilig?«, wollte der Detective wissen.

»Könnte man so sagen. Um elf muss ich im Hotel sein.«

»Ein heißes Date?«

»Nur mit dem zukünftigen Präsidenten, der uns in die Dreißigerjahre führt«, antwortete Henry. Er schmunzelte freudlos. »Wegen meiner deutschen Wurzeln klingt das vermutlich viel unheilvoller für Sie als für mich.«

Petersen begriff sofort. »Sie haben Kontakt zu Senator Weller?« Für jeden, der sich mit Politik beschäftigte, gab es kaum Zweifel daran, wer die 28-er-Präsidentschaftswahl gewinnen würde. Völlig unabhängig davon, wer 24 das Rennen machte.

»Schon seit drei Jahren immer mal wieder.«

Für einen Moment schwieg der Detective. Doch in seinem Gesicht arbeitete es. »Wegen des ermordeten Neffen, richtig? Zu dem er ein sehr inniges Verhältnis gepflegt hat. Fast wie ein Sohn. So dass manche Leute glauben, er habe mit der Frau seines Bruders eine Affäre gehabt und sei der wahre Vater.«

»Das sollten Sie nie unter Zeugen von sich geben. Wellers Arm ist lang. Gehen wir?«

14

Um halb zehn trafen sie sich mit Calvin Williamson vor dem Apartment seiner Halbschwester. Der Besuch in der zweiten Wohnung hatte sie nicht vorwärtsgebracht. Bis auf helle, weiße Flecken hatte Henry nichts wahrgenommen. Von den Tatortfotos wusste er, dass in der zweiten Badewanne viel Schaum zurückgeblieben war, während das Wasser bei Green fast klar gewesen war. Ob das daran lag? Oder hatte tatsächlich nur Green in den Sekunden vor dem Tod das Bewusstsein zurückerlangt? Sie würden es niemals erfahren.

»Calvin, ich würde Sie um Folgendes bitten«, sagte Henry. »Sie nehmen jetzt meinen Arm, und ich schließe die Augen. Gemeinsam gehen wir bis zum Badewannenrand, dort setze ich mich hin. Sie treten dann ans Waschbecken und warten. Okay?«

Williamson nickte sofort. Er machte nicht den Eindruck, etwas zu verbergen, und wirkte nicht angespannt. Petersen und Henry wechselten bedeutungsschwangere Blicke.

»Auf geht's.« Henry schloss die Augen. »Halten Sie meinen rechten Arm fest, und gehen Sie langsam vor.«

»Alles klar. Passen Sie auf, die Tür ist vielleicht ein kleines bisschen eng für uns beide.«

Mit Trippelschritten gingen sie ins Bad.

»Wir sind fast da«, sagte Williamson. »Noch einen Meter. Am besten, Sie strecken schon mal die Hand aus.«

Henry folgte der Anweisung und wich nicht vom Drehbuch ab, das er und Petersen aufgestellt hatten. Das hier war der letzte Test für Williamson. Würde er so ruhig bleiben, wenn er als Auftraggeber in die Tat involviert wäre? Henry hielt das für unwahrscheinlich.

Er setzte sich auf den Rand. »Treten Sie ans Waschbecken und sagen mir Bescheid, sobald Sie es berühren. Danach schweigen Sie bitte.«

»Bin da.«

Henry öffnete die Augen. Wieder überfiel ihn die Vision. Nichts daran änderte sich durch Williamsons Anwesenheit. Der purpurne Rand blieb bestehen. Ohne sich zu regen, ließ Henry die Bilder erneut auf sich wirken. Er entdeckte nichts, was er beim ersten Mal übersehen hatte.

Die Vision verschwand.

»Gehen wir zurück zu Petersen.«

»Haben Sie den Mörder gesehen?«, fragte Williamson hoffnungsvoll.

»Ich habe den Hinterkopf eines kahlen Mannes identifiziert, der Ihre Halbschwester unter Wasser gedrückt hat.«

»Ich bin nicht kahl geschoren«, sagte Williamson. »War ich noch nie.« Er wandte sich Petersen zu und fuhr sich dabei durch die Haare. »Auf mein volles Haar bin ich stolz. Das würde ich niemals rasieren. Damit bin ich aus dem Schneider.«

»Nicht so voreilig«, bat Petersen. »Vor Gericht würde Mr. Bakers Aussage nicht als Beweis anerkannt.«

»Warum nicht?«, fragte Williamson. »Warum habe ich Sie dann engagiert? Das ist Bullshit. Können Sie mir Ihre Aussage schriftlich geben? Ich melde mich sofort bei der Versicherung. Die sollen es wagen, mir die Auszahlung zu verweigern.« Zum ersten Mal schwang Wut in seinen Worten mit.

»Das bringt nichts. Die Versicherung wird auf die laufenden Ermittlungen verweisen.«

»Ich lass mich nicht verarschen!«, schrie Williamson. Innerhalb von Sekunden kam ein aggressiver Charakterzug zum Vorschein, den er offenbar nicht länger beherrschen konnte.

»Mr. Williamson, so helfen Sie mir nicht weiter«, redete Petersen beruhigend auf ihn ein. »Sagen Sie mir lieber, ob Sie jemanden im Umfeld Ihrer Schwester kennen, der kahlköpfig ist.«

»Woher soll ich das wissen?« Williamsons Stimme senkte sich. »Nicole und ich hatten keinen Kontakt zueinander. Zumindest nicht, bis Vater gestorben ist.«

»Und seit der Testamentseröffnung?«

Er wandte sich von ihnen ab und stützte sich an den Türrahmen. »Nein«, sagte er nach kurzer Bedenkzeit. »An einen Glatzkopf könnte ich mich wahrscheinlich erinnern. Zumindest, wenn ich mit ihm geredet hätte.«

15

Henry musterte sein Spiegelbild. Er hatte sich für das Treffen mit dem Senator umgezogen und trug einen dunkelblauen Anzug mit schwarzen Lederschuhen. Dazu ein schwarzes Hemd und eine rote Krawatte. Für einen Moment konzentrierte er sich auf seine dunkelblonden Haare, die eine ähnliche Beschaffenheit wie die von Williamson aufwiesen. Auch er erfreute sich eines dichten Haarschopfs. Seine Gedanken wanderten weiter. Auf der Rückfahrt hatte er mit Petersen eine Theorie diskutiert. Was, wenn der Täter im Alltag ein professionelles Toupet trug? Das könnte erklären, weshalb sich der Detective an keinen Kahlköpfigen erinnerte. Manche dieser Perücken waren nicht von echtem Haar zu unterscheiden. Das machte die Aufgabe für den leitenden Mordermittler nicht einfacher.

Henry schaute auf seine Uhr. In zehn Minuten würde ihn ein Wagen des Senators abholen. Es war sinnvoll, zeitig aufzubrechen. Man ließ niemanden aus dem Umfeld des Politikers warten. Er trat aus seinem Zimmer und ging zu den Aufzügen. Kaum hatte er den Knopf gedrückt, erschien ein leerer Fahrstuhl in seiner Etage. Henry fuhr in den 35. Stock. Auf dem Weg zu den allgemeinen Aufzügen warf er fast sehnsuchtsvoll einen Blick ins Restaurant. Er würde viel lieber dort den Abend ausklingen lassen. Mit einem guten Getränk in der Hand oder einem netten Gespräch. Aber er hatte den Senator aus wichtigen Gründen kontaktiert. Niemand hatte ihn dazu gezwungen. Darauf könnte er sich nicht berufen, falls er seine Entscheidung jemals bereuen würde.

Schweren Herzens ging er weiter. Sandra, die am Concierge-Platz mit einem Mann im Gespräch war und sich über einen Stadtplan beugte, schaute kurz zu ihm und lächelte ihm zu. Henry grüßte zurück, betrat die Kabine und fuhr ins Erdgeschoss. Sein Puls stieg, obwohl es bis zur Begegnung mit dem mächtigen Politiker noch über eine Stunde hin war.

Am Hoteleingang schaute er sich um.

»Hast du einen Wagen bestellt?«, fragte ihn der Doorman Viktor, der auf dem Bürgersteig wartete.

»So ähnlich. Ich werde um elf Uhr abgeholt.«

In diesem Moment fuhr ein schwarzer SUV mit verspiegelten Fenstern vor. Der Fahrer blendete kurz das Fernlicht auf.

»Ist das deine Fahrgelegenheit?«, wollte Viktor wissen.

»Nicht ausgeschlossen. Ich weiß es nicht.«

Der Fahrer, der eine Sonnenbrille trug, senkte das Fenster ein Stück hinab. »Steigen Sie ein, Mr. Baker.«

Viktor warf Henry einen besorgten Blick zu. »Alles in Ordnung?«, fragte er leise.

»Hat seine Richtigkeit«, antwortete Henry. »Schönen Abend.« Er stieg auf der Fahrerseite ein.

»Die Fahrt dauert ziemlich genau eine Stunde«, sagte der Mann hinter dem Steuer.

»Ist nicht meine erste Tour zum Senator«, erwiderte Henry. Er lehnte sich zurück und schloss die Augen.

* * *

Zu der angekündigten Zeit erreichten sie das außerhalb

von New York liegende Anwesen des Senators. Es war eines von mehreren Gebäuden, die dem Politiker gehörten. Wenn Henry den TV-Berichterstattungen trauen durfte, hielt er sich am liebsten in diesem zweistöckigen Haus auf frei stehendem Gelände auf. Besonders seit die ersten Gerüchte kursierten, er würde die Präsidentschaftswahl 28 anstreben. Hier traf er sich meist zum Austausch mit anderen Machtmenschen, die im Umfeld New Yorks tätig waren. Deshalb gehörte eine unterirdische Tiefgarage zu dem Anwesen, sodass Besucher nicht am Hauseingang warten mussten und von Journalisten fotografiert werden konnten.

In der Garage schaltete der Fahrer den Motor aus. Sofort öffnete jemand von außen die hintere Tür.

»Willkommen, Mr. Baker«, begrüßte ihn ein Mann. In seinem Ohr steckte ein Stöpsel, von dem ein Kabel in den schwarzen Anzug führte. »Ich frage Sie nur der Form halber: Haben Sie eine Waffe dabei?«

»Nein.«

»Wunderbar. Das hatte ich erwartet«, sagte der Sicherheitsbeauftragte. »Dann sollte es bei der Kontrolle keine Schwierigkeiten geben. Hier entlang.«

Er brachte Henry zu einer Aufzugskabine, wo ein weiterer schwarz gekleideter Mann mit einem Scanner in der Hand wartete. Henry ließ die harmlose Prozedur kommentarlos über sich ergehen. Erst als er sie bestanden hatte, forderte der Sicherheitsbeauftragte den Fahrstuhl an.

»Ich bringe Sie in die Bibliothek«, erklärte er. »Falls Sie zum Waschraum müssen, wären wir Ihnen dankbar, wenn Sie das auf die Zeit nach dem Treffen verlegen könnten. Dem Senator steht noch ein wichtiges Telefonat bevor. Sein Zeitplan ist knapp.«

»Kein Problem.«

Sie fuhren ins Erdgeschoss. Dort angekommen, bemerkte Henry einen bewaffneten Sicherheitsmann, der reglos auf einem Stuhl neben dem Fahrstuhl saß.

»Hier entlang«, sagte Henrys Begleiter.

Er ging voran und führte ihn in die Bibliothek. An jeder Wand des Raums waren eichenholzgetäfelte Bücherregale angebracht, in denen es keine größeren freien Plätze gab. Vor einer Wand standen zwei bequem wirkende Ledersessel. Eine halb gefüllte Whiskykaraffe und zwei Gläser waren auf einem kleinen Holztisch zwischen den Sesseln drapiert.

»Setzen Sie sich auf die linke Seite. Der Senator ist gleich bei Ihnen.«

Der Sicherheitsbeauftragte verzog sich bereits, bevor Henry Platz genommen hatte.

Die nächsten Minuten vergingen ereignislos. Henry musterte vom Sessel aus die Bücher. Bei vielen handelte es sich um Politikerbiografien. Die Zeitspanne, in denen die Männer tätig gewesen waren, reichte teilweise bis zur Französischen Revolution zurück. Hatte der Senator die alle gelesen, oder zierte er sich bloß damit? Und wieso entdeckte Henry keine einzige Biografie einer einflussreichen Frau? Übersah er sie nur?

Schwungvoll öffnete sich die Tür. Der grau melierte, groß gewachsene und schlanke Senator betrat die Bibliothek. Seine blaue-weiß gestreifte Krawatte passte farblich perfekt zu dem hellblauen Anzug. Ohne Henry zu begrüßen, nahm er Platz. »Gibt es Fortschritte?« Er bot seinem Gast keinen Whisky aus der Karaffe an.

»Guten Abend, Mr. Senator. In Deutschland steht derzeit eine Mehrfachmörderin vor Gericht. Sie ist wegen

zweier Morde angeklagt, außerdem wirft ihr die Staatsanwaltschaft Freiheitsberaubung vor.«

»In Deutschland«, wiederholte der Politiker.

»Sie heißt Tilda Schmitt.«

»Der Name sagt mir nichts.«

»Die Frau trägt auf ihrem Körper wohl mindestens ein
Dutzend Tätowierungen. Jedes dieser Motive bringen die
Ermittler mit Morden in Verbindung. Einige davon fanden
im Ausland statt. Ich habe mich in die zugänglichen Informationen vertieft. Wahrscheinlich war sie an noch mehr Taten beteiligt.«

»Was hat das mit meinem Neffen Brian zu tun?«

»Vor vier Jahren hatte Tilda Schmitt eine Phase, in der
sie ab und an nicht in Deutschland agierte. Die Ermittler
verorten sie vor allem in Südeuropa, aber ich habe keine In-
dizien gefunden, die beweisen, dass sie nicht in den Staaten
war. Sie erinnern sich. Ich habe in meiner Vision eine Frau
gesehen. Eine Frau hat Ihren Neffen getötet, davon bin ich
absolut überzeugt. Nach allem, was ich herausgefunden
habe, kommt Tilda Schmitt in Betracht. Ich kann das nicht
garantieren. Die Ermittlungsakten würden mir weiterhelfen.
Auf die mir niemals Zugriff gewährt würde. Eines kann ich
Ihnen versichern. Es würde passen. Ihr Profil passt genau
zur Mörderin Ihres Neffen.«

»Eine Deutsche? Brian hatte nie Kontakt zu Deutschen.«

»Wenn Sie sich dessen absolut sicher sind, können wir
uns vertagen. Sie haben bestimmt viel zu tun.« Henry erhob
sich.

»Bleiben Sie sitzen. Wie soll ich mir absolut sicher sein?
Der Junge hat einiges unternommen, von dem weder seine
Eltern noch ich wussten. Was schlagen Sie vor?«

»Lassen Sie Ihre Beziehungen spielen.«

»Damit Sie Zugriff auf die Akten bekommen?«

»Nein, das reicht nicht. Am besten wäre es, Sie lassen Schmitt nach Amerika verlegen. Erinnern Sie sich, was ich damals gesagt habe?«

»Natürlich. Wenn Sie mit dem Schuldigen in einem Raum sind, erkennen Sie das zweifelsfrei.«

»An dieser Feststellung hat sich nichts geändert. Ich müsste mit ihr in dem Haus sein, in dem Zimmer, in dem Ihr Neffe sein Leben verloren hat. Dann wüssten wir, ob Schmitt die Schuldige ist.«

»Das ist nicht so leicht, wie Sie sich das vorstellen. Schmitt steht aktuell vor einem deutschen Strafgericht?«

»Die Beweisaufnahme neigt sich dem Ende zu. Die Angeklagte schweigt übrigens zu allen Vorwürfen. An ihrer Verurteilung gibt es trotzdem keinen begründeten Zweifel. Wenn Sie keinen Gefangenentransport organisieren können, wäre es dann wenigstens möglich, Beamte des FBI nach Deutschland zu schicken, um Schmitt zu befragen? So könnten sie in Erfahrung bringen, ob die Mörderin zur fraglichen Zeit ein Alibi hat, das beweisen würde, dass sie nicht in den Staaten war.«

»Dafür müsste ich Gefallen einfordern, die man nur einmal im Leben beansprucht. Wie sicher sind Sie sich?«

Genau diese Frage hatte er erwartet. Der warnende Unterton war nicht zu überhören. Falls am Ende nicht das gewünschte Ergebnis herauskäme, würde der Senator ihm die Schuld daran geben. Henry zögerte. »Sicher genug, um mich überhaupt an Sie zu wenden. Aber Sie müssen bitte verstehen, dass ich keine Garantie abgebe.«

Der Senator starrte ihn mit seinen grün-grauen Augen an. Henry erwiderte den Blick, ohne zu blinzeln. Man sagte Weller nach, er sei es gewohnt, Gegner niederzustarren. Sobald es ihm gelang, verlor er den Respekt vor ihnen. Den Triumph würde Henry ihm nicht zugestehen. Plötzlich erhob der Senator sich.

»Ich melde mich bei Ihnen.«

Ohne weitere Erklärungen verließ er den Raum. Henry schaute ihm nach. Hoffentlich hatte er gerade eben keinen verhängnisvollen Fehler begangen.

16

Er studierte jedes einzelne Bild, das er sich aus dem Internet heruntergeladen hatte. Es war so einfach. Was hatten Menschen wie er bloß vor der Erfindung der sozialen Medien gemacht? War es da wirklich notwendig gewesen, den potenziellen Opfern mit einer Kamera aufzulauern? Das zusätzliche Risiko, dabei von jemandem entdeckt zu werden, war heutzutage vermeidbar. Andererseits machte es auch einen gewissen Reiz aus, wie er aus eigener Erfahrung wusste. Allerdings war es ein Unterschied, ob man einer bestimmten Person folgte oder vielen verschiedenen Menschen.

Er hatte die Fotos aller Paare, die infrage kamen, nebeneinander an eine Pinnwand gesteckt. Seit seiner zutiefst befriedigenden Tat im Badezimmer waren mittlerweile knapp drei Monate vergangen. Es wurde Zeit für den zweiten Akt. Die Phase der Informationsbeschaffung war zwar auch reizvoll, aber nichts im Vergleich zur eigentlichen Tat.

»Junge Liebe«, flüsterte er.

Keines dieser Paare, das er in den letzten Wochen gestalkt hatte, wohnte bereits zusammen. Zum Glück hatten sie alle gepostet, seit wann sie in Beziehungen waren. Bei keinem von ihnen war das länger als ein Jahr her. Insofern völlig verständlich, warum sie noch in getrennten Wohnungen lebten.

»Wann ist die Liebe groß genug für diesen Schritt? Wie weit seid ihr davon entfernt? Wochen? Monate?«

Er hatte keines seiner Paare bei einer Wohnungsbesichtigung verfolgt. Leider war er nicht die ganze Zeit in ihrer Nähe gewesen, trotzdem hoffte er, dass ihm so etwas aufgefallen wäre.

Zementiert war eine Liebe in seinen Augen erst, sobald man bereit war, das eigene Leben aufeinander abzustimmen. Dann bot die Beziehung einen sicheren Schutzhafen. Nicht für alle Stürme der Welt, aber für die meisten. Solang man allein lebte, war man den Unwettern des Alltags schutzloser ausgeliefert. Er wäre erst am Ziel, wenn er gemeinsam mit ihr eine Wohnung bezöge.

Andererseits bot das getrennte Wohnen größere Chancen. Eine romantische Überraschung? Besser möglich, solang man nicht zusammenwohnte. Außerdem auch viel glaubwürdiger, denn sobald man erst einmal zusammenlebte, blieb für solche Sachen zu wenig Zeit. Die Liebe nutzte durch das tägliche Zusammensein ab, und man vergaß zu schnell, was man am anderen früher geschätzt hatte. Das war der Preis, den Paare für den Schutzhafen bezahlten. Schleichend und manchmal sogar unbemerkt.

Er hatte das alles selbst erlebt.

Damals, bevor er seine wahre Bestimmung gefunden hatte.

Er nahm die Bilder der Frauen von der Pinnwand und arrangierte die Fotos der Männer in einem Rechteck. Aus einer Schreibtischschublade holte er einen Dartpfeil heraus. Er stellte sich sechs Schritte von der Wand entfernt hin und schloss die Augen. In aller Ruhe atmete er tief ein und aus. Mit ruhiger Hand warf er den Pfeil. Er öffnete die Augen. Hatte er eines der Bilder getroffen? Nur dann wäre seine Auswahl endgültig.

»Oh ja, knapp, aber drin.«

Das Leben konnte ungerecht sein. Wäre die Pfeilspitze

wenige Millimeter weiter rechts in die Wand eingedrungen, hätte er erneut werfen müssen. So jedoch gab es einen Gewinner.

Er nahm die drei anderen Bilder herunter und suchte das Foto der Partnerin des Lotteriegewinners heraus.

»Willkommen in meiner kleinen, schönen Horrorwelt«, sagte er leise. »Am besten, ihr genießt die letzten Tage eures Lebens. Das ist das Sinnvollste, was ihr mit der kurzen Restlaufzeit anfangen könnt.«

17

Seit ihrer letzten Begegnung waren bloß zwei Wochen vergangen. In der Nachricht gestern Abend wurde Henry überraschend ein weiteres Treffen angekündigt. Gab es wirklich schon Neuigkeiten, die ein persönliches Gespräch notwendig machten?

Henry stieg nach der einstündigen Fahrt aus dem SUV und ließ wie beim letzten Mal die Sicherheitskontrolle klaglos über sich ergehen. Der Aufzug brachte ihn von der Tiefgarage ins Erdgeschoss. Man begleitete ihn in die Bibliothek, wo er wieder Platz nahm und auf den Senator wartete. Der kam diesmal allerdings erst nach rund zwanzig Minuten.

»Guten Abend«, sagte er, als er den Raum betrat. In seiner Hand hielt er eine Ledermappe. Kein Wort des Bedauerns über die lange Wartezeit oder auch nur ein kurzer Dank für Henrys Flexibilität.

»Mr. Senator«, erwiderte Henry.

Sie nahmen einander gegenüber Platz.

»Zwei FBI-Agenten haben Schmitt verhört«, erklärte der Senator.

»Wann?«, fragte Henry. »In dem Prozess ist erst vor wenigen Tagen das Urteil gesprochen worden.«

»Sie hat bekommen, was sie verdient. Lebenslänglich. Der Richter hat …« Der Senator zögerte. »Wie heißt das bei den Deutschen?«

»Die besondere Schwere der Schuld festgestellt«, half Henry. Er hatte den Prozess verfolgt und das überraschend schnell gefällte Urteil mitbekommen. Inklusive der langen

Urteilsbegründung, die über zwei Stunden in Anspruch genommen hatte.

»Warum gibt es in Deutschland keine Todesstrafe?«

»Historisch bedingt«, sagte Henry. »Die Erfahrung der Nazi-Diktatur.«

Der Senator schnaubte verächtlich. »Wie lange wird sie im Gefängnis sitzen? Meine Berater sagen mir, nach 15 Jahren kommt sie frei. Ist das möglich?«

»Nicht ausgeschlossen. Allerdings wird es wohl länger dauern. Wegen der besonderen Schwere der Schuld.«

»Sie hat so viele Menschen getötet. Wieso stirbt sie nicht als alte Frau hinter Gittern, wenn sie schon nicht exekutiert wird?«

»Das deutsche Rechtssystem ist anders als unseres.«

»Schlechter. Nicht anders.«

»Wie haben Sie es geschafft, Schmitt rund um die Urteilsverkündung zu befragen?«, erkundigte sich Henry.

»Genau dafür baut man sich Netzwerke auf.« Er zuckte mit den Achseln. »Das Ganze hat einige Kosten verursacht, und ich habe einen Gefallen weniger, den ich künftig einfordern kann. Leider kam nichts dabei heraus.«

»Sie hat nichts preisgegeben?«

»Unsere Agenten haben schon alles gesehen. Trotzdem waren sie erschrocken über ihr kaltes, arrogantes Verhalten. Sie halten Schmitt für hochgradig psychopathisch. Zu den Vorwürfen hat sie sich nicht geäußert. Dafür hat sie immer wieder die beiden Morde erwähnt, für die sie verurteilt wurde, und klargemacht, wie viel Spaß sie dabei hatte.« Er schlug die Ledermappe auf. Darin steckte ein iPad. »Es gibt ein Video von der Vernehmung. Ich habe eine kurze Sequenz herausgesucht. Schauen Sie sich das an! Ich glaube, sie macht einige Andeutungen.«

Der Senator reichte ihm das Tablet. Die Kamera war auf Tilda Schmitt gerichtet. Von den Agenten war nichts zu sehen.

»Was können Sie uns zu Brian Weller sagen?«, fragte einer der Agenten. Er sprach Englisch mit der Mörderin.

Die Frau lächelte kalt. »In diesem Hotelzimmer«, sagte sie auf Deutsch. »Es war so ein Spaß. Er hat geglaubt, ich würde ihn sexuell befriedigen. Das glauben sie alle. Sie sehen mich und wollen es mit mir treiben. Aber ich habe ihm das ausgebläut. Oh, es *war* befriedigend. Am Anfang vielleicht auch für ihn. Später dann nur noch für mich.« Die Mörderin lachte.

Henry erinnerte sich an die Comicfigur Harley Quinn. Spielte Schmitt bloß eine Rolle, oder steckte der Wahnsinn wirklich tief in ihr?

Der Videomitschnitt endete.

»Das war's?«, fragte Henry.

»Mehr gibt es nicht zu sehen. ›Es war so ein Spaß. Er hat geglaubt, ich würde ihn sexuell befriedigen. Das glauben sie alle. Sie sehen mich und wollen es mit mir treiben.‹«, wiederholte der Senator die Worte der Mörderin. »Meint sie damit Brian? Hätte sie nicht ein Hotelzimmer erwähnt, wäre ich mir sicher. Aber Brian ist in seiner Küche gestorben. Passt ihr Aussehen zu der Vision, die Sie am Tatort hatten?«

Henry zögerte. Er wusste, er durfte es sich mit dem Senator nicht verscherzen. Zudem war er sich der Gefahr bewusst, dass der Politiker seine Wut auf ihn richten würde, sobald er die falsche Antwort gab.

»Es würde teilweise passen. Sie hat die richtige Haarfarbe, obwohl das gerade bei Frauen nichts bedeutet. Eine Farbe ist schnell geändert. Auch ihre Figur passt. In erster

Linie ist es ihre Aussage, die mich hellhörig macht. Brian ist nach dem …«

Mit einer Handbewegung schnitt ihm der Senator das Wort ab. »Daran müssen Sie mich nicht erinnern. Was hat ihn bloß dazu bewegt? Jennifer war die Richtige für ihn. Inzwischen wären sie längst verheiratet, und ich hätte ihn in Washington aufbauen können.« Er fluchte. »Warum stecken wir dieses Miststück nicht in einen orangefarbenen Overall und foltern sie, bis sie die Wahrheit sagt? Guantanamo wäre genau der richtige Ort für sie.«

Darauf erwiderte Henry nichts. Die Aussage des Senators überraschte ihn nicht. Sie war nicht bloß auf Schmitt bezogen, sondern gab das Weltbild des Politikers wieder. Eine Einstellung, die Henry niemals aus den Augen verlieren dürfte.

Weller räusperte sich. »Würde es etwas bringen, wenn Sie nach Deutschland fliegen und sie befragen?«

»Es tut mir leid. Zwar würde mich eine weitere Reise in die Heimat meiner Vorfahren reizen, dafür würde ich sogar die Kosten übernehmen, aber …« Er zuckte mit den Achseln. »Ihr im Gefängnis gegenüberzusitzen, würde nichts bringen. Sonst wäre ich schon zum Prozess geflogen. Das können Sie mir glauben. Bestimmt erinnern Sie sich nicht mehr. Ist Jahre her, dass wir darüber gesprochen haben. Sie wissen, meine Visionen am Tatort sind von einem purpurfarbenen Schimmer begleitet und …«

»… sobald Sie mit dem Schuldigen am Tatort stehen, verschwindet der Schimmer, und Sie wissen genau, ob Sie richtigliegen.«

»Daran erinnern Sie sich noch? Ich bin beeindruckt.«

»Wie hätte ich das vergessen können? Eine so seltsame Gabe. Kein Wunder, dass Sie den Namen *The new German*

Wunderkind tragen.« Weller schmunzelte. »Wissen Sie das eigentlich?«

»Ich höre das nicht zum ersten Mal. Aber woher kennen *Sie* den Spitznamen?«

»Ich habe mich vor Jahren nach Ihnen umgehört. Zwei Detectives, die mit Ihnen zusammengearbeitet haben, hatten nur Lob für Sie übrig. Sonst wären wir nie zusammengekommen. Beide benutzten diesen Namen für Sie, den Sie sich redlich verdienen.«

»Ich weiß nicht«, erwiderte Henry. »Dirk Nowitzki war das *German Wunderkind*. Im Vergleich zu ihm finde ich den Namen für mich übertrieben. Was er geleistet hat, war so viel mehr wert als meine kleinen Visionen. Ein sensationeller Basketballer.«

Der Senator zog die Mundwinkel leicht nach unten. »Zurück zu Schmitt. Wie sicher sind Sie, dass sie Brians Mörderin ist?«

Henry schaute zur Seite. Von seiner Antwort würde viel abhängen. »Sechzig Prozent«, sagte er leise. »Lassen Sie mich erklären, wie ich zu dieser Einschätzung komme. Zum einen haben wir ihre Aussage während der Befragung, die ich verklausuliert als Anspielung auf Ihren Neffen verstehe. Zum anderen passt ihr Aussehen zu meiner Vision. Allerdings ist es ungeklärt, ob sie jemals in den Staaten war. Sie wissen, seit 9/11 ist die Einreise nicht so einfach. Trotzdem gibt es Wege außerhalb der offiziellen Kanäle. Hat sie einen davon gewählt? Eine positive Antwort darauf würde meine Einschätzung um dreißig Prozent erhöhen. Dann wäre ich mir fast sicher. Sagen kann ich es Ihnen erst, wenn ich mich mit ihr am Tatort aufhalte. Tut mir leid. Sie hatten sich bestimmt etwas anderes erhofft.« Henry klappte die Ledermappe zusammen und reichte sie dem Senator.

»Ich mag ehrliche Menschen«, erwiderte der Politiker. »Grämen Sie sich nicht. Wir haben also nur Gewissheit, wenn wir Sie und Schmitt in das Haus bringen.«

»In die Küche«, konkretisierte Henry. »Gut, dass Sie das Haus in all den Jahren nicht verändert haben.«

»Das war nicht bloß meine Entscheidung. Mein Bruder und meine Schwägerin hatten einen großen Anteil daran. Wäre es anfangs nach mir gegangen, hätte ich es dem Erdboden gleichgemacht. Zum Glück habe ich mich damals nicht durchgesetzt.« Einen kurzen Augenblick wirkten die sonst harten, kantigen Züge des Politikers verletzlich, dann war seine Miene wieder undurchdringlich. »Ich werde sehen, was sich machen lässt. Halten Sie sich bereit, und verreisen Sie in nächster Zeit nicht. Vielleicht wird das Zeitfenster, das ich uns besorge, nur sehr kurz sein. Hängt davon ab, wie viel Steine mir die Deutschen in den Weg werfen.«

»Ich bin hier. Momentan arbeite ich sowieso mit dem NYPD zusammen.«

»In welcher Sache?« Der Senator klang ehrlich interessiert.

»Ein Doppelmord an einem jungen Paar. Der Halbbruder der ermordeten Frau hat mich beauftragt, damit ich seine Unschuld beweise. Detective Petersen war einverstanden.«

»Ist Ihr Auftraggeber unschuldig?«

»Es sieht danach aus. Zumal Petersen und ich befürchten, die Tat könnte der Anfang einer Serie sein. Die Morde wurden vor dreieinhalb Monaten begangen. Es gibt keinen Verdächtigen, aber eine unheilvolle Ankündigung. Na ja. Hoffen wir einfach das Beste. Petersen und sein Partner verfolgen verschiedene Ansätze. Ich halte mich vor allem parat, falls es zu einem weiteren Doppelmord kommt. In erster Linie jedoch für Sie, Mr. Senator. Sollte es Ihnen gelingen, die deutschen Behörden zur Einsicht zu bringen, können Sie auf mich zählen.«

Weller stand auf und nickte Henry zu. »Der Fahrer bringt Sie zurück ins Hotel. Sie hören von mir.«

Ohne sich mit einem Händedruck zu verabschieden, verließ der Senator den Raum. Er ließ die Tür offen stehen. Sekunden später trat einer seiner schwarz gekleideten Mitarbeiter ein.

»Sind Sie abfahrbereit?«, fragte der Mann.

18

Er saß in einem Café mit bestem Blick auf die Straße, in der Rachel lebte. Von hier aus konnte er genau beobachten, wenn jemand das Haus verließ. In aller Ruhe trank er den Kaffee. Die Polizei würde sich hoffentlich nicht für Leute interessieren, die am Vortag des Mordes in der Umgebung unterwegs gewesen waren. Und falls doch, hatte er Vorsichtsmaßnahmen ergriffen.

Die letzten zweiundsiebzig Stunden hatte er sie intensiver beschattet. Sie hatten zwei Tage zusammen verbracht, sich Samstagabend jedoch zu seiner Überraschung in der U-Bahn-Station voneinander verabschiedet, nach einem gemeinsamen Kinobesuch. Eingestiegen waren sie in unterschiedliche Linien, ihr Abschiedskuss war kurz ausgefallen. Zuvor hatten sie eher schweigend zusammengestanden. Die Angst schwelte in ihm, sich auf ein Paar konzentriert zu haben, das in einer Krise steckte.

Er blickte auf sein Handy. Mittlerweile saß er seit zwanzig Minuten in dem Café am Fensterplatz. Entweder müsste er ein Getränk nachbestellen oder sich einen anderen Platz suchen. Er drehte sich halb herum und hielt nach einer Kellnerin Ausschau. Als sie zu ihm sah, hob er die Hand.

»Möchtest du noch etwas?«, fragte sie ihn.

»Einen frischen Orangensaft.«

»Kommt sofort.«

Damit wäre die nächste halbe Stunde gerettet. Danach wäre es wohl besser, den Ort zu wechseln. Er griff zu seinem Handy und rief ein Nachrichtenportal auf. In Wahrheit schaute er jedoch nicht auf den aufgerufenen Artikel, sondern zum Hauseingang. Die Minuten verstrichen. Die Kellnerin brachte ihm den Orangensaft und räumte im Gegenzug die Kaffeetasse ab.

Was bedeutete es, wenn sich die beiden an einem Sonntag nicht treffen würden? Die letzten Wochenenden hatten sie immer gemeinsam verbracht. Es wäre kein gutes Zeichen, falls es diesmal anders wäre. Sollten sie nicht mehr in sein Muster passen, hätte er viel Zeit verloren. Die Gier in ihm wuchs. Außerdem hatten seine Taten noch nicht zu dem geführt, was ihm vorgeschwebt hatte. Wie konnte das überhaupt sein? Wieso übersahen die Ermittler die Parallelen? Er verstand es nicht. Musste er beim nächsten Mal konkreter werden? Es sah danach aus. Dabei war er fast wie nach einem Drehbuch vorgegangen. Aus *ihrem* Material zusammengestellt.

Der Mörder erblickte einen Mann und lächelte. War seine Besorgnis unbegründet gewesen?

Hallo Dennis. Schön dich zu sehen.

Der Auserwählte schlenderte auf das Haus seiner Freundin zu. Dabei zog er sein Telefon aus der Jackentasche. Während er weiterlief, tippte er darauf herum. Vor dem Eingang blieb er schließlich stehen. Es dauerte nicht lange, bis sich die Haustür öffnete und Rachel herauskam. Mit einem Lächeln kam sie ihrem Freund entgegen. Die beiden küssten sich zur Begrüßung. Hand in Hand gingen sie schließlich den Weg zurück, den Dennis hergekommen war, und unterhielten sich.

Hatte er die gestrigen Anzeichen dramatisiert? Oder waren die grauen Gewitterwolken in der Beziehung nach einer Nacht wieder verschwunden?

Er blieb noch sitzen und dachte über seine Auserwählten

nach. Der Zeitfaktor gab den Ausschlag. Er hatte zu viel in sie investiert. Sie jetzt aufzugeben, kam nicht infrage. Selbst wenn sie gerade in einer Beziehungskrise steckten, könnte er das ausnutzen. Dann würde das, was sie am nächsten Tag in ihren Wohnungen antreffen würden, wie ein Versöhnungsangebot wirken.

Er winkte die Kellnerin herbei und bat um die Rechnung. Auf den Betrag rechnete er im Kopf zweiundzwanzig Prozent Trinkgeld hinzu und beglich die Summe bar. Die Kellnerin bedankte sich und wünschte ihm einen schönen Tag. In aller Ruhe verließ er das Café. Er musste eine Sache überprüfen, bevor er das Viertel verlassen würde. Aber es wäre unklug, direkt zu der Haustür zu gehen. Deshalb schlenderte er zehn Minuten durch die Straßen und ging um den Block. Erst dann kehrte er zurück und überprüfte das Schloss der Tür. Es schien kein unüberwindliches Hindernis zu sein.

19

Von der U-Bahn-Station W 4 Street waren es nur ein paar Meter bis zum Washington Square Park. Rachel erinnerte sich schon beinahe wehmütig an ihr erstes Treffen in dem Park. Sie und Dennis hatten einem Straßenmusiker fast zeitgleich Geld in den Gitarrenkoffer gelegt und waren so ins Gespräch gekommen. Es hatte wie ein Wink des Schicksals gewirkt. Als hätte Amor mit seinen Pfeilen auf sie gezielt und sie gezwungen, dem Musiker gleichzeitig ihre Dollars zu geben.

Das war vor zehn Monaten gewesen, ihr kam es jedoch mittlerweile viel länger vor. Dennis erzählte soeben von einem Telefonat mit seiner Mutter, Rachel hörte bloß mit halbem Ohr zu. Sie schwelgte in Erinnerungen, die so gar nicht zu dem Streit von gestern Abend passten. Wie konnte aus einem vergleichsweise harmlosen Gespräch während des Kinobesuchs eine dicke Beziehungskrise entstehen? Rachel verstand es einfach nicht. Dennis versuchte offenbar, den gestrigen Tag aus dem Gedächtnis zu streichen. Als seine Wiedergabe des Telefonats keinen weiteren Gesprächsstoff mehr hergab, wartete er einen Moment. Vermutlich hoffte er, sie würde das Gespräch übernehmen. Da sie schwieg, erzählte er ihr nun von einem bevorstehenden Meeting auf seiner Arbeit.

Sie gingen auf den Springbrunnen im Park zu. An dessen Rand saßen bereits zahlreiche Leute, die alle vergnügt wirkten. Oder kam ihr das nur so vor?

»Sollen wir uns hinsetzen?«, fragte Dennis. »Da ist eine

Bank frei. Ich könnte uns Hotdogs holen. Hast du Hunger?«
Er deutete zur Bank.

»Es tut mir leid«, sagte sie. »Aber wir müssen noch einmal über gestern sprechen.«

Dennis blieb stehen und schaute sie an. »Wieso denn das?« Er verdrehte die Augen.

»Wow! So reagierst du also darauf. Mit Augenrollen. Super!«

»Wir haben das doch schon am Telefon besprochen. Es war ein blöder Spruch, für den ich mich entschuldigt habe. Und du hast die Entschuldigung angenommen.«

»Hab ich das?«

Nun kniff er die Augenbrauen zusammen. »Natürlich. Zumindest hast du das gestern behauptet.«

»Vielleicht, weil ich keine Lust mehr hatte, mich im Kreis zu drehen. Uneinsichtig wie du warst.«

»Uneinsichtig? Ich hab mich entschuldigt! Ist mir so rausgerutscht.«

»Du hast die Entschuldigung nicht ernst gemeint.«

»Das behauptest du einfach. Was soll das? Warum versaust du uns jetzt schon wieder einen Tag?«

»Prima, Dennis. Hörst du dir selbst zu? Ich versaue uns *wieder* einen Tag? Also habe ich recht, du hast es gestern nicht ernst gemeint.«

»Rachel, das ist lächerlich!«

Sie schaute ihn wütend an. Warum sollte sie diesen Sonntag mit einem Mann verbringen, der sich so offenkundig toxisch verhielt?

»Du findest mich also lächerlich?«

»Schatz, so war das nicht gemeint. Guck dich bitte um. Die Leute starren uns an. Muss das sein?«

»Kennst du auch nur einen davon?«

»Keine Ahnung.«

»Trotzdem ist es dir wichtiger, was sie denken, als das, was ich fühle.«

»Warum übertreibst du immer so?«

»Fick dich«, sagte sie laut.

Nun starrten die Umstehenden tatsächlich unverhohlen zu ihnen herüber.

Sie drehte sich um und ging schnellen Schrittes davon.

»Rachel!«, rief er ihr hinterher.

»Lass mich heute bloß in Ruhe«, erwiderte sie, ohne sich umzudrehen. »Mir reicht's gerade echt!«

20

Er saß in seinem Auto, dreihundert Meter vom Eingang entfernt. In den nächsten fünf Minuten müsste Rachel das Haus verlassen, wollte sie nicht zu spät zur Arbeit erscheinen. Ob sie ihren letzten Arbeitstag genießen würde? Er wünschte es ihr. Sie war ja nur durch einen dummen Zufall auf seinem Radar gelandet. Warum sollte er ihr Schlechtes wünschen? Sie war genau wie ihr Freund bloß ein Mittel zum Zweck. Das war nichts Persönliches.

Diesmal würde er darauf verzichten, jemanden herbeizurufen, der die Leichen finden sollte. Beim letzten Mal hatte es einfach perfekt gepasst. Bestimmt war der Halbbruder noch immer unter den Verdächtigen. Er hatte das verdient, nach allem, was er getan hatte. So hatten die Polizisten Zeit bei der Jagd nach dem wahren Mörder verloren. Das sollte sich jetzt ändern. Er wollte ihnen eine echte Chance bieten. Tatsächlich spielte er mit dem Gedanken, ihnen einen deutlichen Hinweis zu geben. Denn was brachte es, wenn sie seine Beweggründe nicht verstanden? Dann würde sein Handeln nicht den gewünschten Effekt erzielen. Das war unbefriedigend. Letztlich veranstaltete er das alles bloß für die eine Person, die ihm am Herzen lag. Jemand musste das erkennen und ihr davon erzählen.

Oder war es zu früh, die Ermittler darauf zu stoßen?

In diesem Punkt hatte er noch keine endgültige Entscheidung getroffen. Es war alles vorbereitet, doch er könnte seine Meinung noch ändern. Zumindest, bis er vom Tatort verschwunden wäre.

Die Minuten verstrichen, ohne dass Rachel das Haus verließ. Inzwischen müsste sie sich beeilen, wollte sie sich nicht verspäten. Was war da los? Bisher hatte sie sich als sehr gewissenhafte Angestellte gezeigt. Jeden Montagmorgen schloss sie die Buchhandlung auf. Genau wie mittwochs und freitags. Sie hatte diese Pflicht nicht einmal verletzt. Warum ausgerechnet heute?

Weitere fünf Minuten vergingen ereignislos.

»Ernsthaft?«, flüsterte er wütend. »Willst du mich verarschen?«

Plötzlich riss jemand die Haustür auf und stürmte hinaus. Er gestattete sich ein Lächeln. Was war passiert? War der Abend mit Dennis zu lang geworden? Oder hatte ihre Verspätung andere Gründe?

Rachel rannte die Straße entlang. Wenn sie sich beeilte, würde sie es vielleicht sogar schaffen, rechtzeitig in der Buchhandlung anzukommen. Auf jeden Fall könnte sie es sich nicht mehr leisten, noch einmal nach Hause zurückzukehren, sollte sie etwas vergessen haben. Trotzdem wartete er in seinem Wagen und ging nicht sofort los. Er hatte den ganzen Tag Zeit. Unter normalen Umständen würde sie erst in rund sieben Stunden zurückkehren.

Nach zehn Minuten war er bereit. Warum auch immer sie sich heute Morgen verspätet hatte, nun würde sie auf dem Weg zur Arbeit nicht mehr umkehren. Er musterte die Umgebung. Vereinzelt liefen Spaziergänger die Straße entlang. Das würde sich den ganzen Tag nicht ändern. Er müsste darauf vertrauen, dass ihn niemand wahrnahm. Als ein Hundehalter an seinem Wagen vorbeigeschlendert war, griff er zu seinem Rucksack und zog den Dietrich heraus, mit dem er die Haustür knacken würde. Seine gestrige Inspektion des Schlosses hatte ihn optimistisch gestimmt. Hoffentlich würde ihn das Wohnungsschloss nicht vor größere Schwierigkeiten stellen.

Mit dem Rucksack in der Hand verließ er den Wagen. Er schnallte ihn sich auf den Rücken, senkte den Blick und ging im normalen Schritttempo auf den Eingang zu. An der Tür schob er den Dietrich ins Schloss. Wie erwartet öffnete er es fast so schnell wie mit einem Schlüssel. Nun folgte der kritische Teil. Hoffentlich kam ihm kein Nachbar entgegen. Mit erhöhtem Puls betrat er den Hausflur, in dem alles still war.

21

Rachel hastete die Stufen der U-Bahn-Station hoch. Sie war bereits jetzt fünf Minuten zu spät. Ihre Chefin würde verärgert sein. Nichts war ihr wichtiger als Pünktlichkeit und Freundlichkeit gegenüber den Kunden. Trotzdem hoffte sie, ungeschoren davonzukommen, denn nicht immer überprüfte die Chefin ihre Angestellten.

»Entschuldigung«, sagte sie zu einem Mann, den sie an der vorletzten Stufe versehentlich anrempelte. Der antwortete in einer Sprache, die sie nicht verstand. Sie lief weiter, ohne sich umzudrehen. Bis zur Buchhandlung waren es keine zweihundert Schritte mehr. Als sie um die Ecke abbog, sah sie eine Stammkundin, die vor dem heruntergelassenen Gitter wartete.

»Hallo, Josefine, entschuldige meine Verspätung«, rief sie von Weitem.

Die ältere Dame lächelte ihr zu. »Da bist du ja. Ich hatte mir schon Sorgen gemacht.«

»Nein. Alles in Ordnung. Lass mich schnell aufschließen.« Sie zog den großen Schlüsselbund hervor, kniete sich auf den Boden und versuchte dabei, ihren rasenden Puls zu beruhigen. Nachdem sie das Gitter hochgeschoben hatte, öffnete sie die Eingangstür.

»Gibst du mir drei Minuten?«, bat sie Josefine. »Ich muss die Kasse und den Computer hochfahren.«

»Nimm dir alle Zeit, die du brauchst. Alte Frauen wie ich haben kaum noch Verpflichtungen.«

»Als wenn du alt wärst.« Rachel stellte sich hinter den

Verkaufstresen und startete zuerst den Computer. Den könnte ihre Chefin am ehesten kontrollieren. Mittlerweile war es bereits zehn Minuten nach zehn. Sobald der Computer online war, rief sie das Mailprogramm auf. Sollte ihre Chefin sie je auf die Verspätung ansprechen, würde sie behaupten, dass Josefine in Eile gewesen wäre und eine Beratung benötigt hatte.

»So«, sagte sie schließlich. »Jetzt noch mal von vorn. Schön, dich zu sehen, Josefine. Wie war dein Wochenende?«

»Mein ältester Enkel hat am Samstagabend bei mir übernachtet. Insofern war es rundum gelungen.«

»Das freut mich.«

Die Stammkundin kam zu ihr und musterte sie eindringlich. Rachel zwang sich dazu, den Blick nicht zu senken. Irgendwie schaffte sie es sogar zu lächeln.

»Hast du geweint?«, fragte Josefine. »Meine Liebste, deine Augen sind gerötet. Was ist los?«

Rachel zögerte. Eigentlich wollte sie nicht darüber sprechen, doch vielleicht würde es ihr guttun, von Josefines Lebenserfahrung zu profitieren.

»Was ist los mit Dennis und dir?«, fragte die Stammkundin, noch bevor Rachel etwas sagen konnte.

Waren ihr die Probleme so deutlich anzusehen? »Wir haben ein desaströses Wochenende hinter uns«, erklärte sie leise.

»Willst du mir davon erzählen?«

Rachel nickte langsam. Dann schaute sie zur Tür. Momentan war noch kein anderer Kunde in Sicht. In aller Ruhe gab sie den Ausgangspunkt des Streits wieder. Dabei verschwieg sie auch nicht ihre Schwierigkeiten in den Wochen zuvor. Zuletzt regte sie sich darüber auf, wie sich Dennis beim Spaziergang am Sonntag verhalten hatte. »Als wenn nichts passiert wäre. Das hat mich verletzt. Ich habe den ganzen Abend geweint.«

»Ach, mein Schatz«, sagte Josefine. »Lass dir von einer dreimal verheirateten Frau sagen, fast alle Männer sind so.« Sie lächelte amüsiert.

»Du machst mir Mut.«

»Ist sonst noch etwas vorgefallen?«

»Reicht das nicht?«

»Als ich in deinem Alter war, hätte ich meinen damaligen Freund zur Strafe nicht rangelassen …«

»Josefine!«

»… und dann wäre es auch genug gewesen. Männer haben oft Probleme, mit einem Streit in der Beziehung vernünftig umzugehen. Aber ihr jungen Leute, ihr habt so viel Auswahl. Durch diese Apps ist der nächste potenzielle Partner nur einen Klick entfernt. Schrecklich! Das tut eurer Generation nicht gut. Ich sehe das an meinen Kindern. Victoria hat sich erst letzte Woche getrennt. Ja, auch ich habe mich dreimal getrennt, aber glaub mir, bloß aus wirklich schwerwiegenden Gründen.«

»Viktoria und William sind nicht mehr zusammen? Wieso denn das?«

»Aus Nichtigkeiten. Und wenn du dich von Dennis trennst, wäre es vergleichbar.«

Rachel setzte zum Widerspruch an, hielt jedoch nachdenklich inne. Hatte Josefine recht? Tatsächlich hatte sich Rachel gestern bereits wieder Tinder heruntergeladen. Eine App, die sie gelöscht hatte, als sie mit Dennis zusammengekommen war. Sie hatte sich zwar noch nicht eingeloggt, aber das wäre ja bloß ein Akt von wenigen Sekunden. So verlockend einfach. Wie viel schwieriger war es hingegen, sich mit dem Freund auseinanderzusetzen? Gespräche drüber zu führen, was man von einer gemeinsamen Zukunft erwartete.

»Vielleicht hast du recht«, sagte sie leise.

»Bring den Tag zu Ende, und dann melde dich bei ihm. Redet! Redet! Redet! Es gibt nichts Wichtigeres in einer Beziehung.«

»Danke. Du bist mir eine große Hilfe. Falls meine Chefin meine Verspätung anspricht, behaupte ich übrigens, du hättest völlig verzweifelt vor der Tür gestanden und ich hätte dich moralisch aufbauen müssen.«

Die beiden Frauen lachten.

* * *

In ihrer Mittagspause schaffte Rachel es endlich, einen Blick auf ihr Handy zu werfen. Bis dahin hatten sie die Kunden und zwei eingetroffene große Buchlieferungen auf Trab gehalten. Und dann war ihre Chefin gekommen, die es nicht mochte, wenn die Mitarbeiter ihre Telefone privat nutzten. Wenigstens hatte sie mit keinem Wort die Verspätung erwähnt.

Dennis hatte ihr geschrieben. Beziehungsweise ein Emoji geschickt. Ein rotes Herz, sonst nichts. Und das, nachdem er sich gestern Abend nicht mehr gemeldet hatte. Schon wieder stieg Ärger in ihr auf, doch zum Glück dachte sie an Josefines Ratschläge. Vielleicht fiel es Dennis ja wirklich schwer, mit einem Streit umzugehen. So oft war das bei ihnen bisher nicht vorgekommen. War das Herz einfach sein Versuch, sich mit ihr zu versöhnen?

Sie beschloss, sich nicht so zu verhalten, wie es ihrem Naturell entsprach. Statt ihm eine patzige Antwort zu schicken oder ihn zu ignorieren, antwortete sie ebenfalls mit einem

Herzen. Allerdings fügte sie noch *Bis heute Abend* hinzu. Sie war gespannt, was er aus dieser Einladung machen würde.

* * *

Auf dem Heimweg fragte sich Rachel, wie dumm Männer waren. Dennis hatte auf ihre Nachricht nicht geantwortet. Wie sollte sie das interpretieren? Sie würde abwarten, was er sich für den Abend einfallen ließ. Der nächste Schritt müsste eindeutig von ihm ausgehen. Ansonsten hätte Josefine einfach unrecht, und er war es nicht länger wert, Zeit mit ihm zu verbringen.

Zu Hause angekommen, schob sie den Schlüssel ins Schloss. Schon nach einer Umdrehung sprang die Tür auf. Überrascht hielt sie inne. Hatte sie heute Morgen in der Hektik vergessen abzuschließen? Das war sehr unwahrscheinlich.

Vorsichtig stieß sie die Tür auf, blieb aber auf der Fußmatte stehen. »Dennis? Bist du da?«

Niemand antwortete. Rachel tastete nach dem Lichtschalter. Nichts deutete auf einen Einbrecher hin. Andererseits schien Dennis nicht da zu sein, sonst würde er ja antworten. Die Lampe ging an.

»Was ist das?«, fragte sie amüsiert und begeistert zugleich. So viel Fantasie hätte sie ihm nicht zugetraut. Was für eine süße Geste. Vor der Badezimmertür lag ein aus roten Rosenblättern geformtes Herz. Nun betrat sie die Wohnung und schloss die Tür. Sie griff zu ihrem Handy. Wann hatte er das vorbereitet? Und wo steckte er? »Du verrückter Kerl!«, murmelte sie.

Vorsichtig stellte sie sich neben das Herz und fotografierte es. Die Geste rührte sie sehr. Aber was erwartete er jetzt von ihr? Nachdenklich ging sie ins Schlafzimmer. An der Türschwelle blieb sie stehen.

»Was ist das?«

Auf dem Bett lag eine quadratische, etwa handflächengroße Geschenkbox, die mit einer roten Schleife umwickelt war.

»Wow!«

Sie trat näher. Erst jetzt bemerkte sie den Zettel, auf dem in gedruckten Lettern stand:

Meine große Liebe Rachel,
für heute Abend habe ich mir etwas ganz Besonderes ausgedacht. Ich war während deiner Abwesenheit in der Wohnung und habe ausprobiert, wie lange es dauert, bis die Badewanne vollläuft. Könntest du sie um halb sieben anstellen und im Wasser auf mich warten? Ich komme um Viertel vor und möchte zuallererst mit dir baden. Anschließend gehen wir ins Schlafzimmer und packen das Geschenk aus, das ich dir heute besorgt habe. Außerdem bringe ich gekühlten Champagner mit. Wo deine Gläser stehen, weiß ich ja. Um es perfekt zu machen, fände ich es schön, wenn du dich vorher nicht bei mir meldest. Tun wir einfach so, als wäre das Handynetz ausgefallen. Ich komme um Viertel vor sieben und erwarte, deinen wundervollen Körper umspült von Badeschaum vorzufinden.
Ich liebe dich
Dennis

»Das gibt's ja gar nicht!« Rachel fotografierte den Zettel. Das musste sie unbedingt Josefine zeigen.

Trotz seiner Anweisung war sie in Versuchung, ihm zumindest ein weiteres Herz zu schicken. Doch seine Bitte war unmissverständlich. Warum auch immer ihm das wichtig war, sie wollte sich daran halten. Rachel schaute auf ihre Uhr. Sein Zeitplan war ambitioniert. Ihr blieb nur eine Viertelstunde. Sie lächelte. Seine romantische Geste rührte ihr Herz. All der Ärger über das Wochenende war verflogen. So gern hätte sie nun seine Stimme gehört, aber sie würde sich zurückhalten.

22

Dennis starrte nicht zum ersten Mal auf Rachels Antwort.

Bis heute Abend.

Was erwartete sie von ihm? Nachdenklich stieg er in seinen Wagen. Normalerweise würde er nun nach Hause fahren, eine Dose Bier aufmachen und dann vielleicht zum Telefon greifen, um sich bei ihr zu melden.

War das zu wenig? Sie hatten gestern nach dem Streit nichts verabredet. Wäre es leichtsinnig, sie bloß anzurufen? War es nicht viel besser, unangekündigt vorbeizuschauen? Rachel mochte spontane Aktionen, während es für ihn nichts Sinnvolleres als eine gute Planung gab.

Er steckte das Telefon in die Freisprecheinrichtung. Rachel liebte Blumen. Vielleicht wäre das ein genialer Schachzug. Ihr einen schönen Strauß Blumen zu besorgen und bei ihr unangekündigt aufzutauchen. Er lächelte bei der Vorstellung, was danach passieren würde.

Sollte er ihr sein Kommen ankündigen, nur für den Fall, dass sie noch nicht zu Hause war? Aber sie hatte ja extra *Bis heute Abend* geschrieben. Also würde sie ihn erwarten. Und im Vergleich zu ihm hatte sie in der Buchhandlung früher Feierabend.

Nein! Es gab keinen Grund, sein Kommen anzukündigen. Er wollte spontan sein. Bestimmt würde ihr das gut gefallen.

23

Zum Glück war Rachel ein geduldiger Mensch. Wäre sie ungeduldig, hätte sie es nicht ausgehalten, das Päckchen nicht sofort zu öffnen. Seufzend blickte sie zu dem Geschenk. Auf sie wirkte es wie ein Schmuckkästchen. Sie hatte schon mindestens dreimal in Dennis' Gegenwart erwähnt, wie hübsch sie Broschen fand. Hatte er sich daran erinnert, oder würde er sogar einen Schritt weitergehen? Das konnte sie sich allerdings nicht wirklich vorstellen. Bestimmt würde er ihr eine Brosche schenken. Die Versuchung, das Päckchen heimlich zu öffnen, war riesig. Trotzdem hielt sie sich zurück. Sie hatte ohnehin keine Zeit mehr. Die Badewanne wäre in wenigen Augenblicken gefüllt.

Nackt und mit dem Telefon in der Hand lief sie ins Badezimmer. Sie lehnte die Tür an, damit die Wärme nicht zu schnell entwich. Dann legte sie das Smartphone auf einen Beistelltisch, stellte den Wasserzufluss ab und überprüfte mit dem Handgelenk die Temperatur. Sie war perfekt. Dennis mochte es etwas kühler, aber bis zu seiner Ankunft hätte sich das von allein reguliert. Vorsichtig stieg sie in die Wanne.

»Oh, Dennis«, flüsterte sie. »Das war eine tolle Idee.«

Es dauerte nicht lange, bis sie hörte, wie jemand die Wohnung betrat.

»Schatz, wie befohlen liege ich in der Badewanne.« Rachel kicherte.

Er antwortete nicht, schloss allerdings die Wohnungstür.

»Das ist eine wirklich tolle Überraschung. Ich danke dir für diese Idee.«

Noch immer keine Antwort. Was hatte das zu bedeuten?

»Dennis?«

Die Badezimmertür wurde aufgestoßen. Sofort erkannte sie ihren Irrtum. Geistesgegenwärtig schrie sie um Hilfe. Dann griff sie zu dem Glasfläschchen mit dem Badezusatz. Der Eindringling hielt eine Waffe in der Hand. Sie musste ihn treffen. Verzweifelt warf sie die Flasche. Als wäre es die leichteste Übung der Welt, wich er aus. Das Fläschchen zerschellte am Türrahmen. Im selben Moment traf sie etwas am Hals, und ein gewaltiger Schmerz durchzuckte ihren Körper. Sie verlor das Bewusstsein.

24

Der Stromschlag würde sie ein paar Minuten außer Gefecht setzen. Ihre Nase ragte noch aus dem Wasser. Ihm blieb genügend Zeit, um alles vorzubereiten, erst danach würde er sie unter die Oberfläche drücken und ertränken.

Aus dem Rucksack holte er das Abspielgerät heraus, das er mit Bargeld in Little Italy gekauft hatte. Die Datei hatte er aus dem Internet gezogen und dabei Vorsichtsmaßnahmen ergriffen, um keine Spuren zu hinterlassen. Er stellte es auf den Boden, eine Armlänge von der Wand entfernt, schaltete es ein und drückte den Startknopf. Nach ein paar Sekunden erklang ihre wunderbare Stimme. Er setzte sich auf den Badewannenrand und lauschte der Sprecherin. In diese Stimme hatte er sich schon beim ersten Hören verliebt. Genau wie in ihren Anblick. Wenn sein Zeitplan nicht so knapp kalkuliert wäre, hätte er ihr gern stundenlang gelauscht. Er aktivierte die Handy-App, über die er Bilder aus Dennis' Wohnung empfing. Bis jetzt war der Mann nicht nach Hause gekommen. Allerdings dürfte das nur noch eine Frage von Minuten sein.

Er legte seine Hand auf Rachels Kopf und drückte ihn unter Wasser. An seinem Telefon aktivierte er eine Stoppuhr. Fünf Minuten sollten reichen.

Ein Klingeln an der Tür ließ ihn zusammenzucken. Bekam Rachel Besuch?

Er hielt den Atem an und wartete. Es klingelte ein zweites Mal. Kurz darauf piepte ihr Telefon. Eine Nachricht von Dennis, so viel erkannte er auf dem Sperrbildschirm. Er zog

Rachels Kopf aus dem Wasser. Hoffentlich funktionierte die Gesichtserkennung auch bei nasser Haut. Er positionierte das Gerät vor ihrem Gesicht, und tatsächlich entsperrte sich das Display.

Hey Schatz. Bist du noch unterwegs? Ich stehe vor deiner Haustür.

Komm hoch, antwortete er in ihrem Namen. *Ich bin im Bad und kann nicht zur Tür.*

Er legte das Telefon wieder beiseite. Nun müsste er improvisieren. Hektisch schaute er sich um und schloss die Badezimmertür von innen. Die Wiedergabe stoppte er nicht, die Frauenstimme wäre eine gute Ablenkung. Stattdessen verteilte er etwas Wasser aus der Badewanne auf dem Fußboden. Er trug Schuhe mit rutschfesten Sohlen, bei Dennis sah das hoffentlich anders aus. Schließlich stellte er sich auf die Seite der Tür, zu der sie aufschwang. Dennis betrat die Wohnung.

»Schatz, alles okay bei dir?«

Ob ihn die weibliche Stimme verwirrte?

Er klopfte an die Tür. »Baby?«

Einen Wimpernschlag später öffnete sich die Tür. Offenbar erkannte er Rachels Notlage auf Anhieb.

»Oh mein Gott!«, schrie er und stürmte zur Badewanne.

In diesem Moment trat der Mörder aus seinem Versteck. Dennis schien eine Bewegung aus dem Augenwinkel wahrzunehmen. Während er versuchte, Rachel aus dem Wasser zu ziehen, blickte er halb über die Schulter.

Gnadenlos versetzte der Mörder ihm einen Stoß. Dennis knallte an den Wannenrand und stützte sich an der Wand ab. Seine Beine waren ungeschützt. Der Tritt in die Kniekehlen ließ ihn vor Schmerz aufschreien. Er konnte sich kaum noch auf den Füßen halten, durch das Wasser am Boden rutschte er zusätzlich weg.

Der Mörder zog Dennis heran und stieß ihn dann wieder von sich. Nun verlor der junge Mann endgültig den Halt. Sein Kopf knallte gegen den Badewannenrand. Am Boden kam er mit unnatürlich abgewinkeltem Schädel auf. Der kurze Kampf war vorbei.

Schwer atmend hielt er inne. So war das alles nicht geplant gewesen. Was sollte er jetzt machen? Während er seine Optionen durchdachte, tastete er an Rachels Hals nach einem Puls, den er noch schwach wahrnahm.

»Willst du mich verarschen?«, zischte er wütend. Er drückte den Kopf der Frau wieder vollständig unter Wasser.

Ein Abbruch war die einzig sinnvolle Maßnahme. Er würde die beiden Toten hier im Badezimmer liegen lassen, seine Sachen einstecken und zu Dennis fahren. Dort müsste er die kleine Kamera, die Dessous und den Brief verschwinden lassen. Vielleicht würde niemand den Zusammenhang erkennen. Das NYPD war eine riesige Organisation. Wenn ihm das Glück ein bisschen hold wäre, würden andere Detectives den Fall bearbeiten.

Er zog Rachels Kopf aus dem Wasser und tastete erneut nach einem Puls. Diesmal nahm er keinen mehr wahr. Ein letztes Mal drückte er sie unter die Oberfläche. Dann trocknete er sich an einem Handtuch ab. In aller Ruhe hob er das Abspielgerät auf. Nun kam es darauf an, keinen Fehler zu begehen. Er musste an alles denken. Also verließ er das Badezimmer. Auf dem Dielenschrank lag ein Strauß bunter Blumen. Offenbar hatte Dennis Rachel mit diesem Liebesbeweis überraschen wollen. Warum ausgerechnet heute?

Er beruhigte sich mit dem Gedanken, Fehlschläge einkalkuliert zu haben. Ihm war klar gewesen, wie herausfordernd es war, zwei Menschen in einem vordefinierten Zeitraum zu töten. So viel konnte dabei schiefgehen. Schon ein längerer Stau könnte seine Pläne ruinieren. Oder – so wie heute – das Abweichen von alltäglichen Routinen. Doch dieses Risiko lohnte sich. Am Ende würde sie hoffentlich die Früchte seiner Arbeit ernten. Denn das hatte sie verdient.

»Es tut mir so leid«, flüsterte er, während er ins Schlafzimmer ging. »Ich mache es beim nächsten Mal besser. Versprochen.« Er packte das Schreiben und das mit billigem Modeschmuck gefüllte Kästchen ein. Zuletzt entfernte er die unauffällig in der Diele angebrachte Minikamera, mit der er seit dem Vormittag Rachels Wohnung überwacht hatte. Er stopfte sie in den Rucksack und betrat den Hausflur. Da es diesmal egal war, wann die Leichen gefunden wurden, zog er die Tür von außen zu. Ohne Stau wäre er in einer halben Stunde bei Dennis. Hoffentlich ging wenigstens dort nichts schief.

25

Henry stieg aus seinem Wagen und lief auf den wartenden Detective zu. Der hatte ihn gestern angerufen und von einem neuen Mordfall berichtet. In der Hand hielt Henry seine Schutzweste.

Petersen begrüßte ihn mit festem Händedruck.

»Wo ist Ihr Partner?«, fragte Henry.

»Hat sich schon freigenommen. Familiäre Verpflichtungen. Er muss die Kinder hüten.«

Henry schaute Petersen skeptisch an.

»Ja, er war nicht begeistert, dass ich Sie so früh einbeziehe. Aber in erster Linie muss er wirklich auf seine Kinder aufpassen, weil seine Frau einen wichtigen Termin hat.«

»Okay. Was genau ist passiert?«

»Das Ganze liegt jetzt acht Tage zurück. Und bevor Sie sich beschweren: Früher konnte ich Sie nicht informieren, ohne mir Ärger aufzuhalsen.«

»Macht nichts. Ich hatte auch ohne Sie genug zu tun.«

»Seien Sie nicht gleich eingeschnappt.«

»Bin ich nicht.« Henry wunderte sich selbst über seinen scharfen Tonfall. Er war es gewohnt, von den meisten Polizisten als Spinner angesehen zu werden. Trotzdem ärgerte ihn der Zeitverlust. Er war noch nie an einem frischen Tatort gewesen und wusste nicht, ob das seine Eindrücke verstärken würde.

»In der Wohnung ist es zu einem Doppelmord gekommen. Die Frau Rachel Briggs ist in der Badewanne ertränkt worden, der Mann Dennis Sander starb durch Genick-

110

bruch. Ebenfalls im Badezimmer. Ich hatte Glück. Eigentlich hätte ein guter Freund die Ermittlung in dem Fall geleitet. Der hat aber die Parallelen erkannt, und nach Absprache mit Chief Rushfield haben mein Partner und ich die Leitung übernommen.«

»Was können Sie mir über die Toten sagen?«

Henry hörte aufmerksam zu, was Petersen ihm mitteilte. Einiges stimmte mit den vorherigen Morden überein, anderes wich eklatant ab. Vor allem die fehlende Inszenierung des Tatorts. Wäre nicht die Wunde an dem Hals der Toten, die auf einen Taser hindeutete, hätte man Petersen die Ermittlung wohl nicht übertragen.

»Wie lautet Ihre Theorie?«

Petersen schaute sich auf der Straße um und schien seine Gedanken zu sammeln. »Ich glaube, etwas ist für den Täter gewaltig schiefgegangen. Wenn Sie mich fragen, wollte er die beiden Liebenden wie beim ersten Mal töten. Zuerst Briggs, dann Sander. Unerwartet taucht Sander am Tatort auf, und der Mörder muss improvisieren. Nicht zuletzt deshalb bekam ich das Okay, Sie um Hilfe zu bitten, damit Sie unseren Restzweifel beseitigen.«

»Welchen Zweifel?«

»Ob es wirklich derselbe Täter ist.«

»Und für diese Erlaubnis haben Sie acht Tage benötigt?«

Petersen hob die Hände. Ihm kam keine Entschuldigung über die Lippen, aber seine Körperhaltung sprach Bände. Henry würde nicht weiter darauf herumreiten.

»Sie vermuten, Briggs ist zuerst gestorben?«

»Reine Spekulation. Zwischen den Morden hat nicht viel Zeit gelegen, behauptet zumindest der Rechtsmediziner. Wer zuerst gestorben ist, kann er nicht sagen. Wissen Sie, was im Präsidium die größte Sorge ist?«

»Was Ihr Vorgesetzter über mein Mitwirken denkt?«

»Bullshit! So gut sollten Sie mich kennen. Einen Doppelmord kann man in einer hektischen Stadt wie unserer unter den Teppich kehren. Aber wenn sich herausstellt, dass es wirklich derselbe Täter ist, höre ich den Medienaufschrei jetzt schon. Vier Tote? Zwei Liebespaare? Ein gefundenes Fressen für alle Sensationsgeier.«

»Also wäre es Ihnen am liebsten, ich komme zu einem anderen Ergebnis?«

»Nein. Sie sollen mir helfen, meine Theorie zu untermauern.«

»Was ist mit Williamson?«, fragte Henry.

»Der hat ein wasserdichtes Alibi für die mutmaßliche Tatzeit.«

»Das heißt, wenn ich Ihre Vermutung bestätige, ist Williamson aus dem Schneider. Wodurch seine Chancen steigen würden, das Erbe zu bekommen.«

»So sieht's aus.«

»Verdient hat er es nicht«, stellte Henry fest. Er schlüpfte in die Schutzweste und ließ sich auch von Petersens amüsiertem Blick nicht davon abbringen. »Führen Sie mich in die Wohnung. Und dann muss ich wieder allein sein.«

* * *

Henry zögerte an der Badezimmerschwelle. Normalerweise hielt er sich nicht an einem Ort auf, an dem mehr als ein Mensch gestorben war. Doch er hatte so etwas schon erlebt. Das erste Mal als Junge, damals im Krankenhaus. Die Taten hatten sich nacheinander in seinem Kopf abgespielt, klar abgegrenzt. Hoffentlich würde es diesmal wieder so sein. Er atmete tief durch und ging mit geschlossenen Augen in den Raum hinein. Vorsichtig tastete er sich bis zur Badewanne vor.

Das purpurfarbene Schimmern läutete die Vision ein. Ein Mann schrie vor Schmerz auf. Sander? Im Hintergrund nahm Henry noch etwas wahr. Eine weibliche Stimme, die unbeteiligt etwas vorzulesen schien. Während der Mann das Gleichgewicht verlor, konzentrierte sich Henry auf die Stimme, denn die anderen Bilder zeigten ihm nicht das Antlitz des Mörders. Was hatte die Frau mit dem Fall zu tun? War sie vor Ort gewesen? Es hörte sich für ihn eher nach einer abgespielten Aufzeichnung an. In seiner Vision sah er den Badewannenrand rasant näher kommen, dann brach sie ab.

»Fuck«, fluchte Henry. Das war intensiver als beim letzten Mal gewesen. Hätte er vielleicht sogar mehr wahrgenommen, wenn Petersen ihn früher kontaktiert hätte?

Die Vision hatte ihm eindeutig gezeigt, dass Sander in diesem Raum als Zweites gestorben war. Der purpurne Schatten breitete sich wieder vor seinem Auge aus. Henry schob alle störenden Gedanken beiseite. Doch die nächste Offenbarung brachte ihn überhaupt nicht weiter. Außer dem farbigen Schleier sah er nur verwaschene Schwärze.

Was hatte das zu bedeuten? Er rief den Detective noch nicht in die Wohnung, sondern wartete, ob ihn ein drittes Mal Bilder überfallen würden. Seine Gedanken rasten. Die Stimme hatte sich wie von einem CD-Player oder etwas Vergleichbarem angehört. Er erinnerte sich an die Worte. Hatte sich der Mörder einen Roman vorlesen lassen, während er sein Werk verrichtete?

»Petersen!«

Der Detective erschien augenblicklich. »Ist es derselbe Täter?«

»Kann ich Ihnen nicht sagen.«

»Wieso nicht, verdammt?«

»Ich habe ihn nicht gesehen.«

»Glückwunsch!«

»Aber da war etwas anderes. Im Hintergrund.« Henry erzählte, was er außer den Schmerzensschreien des Opfers noch gehört hatte, und gab die Reihenfolge wieder, in der ihn die Bilder überfallen hatten.

»Also so etwas wie ein Hörbuch?«, vergewisserte sich Petersen.

»Ergibt das Sinn?«

»Wir haben nichts gefunden, was diese Theorie untermauert.«

»Vielleicht hat Briggs beim Baden ein Hörbuch vom Handy laufen lassen.«

»Kommt mir unwahrscheinlich vor. Darauf hätte mich das Labor hingewiesen. Die haben das Telefon genau geprüft, weil das Paar zur vermuteten Todeszeit im Austausch stand.«

»Und ein anderes Abspielgerät hat die Spurensicherung nicht gefunden?«

»Nein.«

»Ob der Mörder den Ton auf dem Telefon gestreamt hat?«

»Wie wäre es dann abgelaufen?«, fragte Petersen. »Er setzt Briggs mit einem Stromschlag außer Gefecht und startet danach in aller Ruhe ein Hörbuch?«

Henry nickte. Nur in dieser Reihenfolge ergäbe es Sinn.

»Plötzlich taucht Sander unerwartet auf, trotzdem stoppt der Täter die Wiedergabe nicht. Wieso ist sie ihm so wichtig?«, fuhr Petersen fort.

Henry sprach den ersten Gedanken aus, der ihm durch den Kopf ging. »Inspiration?«

Der Detective sah ihn nachdenklich an. »Sie meinen, er lässt sich von einer Vorlage inspirieren?«

»Er wäre nicht der erste Täter, oder?«

»Kennen Sie einen Film oder einen Roman, in dem ein Mörder so zuschlägt wie …«

»Nein. Allerdings bin ich weder ein großer Kinogänger, noch schaue ich zu Hause viele Filme.«

»Und Bücher?«

»Keine Krimis. Bei mir klingelt nichts.«

»Ich klemme mich dahinter«, versprach der Detective. »Keine Ahnung, wie schnell mir das Internet Antworten liefert.«

»Ich drücke Ihnen die Daumen.«

»Die Rechnung hierfür ist in Williamsons Honorar inbegriffen?«, vergewisserte sich Petersen.

»Worauf Sie sich verlassen können.«

26

Nachdem sich Henry vom Detective verabschiedet hatte, fuhr er direkt los. Schon nach kurzer Zeit bemerkte er im Rückspiegel einen schwarzen SUV, der ihm folgte. Anfangs hielt er das für Zufall, doch als er zweimal abgebogen war und der Wagen noch immer hinter ihm war, ahnte Henry, was das bedeutete. Diesmal schien der Senator erst gar nicht per Textnachricht um ein Treffen zu bitten. Bei der ersten Gelegenheit überholte der SUV und setzte sich vor Henry. Das Warnblinklicht leuchtete zweimal auf, ein überflüssiges Signal, denn Henry erkannte das Kennzeichen vom letzten Mal wieder. Er folgte dem SUV. Bis zum Haus des Senators benötigten sie bloß dreißig Minuten. Erneut endete die Fahrt in der Tiefgarage.

Henry schaltete den Motor aus und wartete. Jemand öffnete von außen die Tür.

»Er möchte Sie sehen«, sagte der Sicherheitsbeauftragte. »Haben Sie eine Waffe dabei?«

»Ich habe nie Waffen dabei«, erwiderte Henry.

Diesmal saß der Senator bereits in einem der Sessel und trank einen Schluck Whisky.

»Ungewöhnliche Art, mich zu Ihnen zu bitten, Mr. Senator«, sagte Henry, als er den Raum betrat. Egal, wie mächtig sein Gegenüber auch war, er durfte sich nicht alles gefallen lassen. »Eigentlich hatte ich für heute Abend andere Pläne.«

Der Politiker starrte ihn an. »Pläne ändern sich. Manchmal sehr kurzfristig. So ist das eben.«

Henry setzte sich. »Jetzt im Augenblick komme ich mir von Ihren Mitarbeitern verfolgt vor. Mit Vorankündigung ist es einfach … charmanter.«

Noch immer verzog Weller keine Miene. »Nicht meine Mitarbeiter verfolgen Sie. Denen sind Sie absolut egal. Ich bin derjenige, der die Tätigkeit *interessanter* Menschen gern im Auge behält.«

»Das schmeichelt mir.«

»Sie haben sich mit Detective Petersen an einem Tatort getroffen?«

Henry nickte. »Ich weiß allerdings nicht, wie viel ich Ihnen davon erzählen darf. Die Polizei bittet mich immer um Diskretion.«

»Keine Sorge. Würde es mich interessieren, hätte ich in kürzester Zeit alle Fakten auf dem Tisch.«

Henry lächelte. »Warum bin ich hier, Mr. Senator?«

»Tilda Schmitt wird in wenigen Tagen vor Ort sein. Ich dachte mir, das würde Sie interessieren.«

»So schnell? Wie haben Sie das …« Er hielt inne, denn Weller würde ihm ohnehin keine vernünftige Antwort geben.

»Ich kann Ihnen den genauen Tag noch nicht sagen. Mein Team klärt gerade letzte Unstimmigkeiten mit den deutschen Behörden. Vor allem ein Hauptkommissar wirft uns Stöcke zwischen die Beine, aber das hält uns nicht auf. Es wird auf keinen Fall länger als eine Woche dauern. Sobald sie den deutschen Luftraum verlassen hat, sage ich Ihnen Bescheid. Vorab möchte ich den Ablauf mit Ihnen klären. Ich lasse Sie am Hotel abholen. Das wird spätabends beziehungsweise nachts sein. Wir wollen möglichst wenig

Aufmerksamkeit auf uns lenken. Deswegen muss das alles im Dunkeln über die Bühne gehen. Mein Fahrer bringt Sie zu Brians Haus, dort warten Sie, bis das Team mit Schmitt vor Ort ist. Nur um Missverständnisse zu vermeiden: Ist es unabdingbar, dass Sie in der Küche allein mit ihr sind?«

»Absolut.«

»Aber sie darf an Händen und Füßen gefesselt sein, richtig? Es geht mir hierbei ausschließlich um Ihre Sicherheit! Wie Sie sich vorstellen können, ist mir Schmitts Bequemlichkeit egal.«

»Das darf sie«, bestätigte Henry.

»Das werde ich meinen Männern so mitteilen.«

»Sie werden nicht vor Ort sein?«

»Ausgeschlossen. Einige meiner Mitarbeiter tragen Körperkameras. Ich werde also alles aus der Ferne verfolgen. Bis auf die Zeit, in der Sie allein mit Schmitt sind. Hätten Sie etwas dagegen, ebenfalls eine Kamera zu benutzen?«

»Grundsätzlich nicht, ich weiß bloß nicht, ob sich das auf meine Fähigkeit auswirkt.«

Der Senator legte sich eine Hand ans Kinn. »Dann lassen wir es lieber.«

»Was passiert, wenn ich Schmitt eindeutig als Täterin identifiziere? Wird sie danach hier vor ein Gericht gestellt? Sie wissen, das Resultat, zu dem ich gelange, hat keine Beweiskraft. Sie kennen die entsprechenden Gesetze besser als ich.«

»Zerbrechen Sie sich darüber nicht den Kopf. Für den Fortgang ist gesorgt, je nachdem, was Sie meinen Männern zu sagen haben.« Weller erhob sich. »Fahren Sie in den nächsten Tagen nicht weg, und wenn Detective Petersen etwas von Ihnen will, machen Sie ihn auf eventuelle Zeitengpässe aufmerksam. Verlassen Sie unter keinen Umständen

New York. Sobald Schmitt außerhalb Deutschlands ist, erfahren Sie es. Danach müssen Sie bereitstehen. Der Flug dauert ja nur ein paar Stunden. Sie hören von mir.«

Der Senator steuerte die Tür an. Henry schossen viele Fragen durch den Kopf, doch Weller würde ihm vermutlich keine weitere beantworten.

27

Am Fenster seines Hotelzimmers starrte Henry auf die Lichter der Stadt. Wie so oft hatten sie eine beruhigende Wirkung auf ihn. Er hätte es nicht für möglich gehalten, dass der Senator die in Deutschland verurteilte Mörderin so schnell nach New York bringen würde. Wie viele Gefallen hatte Weller dafür eingefordert? Was würde der Politiker anschließend mit ihr anstellen? Vermutlich hing das von dem ab, was Henry zu sagen hatte. Sollte der purpurne Schatten bei der Vision nicht verschwinden, wäre Schmitt nicht für den Mord an Brian verantwortlich. Bestimmt würde Weller sie dann auf schnellstem Weg nach Deutschland zurückschicken und Henry diesen Fehlschlag ankreiden. Weil er sich mit der sechzigprozentigen Täterwahrscheinlichkeit weit aus dem Fenster gelehnt hatte.

Und falls der Schatten verschwand, hätte Henry jeden Nutzen für den Senator verloren. Denn vor Gericht würde er niemals gegen Schmitt aussagen müssen. Zuallererst müsste die Anklage mühselig nachweisen, dass sie zu dem Zeitpunkt überhaupt in den Staaten gewesen war. Henry glaubte nicht, dass Weller diesen Weg beschreiten würde. Denn die Erfolgsaussichten waren gering. Andererseits …

Der Senator strebte das wichtigste Amt der Welt an. Würde er das aufs Spiel setzen, indem er den Mord an seinem Neffen auf persönliche Weise regelte?

Henry befürchtete, die Antwort zu kennen. Weller war kein zimperlicher Mann. Und falls in den Gerüchten über seine Vaterschaft auch bloß ein Körnchen Wahrheit steckte, war er auf emotionalste Art involviert. Wie viele Menschen wussten wohl davon, dass er Schmitt in die Staaten überführen ließ? Hier in Amerika wahrscheinlich nur eine Handvoll. Und was in Deutschland passierte, interessierte die amerikanische Öffentlichkeit nicht. Es würde seiner Kandidatur nicht schaden, egal, wie laut ein deutscher Hauptkommissar trommelte und sich über das Vorgehen beklagte.

Henry musste sich eingestehen, Verständnis für Weller zu haben. Wie sehr ärgerte es ihn wohl, dass die mutmaßliche Mörderin seines Neffen bloß fünfzehn, maximal zwanzig Jahre im Gefängnis sitzen würde? Noch dazu unter deutlich humaneren Bedingungen, als es in Amerika der Fall wäre. Hier könnte er Kontakte spielen lassen, um ihr das Leben so schwer wie möglich zu machen. Ob ihm das in Deutschland gelingen würde, erschien Henry zweifelhaft.

Müsste er sich Vorwürfe machen, falls Schmitt in den Händen von Wellers Schergen zu Tode kam? Henry wandte sich vom Anblick der beleuchteten Stadt ab. Es wäre so leicht, das zu verneinen, weil er ihr nicht selbst die Waffe an den Kopf setzen würde, aber wäre es auch die Wahrheit?

Das hoteleigene Telefon auf dem Schreibtisch klingelte. Die Nummer der Rezeption und Vincents Name standen im Display. Was wollte er um diese Uhrzeit?

»Hallo, Vincent«, begrüßte er den Anrufer.

»Henry. Entschuldige die späte Störung. Ich hoffe, ich habe dich nicht geweckt.«

»Nein. Bin eben erst zurückgekommen. Was gibt's?«

»Du hast einen Besucher. Mr. Calvin Williamson. Er muss dich dringend sprechen.«

Henry seufzte. Er ahnte, was Williamson ins Hotel geführt hatte.

»Soll ich ihn abwimmeln?«, fragte Vincent.

Der Gedanke war verlockend, doch damit würde er das Problem nur auf die lange Bank schieben.

»Nein. Nicht nötig. Können wir noch einen Platz im Restaurant haben? Einen Tisch für zwei. Am besten mit etwas Privatsphäre.«

»Ich kläre das für dich.«

Warteschleifenmusik erklang. Es dauerte nur wenige Sekunden, bis Vincent zu ihm zurückkehrte.

»Für euch ist ein Tisch am Rand reserviert.«

»Perfekt. Sag Williamson, ich komme in einer Viertelstunde zu ihm. Wer ohne Vorankündigung auftaucht, muss sich ein bisschen gedulden.«

* * *

»Na endlich!«, sagte Williamson vorwurfsvoll. »Was hat denn so lange gedauert?«

»Ich saß in der Badewanne, als mich der Anruf von der Rezeption erreichte«, behauptete Henry.

Die Lüge erzielte die gewünschte Wirkung. Williamson zog die Mundwinkel nach unten. Um das zu überspielen, griff er nach dem halb geleerten Cocktailglas vor sich auf dem Tisch und nippte daran.

»Wie schmeckt Ihnen der *Do you speak mandarin?*«, erkundigte sich Henry. »Eine Spezialität des Hauses, aber für mich ist der Geschmack des Bananenlikörs zu dominant.«

»Geht mir genauso. Die berechnen dafür 26 Dollar. Ein Wahnsinn.«

Henry setzte sich zu ihm. Ein Mitarbeiter kam fast im selben Moment zu ihnen.

»Nathaniel«, begrüßte Henry ihn. »Lange nicht gesehen. Wie war der Urlaub?«

»Ganz wunderbar. Florenz und Rom sind so schöne Städte. Aber Venedig. Mein Gott. Magisch! Italien hat so viel zu bieten.«

»Das stimmt. Ich bin jedes Mal gerne dort. Bringst du mir einen Espresso Martini?«

»Kommt sofort.«

Henry wandte sich Williamson zu. »Was führt Sie zu so später Stunde zu mir?«

»Stimmt es, dass Sie mit Petersen an dem neuen Tatort waren?«

»Woher wissen Sie das?«

»Ich habe heute Abend mit ihm telefoniert. Mein Anwalt hat mir am Nachmittag bedauernd mitgeteilt, dass es noch keine Fortschritte gibt. Die Auszahlung des Erbes verzögert sich weiter. Ich kann das alles nicht glauben.«

»Seien Sie einfach ein bisschen geduldig und vertrauen Sie Detective Petersen. Er wird den Schuldigen finden. Sobald er von der Staatsanwaltschaft angeklagt wird, steigen Ihre Chancen sprunghaft.«

»Ich kapier's trotzdem nicht. Zählt mein Alibi nichts?« Er klang empört.

»Noch gibt es keinen Beweis, der auf einen einzigen Täter hinweist. Sie müssen sich gedulden.«

»Das lässt sich leicht sagen, wenn man es sich leisten kann, *hier* zu leben und fast dreißig Dollar für einen Drink hinzulegen.«

Nathaniel brachte das dunkelfarbene Getränk mit der hellen Krone, sodass es Henry leichtfiel, den unausgesprochenen Vorwurf zu ignorieren. Er lächelte Nathaniel zu. Der warf einen Blick auf Williamson und verzichtete darauf, ihn zu fragen, ob er etwas nachbestellen wollte.

»Zum Wohle«, sagte Henry, hob das Martiniglas und

trank einen Schluck. Seufzend stellte er es wieder ab. »Herrlich. Und meiner Meinung nach jeden einzelnen Dollar wert. Aber Sie sind vermutlich nicht hier, um mit mir über die Getränkepreise zu diskutieren.«

»Wir müssen etwas anderes besprechen«, erwiderte Williamson.

»Was liegt Ihnen auf dem Herzen?«

»Im Prinzip ist Ihre Arbeit ja beendet.«

»Wirklich? Wieso glauben Sie das?«

»Meine Unschuld ist bewiesen, ich habe den dritten und vierten Mord nicht … nein, falsch. Ich habe keinen davon begangen.«

»Was sich hoffentlich später beweisen wird.«

»Ich hatte Sie ja engagiert, damit Sie zu meinen Gunsten bei der Polizei … Sie wissen schon. Und das ist ja jetzt alles nicht mehr nötig.«

»Ich sehe das ein bisschen anders.«

»*Was* sehen Sie anders?«

»Die Grundlage unseres Vertrags und wann die Vertragsbedingungen erfüllt sind. Natürlich können Sie mir schon jetzt das vereinbarte Honorar überweisen, aber …«

»Warum sollte ich das tun?«

»Aufgrund unseres Vertrags.«

»Sie haben noch gar nichts getan, was Ihr Honorar rechtfertigt. Wir reden von einer Viertelmillion.«

»Da bin ich anderer Meinung.« Wieder trank Henry einen kleinen Schluck. »Ich war schon jetzt an insgesamt drei Tatorten und habe mich dort umgesehen.« Er senkte seine Stimme. »Bilder von Morden gesehen. Glauben Sie mir, das ist kein Vergnügen.«

Williamson schnaubte abfällig. »Ich habe mit keiner dieser Taten etwas zu tun.«

»Das freut mich. Ändert allerdings nichts an meiner Arbeit. Machen Sie sich keine Sorgen, eine Bezahlung ist noch lange nicht fällig. Sie müssen sich derzeit nicht fragen, wie Sie das aufbringen.«

»Das ist Betrug!« Williamson wurde lauter.

Henry bemerkte Nathaniels besorgten Blick und nickte ihm unauffällig zu. Dann beugte er sich über den kleinen Tisch vor. »Mit solchen Vorwürfen sollten Sie vorsichtig sein. Wir haben ausgiebig über meine Konditionen gesprochen. In dem von Ihnen unterschriebenen Vertrag ist meine Dienstleistung aufgeführt, ebenso die Bedingungen, wann das Honorar fällig wird.«

»Ich fechte das über meinen Anwalt an.«

»Nehmen Sie dafür denselben Anwalt, der Sie auch in der Erbstreitigkeit vertritt? Dann wünsche ich viel Erfolg.« Henry lächelte Williamson kalt an.

»Was wollen Sie damit sagen?«

»Rein gar nichts. Ich kann Ihnen nur den Tipp geben, sich ein unnötiges Anwaltshonorar zu ersparen. Der Vertrag ist wasserdicht.«

»Das wird sich noch zeigen.« Williamson griff zu seinem Cocktailglas und trank den Rest in einem Zug aus. Dann erhob er sich ruckartig. »Ich warne Sie, Baker. Sie werden Ihren Starrsinn bereuen. Es wäre besser, wir einigen uns friedlich.«

»Wir haben uns schon geeinigt und einen rechtsgültigen Vertrag abgeschlossen. Ihr Verhalten motiviert mich nur, meine Anstrengungen zu verdoppeln, damit der Schuldige rechtzeitig vor Gericht erscheint. Danach stelle ich Ihnen meine legitime Forderung in Rechnung.«

Williamson funkelte ihn wütend an. »Wir werden sehen!«

»Ganz sicher sogar.«

Sein Auftraggeber wandte sich ab und entfernte sich vom Tisch. Henry nickte Nathaniel zu. Der verstand sofort. Er lief Williamson hinterher und hielt ihn auf. Die beiden redeten miteinander. Williamson deutete aufgebracht zu Henry, doch Nathaniel schüttelte energisch den Kopf. Schließlich zog der Gast sein Portemonnaie aus der Hosentasche und zählte wütend Bargeld ab, das er Nathaniel vor die Füße warf. Dann entfernte er sich.

Der Kellner bückte sich und sammelte die Scheine auf. Kaum war er damit fertig, kam er zu Henry.

»Was für ein unangenehmer Zeitgenosse. Ist bei dir alles in Ordnung?«

»Ja, seine Geschäftspartner kann man sich leider nicht immer aussuchen. Tut mir leid. Dass er dir Geld vor die Füße wirft, hätte ich nicht erwartet.«

»Nicht deine Schuld.«

»Bringst du mir bitte auch die Rechnung?«

»Kommt sofort.«

Während Henry wartete, ließ er seinen Gedanken freien Lauf. Er dachte zunächst über Williamson nach, doch dann kam ihm der Senator in den Sinn. Weller hatte ihm damals ohne vorherige Verhandlung einen Fixbetrag gezahlt, ohne ein Schriftstück zu unterschreiben. Henry würde den Teufel tun und ihm jemals eine weitere Summe in Rechnung stellen.

Nathaniel brachte die Quittung. Henry summierte ein besonderes großzügiges Trinkgeld hinzu und unterschrieb. Es wurde für ihn Zeit, in sein Zimmer zurückzukehren. An Schlaf wäre in den nächsten Stunden jedoch nicht zu denken. Es gab zu viel zu erledigen. Nicht zuletzt deshalb hatte er ein Getränk mit Koffein gewählt.

28

Wie sollte er mit der Wut umgehen? Fast gar nichts war beim zweiten Mal so gelaufen, wie er sich das vorgestellt hatte. Die kurzen Augenblicke, nachdem er sie betäubt und das Hörbuch angeschaltet hatte, waren befriedigend gewesen. Es hatte sich so richtig angefühlt. Ihre Stimme im Hintergrund, während er seinen ausgeklügelten Plan durchzog. Aber danach hatte sich alles desaströs entwickelt.

In den ersten Tagen nach den Morden hatte er nach Meldungen Ausschau gehalten. Im Internet und der *New York Times* beziehungsweise der *New York Post*. Ob die Cops an die Presse gehen und vor einem Mörder warnen würden, der junge Paare ins Visier nahm. Er hatte nichts darüber gefunden, was ihn zumindest ein bisschen beruhigte. Seine Ziele waren nicht zu erreichen, falls ihm die Polizei zu schnell auf die Spur käme. Dann wären alle Vorbereitungen völlig umsonst gewesen.

Beim nächsten Mal müsste es besser funktionieren. Wenn er zufrieden wäre, würde er ihnen vielleicht einen Hinweis hinterlassen, für wen er den ganzen Aufwand betrieb. Wem er damit zum Durchbruch verhelfen wollte. Sie hatte es einfach verdient. Ihre Stimme sollte einem Millionenpublikum bekannt sein.

Wenn alles nach Plan lief, würde er in den Wochen nach der Tat den Bau nicht verlassen, sondern abwarten, ob sein Handeln Wirkung zeigte. Ihre Auftritte verfolgen. Dabei zusehen, wie sich ihr Ruhm langsam mehrte. Das hatte sich nach dem Fehlschlag beim letzten Mal vorerst erledigt. Nur das Wissen, auch mit unangenehmen Überraschungen fertigzuwerden, spendete ihm ein bisschen Trost.

Er trat an den Schreibtisch, in dem er die Fotos der ausgewählten Paare aufbewahrte. Diesmal holte er lediglich die Frauenbilder heraus. Die Auswahl anhand der Männer zu treffen, hatte sich als Fehlschlag erwiesen. Und da er abergläubisch war, würde er das kein zweites Mal probieren. In solchen Fragen ging er kein unnötiges Risiko ein.

In aller Ruhe breitete er die Bilder auf dem Schreibtisch aus. Er musterte jedes Gesicht ganz genau. Sollte er den Zufall entscheiden lassen? Das hatte er beim ersten Mal nicht getan. Es erschien ihm erfolgversprechender, selbst derjenige zu sein, der Schicksal spielte.

Das Foto der schwarzhaarigen Schönheit fesselte seine Aufmerksamkeit. Ihren Namen kannte er auswendig, genau wie die Vornamen aller anderen Opfer, egal ob männlich oder weiblich.

»Wie sieht's mit uns aus, Lindsey? Gibt es Neuigkeiten über dich und Aaron, die ich kennen müsste?« Er schwieg ein paar Sekunden. »Nein?«, fragte er dann. »Wirklich nicht? Oder lügst du mich an? Am besten verschaffe ich mir selbst einen Überblick.«

Er schob die übrig gebliebenen Bilder zu einem kleinen Stapel zusammen und packte ihn zurück in die Schublade. Dann holte er Aarons Foto heraus.

»Herzlichen Glückwunsch«, sagte er leise. »Du hast mit deiner liebenswerten Partnerin in der Sensenmannlotterie gewonnen. Wer kann das schon von sich behaupten?« Er kicherte vergnügt. Die Wut und schlechte Laune verflogen, dafür kehrte die Zuversicht zurück.

29

Lindsey Hogan lächelte ihrer Mutter über den Tisch hinweg zu. Das Geburtstagskind, das im Kreise der Familie und einiger sehr enger Freunde seinen 55. Geburtstag feierte, erwiderte das Lächeln.

»Lindsey, schön, dass du endlich mal Aaron mitgebracht hast«, erklärte ihr Onkel Rupert mit seiner dröhnenden Stimme.

Lindsey wandte sich ihm zu. »Aaron und ich waren schon mehrfach bei Mama und Papa. Aber du bist ja nie da. Immer beschäftigt und auf Reisen.«

»Mehrfach ist jetzt auch übertrieben«, entgegnete Lindseys Mutter. »Das ist euer dritter Besuch.«

»Mama!« Warum fiel sie ihr in den Rücken? Sie wusste genau, wie wenig Zeit Lindsey mit ihrem Freund verbrachte. Viel zu oft kam ihnen etwas dazwischen, denn sie waren beruflich stark eingespannt. Nicht zuletzt, weil Aaron zwei Jobs hatte, mit denen er den Studienkredit so schnell wie möglich zurückzahlen wollte. Auch Lindsey schlug kein Überstundenangebot aus, um ihre Rücklagen zu erhöhen. Dazu noch der weite Weg zwischen ihren Wohnungen. Wo sollte die Zeit für häufigere Familienbesuche herkommen?

»Das liegt so ein bisschen an mir und meinen beiden Jobs«, erklärte Aaron. »Ich will die Belastungen des Kredits so schnell wie möglich loswerden.« Er ergriff Lindseys Hand, die er liebevoll mit seinem Daumen streichelte.

Sie warf ihm einen Blick zu.

»Sollen wir?«, fragte Aaron leise.

Auf der Fahrt hatten sie sich darüber unterhalten, Lindseys Familie in ihre aktuellen Pläne einzuweihen. Lindsey war unsicher gewesen, ob die Geburtstagsfeier ihrer Mutter der richtige Anlass dafür war.

»Sollen wir was?«, fragte Lindseys Vater Chuck. »Was verschweigt ihr uns? Raus mit der Sprache!«

Lindsey lächelte ihrem Freund zu. Die Entscheidung war wohl gefallen. »Tun wir's«, antwortete sie.

»Habt ihr Geheimnisse vor uns?«, erkundigte sich Lindseys Mutter.

»Wir sind seit ziemlich genau drei Wochen auf der Suche nach einer gemeinsamen Wohnung«, erklärte Aaron.

»Die ersten vier Besichtigungstermine haben wir hinter uns. Da war leider nichts Passendes dabei. Aber davon lassen wir uns nicht entmutigen.«

»Großartig!« Lindseys Mutter strahlte übers ganze Gesicht. »Ein schöneres Geschenk hättet ihr mir gar nicht machen können. Endlich wird es ernst zwischen euch.«

Sie erhob sich und ging zu ihrer Tochter. Lindsey schob den Stuhl zurück und stand ebenfalls auf. Aaron folgte ihrem Beispiel. Mit einer ausladenden Bewegung nahm Lindseys Mutter die beiden gleichzeitig in den Arm.

»Ich wünsche euch viel Glück bei der Suche. Vielleicht könnt ihr ja Franks Hilfe in Anspruch nehmen.«

Erschrocken drehte sich Lindsey zu ihrem Schwager um, während sich Aaron bereits wieder setzte. An Frank hatte sie gar nicht gedacht. »Wie dumm von mir. Du bist Makler. Hast du aktuell gute Angebote an der Hand?«

Der Ehemann ihrer Schwester lächelte. »Ich habe die besten Angebote. Bin allerdings gerade ein bisschen beleidigt.«

»Nein! Musst du nicht. Ich hab einfach nicht an dich gedacht.« Sie wandte sich Aaron zu, der Schwierigkeiten hatte, dem Gespräch zu folgen. »Ich hab total vergessen, dass Frank seit drei Jahren Makler …«

»Fünf Jahre«, unterbrach ihr Schwager sie.

Lindsey kicherte. »Oh Gott, wie dumm von mir. Das ist unsere Rettung. Die ersten Versuche haben uns ziemlich frustriert, aber wir waren nicht sicher, ob wir es uns leisten können, einen Makler einzuschalten.«

»Darüber macht euch keine Sorgen. Für die Familie findet sich immer ein Weg. Obwohl ich allen Grund hätte, euch bluten zu lassen.«

»Hättest du«, bestätigte Aaron. »Ich hoffe, du kannst uns …«

»Jetzt ist auch gut«, meinte Lindseys Schwester Lexie. »Ich weiß selbst noch, wie viel mir bei unserer ersten gemeinsamen Wohnungssuche durch den Kopf gegangen ist. Da ist es ganz normal, mal was zu vergessen.«

Lindsey lächelte ihrer Schwester dankbar zu.

»Erzählt uns ein bisschen mehr über eure Pläne«, bat Tante Charlotte. »Ich platze vor Neugier. Vorläufig nur zusammenziehen, oder habt ihr noch andere Pläne?«

»Vorläufig nur zusammenziehen«, antwortete Lindsey amüsiert.

Charlotte verzog enttäuscht das Gesicht.

»Aber wir sind uns einig, wo der ideale Ort zum Heiraten ist«, fügte Aaron rasch hinzu.

Nun gehörte ihm die Aufmerksamkeit.

»Ihr habt schon Hochzeitspläne?«, wollte Lindseys Mutter wissen.

»Nein!«, widersprach ihre Tochter. »Wir haben uns nur gefragt, wo wir am liebsten heiraten würden. Wollt ihr raten?«

Ihr Vater warf ihr einen durchdringenden Blick zu, während sie sich wieder setzte. »Natürlich Hawaii.«

»Papa! So macht das keinen Spaß. Du hättest den anderen eine Chance geben sollen.«

»Sorry.«

»Eine Hochzeit auf Hawaii klingt kostspielig«, wandte Onkel Rupert ein. »Vor allem, wenn ihr die Kosten für die ganze Familie übernehmen wollt. Und das wollt ihr garantiert.«

»Und für die besten Freunde eurer Eltern«, fügte Michael hinzu. Er und seine Frau lebten seit dreißig Jahren neben den Hogans.

Die Anwesenden lachten. Ein Klingeln an der Tür übertönte die gut gelaunte Gesellschaft.

»Hast du noch jemanden eingeladen?«, erkundigte sich Lindseys Vater. »Ich dachte, wir sind vollständig.«

»Sind wir auch«, erwiderte die Mutter. »Keine Ahnung, wer das ist.« Sie verschwand aus dem Wohnzimmer und ging zur Haustür. Sekunden später rief sie erfreut: »Christopher! Das nenne ich eine Überraschung.«

»Herzlichen Glückwunsch zum 55., liebe Elizabeth.«

Lindsey traute ihren Ohren nicht. Wie dreist konnte man sein? Aaron warf ihr einen alarmierten Blick zu.

»Weiß nicht, was das soll«, flüsterte sie. »Tut mir leid.«

Gemeinsam mit Lindseys Ex-Freund kehrte ihre Mutter zurück ins Wohnzimmer. In der Hand hielt sie einen viel zu großen Blumenstrauß.

»Hallo, zusammen«, sagte Christopher. Er lächelte und versuchte, jeden Einzelnen anzusehen. Dann konzentrierte sich sein Blick schnell auf Lindsey.

»Hallo, Linny, lange nicht gesehen.«

Dass er ihren Kosenamen benutzte, war eine reine Provokation gegenüber Aaron. Obwohl es besser gewesen wäre, konnte Lindsey sich ihre Rachsucht nicht verkneifen.

»Für dich bitte nur noch Lindsey. Darüber haben wir schon gesprochen. Aaron, darf ich dir meinen Ex vorstellen. Das ist Christopher.«

»Ich hab von dir gehört«, brummte Aaron und machte keine Anstalten, wieder aufzustehen. Also zog Lindsey ihn an der Schulter, bis er den Wink verstand. Er erhob sich, und für jeden im Raum wurde deutlich, dass Aaron zehn Zentimeter größer war als sein Vorgänger.

»Du hast dir keinen schlechten Moment für dein unerwartetes Auftauchen ausgesucht«, fuhr Lindsey fort. Sie ärgerte sich maßlos über Christophers Dreistigkeit. Heute würde sie ihn nicht verschonen. »Aaron und ich haben gerade von unserer Suche nach einer gemeinsamen Wohnung erzählt. Sie freuen sich alle sehr.«

Für einen kurzen Augenblick war es eine Wohltat, die Wirkung ihrer Provokation in Christophers Gesicht zu sehen. Er hatte während ihrer Partnerschaft immer wieder den Vorschlag gemacht, zusammenzuziehen. Sie hatte das allerdings abgeblockt. Er würde begreifen, was das bedeutete. Mit Aaron war es viel ernster, als es zwischen ihnen je gewesen war.

Christopher zog die Mundwinkel nach unten und kniff die Augen leicht zusammen.

»Toll«, sagte er. »Freut mich.« Seine Stimme brach. Er wandte sich wieder Lindseys Mutter zu und räusperte sich. »Elizabeth. Ich habe mich nie für deine Gastfreundschaft bedankt. Die Trennung kam damals ziemlich abrupt. Na ja. War nicht meine Schuld. Ich kann leider nicht länger bleiben. Hoffentlich hast du noch einen schönen Tag.«

Ohne sich von den anderen zu verabschieden, stürmte

er zur Haustür, riss sie auf und warf sie donnernd hinter sich zu. Schon jetzt fühlte sich der Triumph schal an. War sie zu weit gegangen? Lindsey verspürte den Wunsch, ihm hinterherzugehen. Aber wieso tauchte er unangekündigt bei einer Familienfeier auf und provozierte sie?

»Treffer und versenkt«, meint Frank grinsend. »Den wirst du wohl nie wiedersehen.«

»Hoffentlich«, brummte Aaron. »Dreister Kerl.«

»Bin ich zu weit gegangen?«, fragte Lindsey leise.

»Ganz und gar nicht«, antwortete ihr Vater. »Was glaubt er denn, was passiert, wenn er hier einfach auftaucht? Ich konnte ihn sowieso nie leiden.«

Die Worte ihres Vaters waren wie Balsam.

30

Christopher Malarino setzte seinen Wagen ein Stück auf der Straße zurück. Lindsey hatte ihn gerade vor ihrer Familie verhöhnt. Ihn dort getroffen, wo es ihm am meisten wehtat.

»Wie kannst du nur?«

Er wischte die Tränen weg, die ihm in die Augen traten. Heute Morgen hatte es sich nach einem guten Plan angefühlt, den Blumenstrauß für Elizabeth zu besorgen. Um Lindsey endlich wiederzusehen. Er hatte gehofft, sie würde diesen Mistkerl nicht mitbringen. Stattdessen …

Fünf Grundstücke weiter hielt er am Straßenrand. Von hier aus konnte er noch immer ihr Auto beobachten, würde aber der Gesellschaft beim Aufbruch nach Hause hoffentlich nicht auffallen. Er schaltete den Motor wieder aus.

Wie hatte sie es wagen können? Es war nicht seine Schuld, dass sie nie zusammengezogen waren. So oft hatte er das vorgeschlagen, doch ihr war das angeblich nicht wichtig gewesen. Und nun suchte sie mit seinem Nachfolger nach einem gemeinsamen Nest, obwohl sie noch kein Jahr zusammen waren.

»Freu dich bloß nicht zu früh«, zischte er.

Manchmal hielt das Leben unangenehme Überraschungen parat. Bislang war sie mit dem Kerl nicht zusammengezogen. Es konnte allerlei passieren, was sie nicht einkalkuliert hatte. Falls es in seiner Macht stände, würde er ihr diesen Schritt in die gemeinsame Zukunft verderben. Aber dafür brauchte er Informationen. Lindsey hatte ihn aus ihrem Leben verbannt. Ihn sogar in den sozialen Medien blockiert, obwohl es dafür keinen Grund gegeben hatte. War es nicht völlig normal, dass man eine Trennung nicht sofort akzeptierte? Wieso behandelte sie ihn wie einen unzurechnungsfähigen Stalker, nur weil er sie ein paar Mal zu oft angerufen oder vor ihrer Tür gestanden hatte?

Er hatte sich lange zurückgenommen, aber diesmal war sie zu weit gegangen. Wenn sie ihm den Fehdehandschuh hinschmiss, durfte sie sich nicht wundern, dass er ihn aufhob.

»Du wirst mich noch anbetteln, dich bei mir entschuldigen zu dürfen. Wart's nur ab. Das hast du nicht umsonst getan.«

Im Seitenfach der Tür lagen die kabellosen Kopfhörer. Er steckte sie sich ins Ohr und startete auf dem Telefon eine Playlist. Das Lied erklang, das sie immer als *ihren Song* bezeichnet hatten. Er könnte warten. Wenn es sein musste auch Tage oder Wochen. Hauptsache, er war wieder ein Teil ihres Lebens.

31

Henry lag auf der Couch neben dem großen Fenster und telefonierte mit Detective Petersen. »Sie haben also nichts herausgefunden«, fasste er schließlich zusammen.

»Es gibt anscheinend keinen Roman, Film oder was auch immer, der zum Vorgehen des Mörders passt. Zumindest keinen, den wir bislang gefunden hätten. Aber wir bleiben dran. Sind Sie sich absolut sicher, dass in Ihrer Vision so etwas wie ein Hörbuch lief?«

Henry zögerte. Brachte er die Ermittlungen auf die falsche Fährte, wenn er die Frage bejahte? Doch was sollte es sonst gewesen sein? »Es hörte sich an wie die Stimme einer Vorleserin. Leider reichen fünf Sekunden nicht, um das genau bestimmen zu können. Trotzdem bin ich mir ziemlich sicher. Sollen wir uns noch einmal in der Wohnung treffen? Ich könnte versuchen, mich auf die Worte im Hintergrund zu konzentrieren. Sie laut wiederholen. Wenn wir das aufnehmen, haben wir vielleicht bessere Chancen, die Quelle herauszufinden.«

»Keine schlechte Idee«, murmelte Petersen. »Sind Sie kurzfristig verfügbar?«

Henry dachte an die ausstehende Benachrichtigung des Senators. Seit ihrem letzten Treffen waren vier Tage vergangen. Seither herrschte Funkstille. »Im Prinzip schon.«

»Das klingt nach einem *aber*.«

»Es könnte sein, dass ich wegen eines anderen Auftrags eine Nachricht bekomme und dann den Rest des Tages nicht zur Verfügung stehe.«

»Kein Problem. Auf einen Tag mehr oder weniger kommt es hoffentlich nicht an. Heute schaffe ich es sowieso nicht. Meine Frau bringt mich um, falls ich wieder zu spät komme. Sollen wir morgen Nachmittag telefonieren? Vielleicht passt es uns dann beiden.«

»So machen wir's.« Henry beendete das Telefonat. Würde es ihm gelingen, die gehörte Passage nachzusprechen? Die Eindrücke, die ihn an einem Tatort überfielen, waren intensiv und belastend. Vielleicht wäre es sogar gut, sich auf ein scheinbar nebensächliches Detail zu konzentrieren. Das würde es erträglicher machen, den Mord auf gewisse Weise mitzuerleben. Er legte das Telefon auf den Schreibtisch und ging zur Toilette. Kaum war er fertig, musterte er am Waschbecken sein müdes Gesicht. Die letzten Wochen forderten ihren Tribut. Er drehte den Kaltwasserhahn auf und erfrischte sich mit dem kühlen Nass.

Zurück im Wohnraum sah er sofort, dass sein Handy während seines kurzen Aufenthalts im Bad eine Nachricht empfangen hatte. Er entsperrte das Display und öffnete sie. Der Senator hatte sich gemeldet.

TS ist auf dem Weg. Ich lasse Sie um 23 Uhr abholen.

»Krass«, flüsterte er. Hatte es Weller also tatsächlich geschafft. Sie war unterwegs nach New York. Heute Nacht würde er ihr gegenüberstehen und hoffentlich die Wahrheit herausfinden.

Ich halte mich bereit. Früher oder später ist für mich auch kein Problem.

Er schickte die Nachricht ab. Vom Senator kam keine weitere Antwort. Also konnte er jetzt mit den Vorbereitungen loslegen. Gut, dass er die Schutzweste schon mit in sein Zimmer gebracht hatte. So ersparte er sich den Weg zu seinem Wagen in der Tiefgarage.

Er benötigte keine zehn Minuten, um die Tasche zu packen und alles Weitere zu erledigen. Danach blieb ihm genügend Zeit, um sich zum wiederholten Mal die Videos anzusehen, die er sich von deutschen Nachrichtensendern heruntergeladen hatte. Bei einem davon war dem Journalisten ein gutes Standbild von Tilda Schmitt gelungen.

»Bist du es?«, fragte er sie leise. »Oder irre ich mich?«

Daran mochte er lieber nicht denken. Zu viel stand auf dem Spiel. Den Zorn des Senators sollte er nicht leichtfertig auf sich ziehen.

* * *

Zehn Minuten vor der vereinbarten Zeit erreichte Henry bereits das Erdgeschoss. Der Doorman Walter musterte ihn interessiert. »Schicker Anzug«, sagte er. »Sieht man selten an dir.«

Henry lächelte. »Man könnte glauben, ich laufe sonst wie der letzte Lump herum.«

»Das nicht. Aber diesmal! Respekt. Hättest du nicht die unpassende Tasche dabei, würde ich vermuten, dir steht ein aufregendes Rendezvous bevor.«

»Das trifft trotz des Accessoires den Nagel auf den Kopf.«

»Freut mich. Brauchst du ein Taxi?«

»Nein. Ich werde in ein paar Minuten abgeholt.«

»Dann wünsche ich dir viel Erfolg.«

»Du hast keine Vorstellung, wie sehr ich den gebrauchen kann.«

Walter schaute ihn fragend an. Henry schüttelte den Kopf. Der Doorman war zwar sehr verschwiegen, dennoch würde er nichts von dem bevorstehenden Ausflug erfahren. Überpünktlich fuhr der schwarze SUV vor.

»Ist das deine Mitfahrgelegenheit?«, erkundigte sich Walter.

»So ist es. Du musst mir nicht die Tür aufmachen. Danke für alles.«

»Hab fast nichts getan. Gute Nacht, Henry.«

»Mach's gut, Walter.«

Henry öffnete die linke hintere Tür und stieg in den Wagen.

»Was soll das mit der Tasche?«, fragte der Fahrer. »Darüber wurde ich nicht informiert.«

Wortlos reichte Henry sie nach vorn. Der Fahrer zog den Reißverschluss auf und entnahm die Schutzweste.

»Was ist das?«, erkundigte er sich.

»Eine kugel- und stichfeste Weste.«

»Wofür brauchen Sie die?«

»Die trage ich immer, wenn ich an einen Tatort fahre.«

»Darüber weiß ich nichts.«

»Dann rufen Sie Weller an. Der kennt das noch von einer früheren Begegnung in dem Haus, in dem sein Neffe gestorben ist.«

»Muss das sein? Können Sie die Weste nicht im Hotel lassen?«

»Unter keinen Umständen.«

Schnaubend stieß der Fahrer die Luft aus. Dann zog er ein Telefon aus der Jackentasche, wählte eine Nummer und hielt sich das Gerät ans Ohr.

»Mr. Senator, ich bin am Hotel und habe Baker abgeholt. Er hat eine Schutzweste dabei, über die ich vorab nicht informiert wurde. Angeblich trägt er die an Tatorten immer.«

»Nicht *angeblich*«, brummte Henry.

Der Fahrer hörte seinem Boss zu und nickte. »Alles klar.

Wir sind schon unterwegs.« Er beendete das Telefonat und legte das Smartphone weg. Die Weste sah er sich noch einmal genau an, tastete sie ab und stopfte sie schließlich zurück in die Tasche, die er nach hinten reichte.

Henry nahm sie wortlos entgegen. Letztlich erledigte der Mann vor ihm nur seinen Job. Es gab keinen Grund, Triumphgeheul auszustoßen.

»Die Fahrt dauert voraussichtlich fünfzig Minuten.«

* * *

Gut fünf Minuten eher erreichten sie die Straße, in der das Haus lag. Brian Weller hatte es wenige Monate vor seinem Tod gekauft und war mit seiner Verlobten Jennifer dort eingezogen. Während Jennifer mit Freundinnen auf einer Asienreise gewesen war, hatte Brian verhängnisvollen Damenbesuch erhalten, für den er mit dem Tod bezahlt hatte. Der Senator hatte Henry drei Monate nach dem Mord engagiert und ihm zweihunderttausend Dollar in bar gegeben. Weller hatte ihm schon damals mitgeteilt, dass das Haus frühestens dann verkauft würde, wenn der oder die Schuldige für die Tat gebüßt hätte. Bislang hatte er sich daran gehalten.

Entlang der ganzen Straße standen lediglich acht Anwesen mit entsprechend großen Grundstücken. Hier wohnten reiche Bürger der Stadt, die Privatsphäre schätzten. Am Anfang blockierte ein quer stehender SUV die freie Zufahrt.

»Bleiben Sie sitzen«, sagte der Fahrer und stieg aus. Der Mann unterhielt sich kurz mit Wellers Mitarbeiter, der hinter dem Steuer des anderen Fahrzeugs saß und daraufhin die Straße freigab. Der Fahrer kehrte zurück und setzte den Wagen in Bewegung.

Zu Henrys Überraschung standen keine Autos vor dem Haus, in dem Brian gestorben war.

»Warum ist hier noch nichts los?«, wollte er wissen. »Keine Polizei? Rein gar nichts?«

»Wir sind die Ersten. Von den Kollegen abgesehen, die auf beiden Seiten die Zufahrt versperren, und den beiden Männern im Haus.«

»Wann kommt die Polizei?«

»Gar nicht. Der Senator regelt das ohne großen Aufwand. Cops hätten schlimmstenfalls die Presse aufmerksam gemacht. Das wollte er nicht. Am besten, Sie stellen keine weiteren Fragen, sondern erledigen einfach nur Ihren Job.«

Henry reagierte auf die Provokation nicht. Wusste überhaupt irgendjemand außerhalb des Teams, das Weller aufgebaut hatte, was sich hier abspielen würde? Vermutlich nicht. Wodurch sich die Frage erübrigte, wie Weller mit Schmitt umginge, falls sie die Täterin war. Henry zweifelte nicht mehr daran, welchen Weg der machtbesessene Politiker einschlagen würde. Es wäre wohl unerträglich für ihn, nicht selbst über das Schicksal der Frau bestimmen zu können, die seinen Neffen auf dem Gewissen hatte.

»Gehen Sie zu den Männern im Haus und regeln alles Weitere mit ihnen.«

»Wird der Senator ebenfalls vor Ort sein?«

Dem Fahrer entfuhr ein verächtliches Schnauben. »Ihr Ernst? Gehen Sie!«

Henry nahm die Tasche mit der Schutzweste und stieg aus. Langsam näherte er sich dem geschlossenen Eingang. Als er noch fünf Schritte entfernt war, öffnete sich die Tür. Ein Mann, der wie all seine Kollegen einen schwarzen Anzug trug, nickte ihm zu.

»In der Tasche ist eine Schutzweste?«, fragte er.

»Ja. Und ich lege sie an, bevor ich über die Türschwelle trete. Wundern Sie sich also nicht.«

»Tun Sie sich keinen Zwang an.«

Henry stellte die Tasche ab und nahm die Weste heraus. »Wären Sie so lieb und halten kurz das Jackett?«

Der Mann nickte, und Henry reichte ihm das Kleidungsstück. Er legte sich die Weste an, dann zog er sich wieder das Jackett an.

»Ihr vorheriger Look hat mir besser gefallen. Da hätten Sie optisch ins Team gepasst«, sagte der Mann. »Waren Sie beim Militär? Wir können immer fähige Neuzugänge gebrauchen. Aber die Weste sollten Sie besser unter dem Hemd tragen. Das ruiniert sonst Ihren Stil.«

Henry lächelte. Jemandem aus Wellers Dunstkreis gegenüberzustehen, der mehr als das Nötigste sprach, tat gut. Er tippte auf seine Ohrmuscheln. »Da hätten Sie mir aber noch einen Empfänger besorgen müssen. Sonst wäre es nicht perfekt.«

»Das wäre das kleinste Problem. Kommen Sie rein. Was ist mit der Tasche?«

Henry schloss den oberen Knopf des Jacketts. »Jetzt besser?«, fragte er.

»Ein bisschen.«

»Die Tasche brauche ich erst später wieder.«

»Legen wir sie so lange in die Diele.«

»Wissen Sie über mein Vorgehen Bescheid?«

»Ich habe meine Anweisungen. Sobald sie hier ist, führen wir sie an Händen und Füßen gefesselt in den Raum, in dem Brian ermordet wurde.«

»Ich muss mit ihr allein sein. Haben Sie alles Gefährliche weggeräumt? Da steht nicht zufällig ein Messerblock herum?«

»Wo denken Sie hin? Ihnen wird nichts passieren. Auf die Weste hätten Sie verzichten können. Außerdem scheinen Sie in der Lage zu sein, sich gegen eine Frau zur Wehr zu setzen.« Er schmunzelte.

Der zweite Mann kam die Holzstufen herunter. Brian und Jennifer hatten in der oberen Etage das Schlafzimmer, das Ankleidezimmer, einen Arbeitsraum und das Masterbad untergebracht.

»Die Kolonne ist noch eine halbe Stunde entfernt«, sagte er zu seinem Kollegen, ohne auf Henry einzugehen.

»Dann sollte ich mich beeilen. Zuallererst möchte ich allein in die Küche. Können Sie bitte vorab die Tür zu dem Raum schließen? Ist das okay?«

32

Die Küche war durch Türen vom Rest des Erdgeschosses abgetrennt. Ein Umstand, der Henry nun zum Vorteil gereichte. Sonst hätte ihn die Vision möglicherweise irgendwo überfallen, ohne dass er sich hätte vorbereiten können. So blieb er an der geschlossenen Tür stehen. Er schaute über die Schulter. Wellers Mann beobachtete ihn, sagte jedoch nichts mehr. Henry rüstete sich für das, was jetzt passieren würde. Er schloss die Augen und drückte die Klinke hinunter. Vorsichtig betrat er den Raum und tastete mit den Händen nach Hindernissen, um ihnen rechtzeitig auszuweichen. Schließlich blieb er stehen und wappnete sich. Brian Weller war von seiner Mörderin unbarmherzig getötet worden. Sie hatte ihn mit einer Klaviersaite erwürgt, die aus dem im Wohnzimmer stehenden Klavier stammte.

Er öffnete die Augen. Im ersten Moment passierte nichts. Dann trübte der purpurne Schatten sein Gesichtsfeld ein. Er sah Brian, der mit allerletzter Kraft versuchte, sich an dem großen Kühlschrank festzuhalten, während er mit einer Hand nach dem Draht griff. In der matt spiegelnden Fläche des Kühlschranks erblickte Henry die Frau, die hinter dem Neffen des Senators stand. Sie hatte langes, schwarzes Haar. Ihre Gesichtszüge waren nur verschwommen zu sehen. Die Vision verblasste, als Brian den Halt verlor. Der purpurne Schleier verschwand.

»Scheiße«, brummte Henry.

Er rief sich die Ermittlungsergebnisse in Erinnerung.

Auf der Bettwäsche im Schlafzimmer hatte die Spurensicherung Spermareste gefunden. Die Putzfrau hatte ausgesagt, drei Tage vorher die Bettwäsche gewechselt zu haben. Brians Verlobte Jennifer verweilte zum Zeitpunkt des Mordes bereits zwei Wochen in Asien. Außerdem waren Hinweise auf schwarzes Perückenhaar sichergestellt worden, was Henry erst erfahren hatte, nachdem er von der Vision in der Küche berichtet hatte. Der Mörderin war es gelungen, keine verwertbaren Spuren zu hinterlassen. Wie sie das geschafft hatte, stellte die Polizei bis heute vor Rätsel.

Es wäre so viel einfacher, wenn man Schmitts DNA mit am Tatort gesicherten Rückständen hätte vergleichen können. Dann wäre sie vielleicht niemals nach Amerika verfrachtet worden. So war es nun an Henry, den Daumen zu heben oder zu senken. Die Verantwortung für das Leben der verurteilten Mörderin lag in seinen Händen.

33

Sean Brown steuerte das mittlere der drei Fahrzeuge der Wagenkolonne. Nur noch zwei Meilen bis zu ihrem Ziel. Hinten saß die Gefangene. Über ihren Augen trug sie eine Binde, Hände und Füße waren gefesselt. Links und rechts von ihr hockten zwei Agents, mit denen Brown bisher nicht zusammengearbeitet hatte. Allerdings gehörten sie ebenso wie er zu der Mannschaft, die Senator Weller in den letzten Jahren zusammengestellt hatte. Die Truppe war mittlerweile auf über dreißig Personen angewachsen. Kampferprobte, oft im Krieg mit Verdienstmedaillen ausgezeichnete Soldaten, die er um sich scharte. Männer, die vor nichts zurückschreckten. Manche Probleme konnte man durchs Töten schneller beseitigen als durch Verhandlungen. Soldaten, die dazu bereit waren, wurden für Weller interessant. Gerüchten zufolge sollte sich das Team bis zum Beginn von Wellers Präsidentschaft verdoppeln. Brown und die anderen waren angewiesen, ihren Vorgesetzten potenzielle Neulinge vorzuschlagen, mit denen sie früher gedient hatten.

Der vorderste Wagen der Kolonne hielt kurz an einem Stoppschild und bog nach rechts ab. Brown bremste erst gar nicht ab. Würde sich ein anderes Fahrzeug von links nähern, hätten sie es vorbeigelassen.

Keiner von ihnen hatte auf dem Weg vom Flughafen auch nur einen Ton gesagt. Zu seiner Überraschung hatte sogar die Gefangene geschwiegen. Er hatte ihr angesehen, wie sehr sie ihre Verlegung irritierte, doch hatte sie es stumm ertragen. Der Knebel, den die Männer hinten vorsichtshalber bereithielten, war bisher überflüssig gewesen.

Brown dachte an den Auftrag, den er von seinem direkten Vorgesetzten Jensen erhalten hatte. Er würde vor dem Haus halten, während der erste und dritte Wagen die angeblich schon eingerichteten Straßensperren verstärken sollten. Im Haus warteten zwei Männer, denen die Gefangene kurzzeitig zu übergeben war. Sobald sie wieder zurück zum Fahrzeug gebracht würde, sollte Brown weitere Anweisungen erhalten. Entweder würde er sie zum Flughafen zurückfahren oder an einen noch nicht explizit benannten Ort bringen. Für Brown spielte das keine Rolle. Er führte Befehle aus, so war es schon immer gewesen. Früher jene seines Vaters, dann die des Militärs.

Sie näherten sich der ersten Straßensperre. Der vorderste SUV bremste ab. Es dauerte nicht lange, bis der Weg frei war. Im Rückspiegel beobachtete Brown, wie sich das letzte Auto der Kolonne ebenfalls quer auf die Straße stellte. Wer hier vorbeikommen wollte, musste ihnen schon einen verdammt guten Grund nennen.

Brown fuhr geradeaus. Vor der Zieladresse hatte ein Wagen geparkt. Er verlangsamte und parkte direkt dahinter. Das ehemals dritte Auto der Kolonne überholte ihn. Am anderen Ende der Straße würde es nun ebenfalls die Sperre verstärken.

»Wir sind da«, sagte Brown.

Fast gleichzeitig öffnete sich die Tür des Hauses. Ein Mann, der in der rechten Hand eine Videokamera hielt, kam auf sie zu. Wie von Jensen aufgetragen, blieben alle sitzen, bis der Mann die hintere Autotür der Fahrerseite aufzog.

»Gab es Schwierigkeiten? Anzeichen für Presse oder Polizisten, die gefolgt sind?«, wollte er wissen.

»Nein«, antwortete Kingsbury.

»Und mit der Gefangenen?«

»Alles unter Kontrolle.«

»Dann bringen wir sie mal ins Haus. Der Auftraggeber will, dass ich das alles filme.«

»Kein Problem.« Kingsbury stieg aus.

»Braucht ihr meine Hilfe?«, fragte Brown.

»Das schaffen wir allein«, antwortete Sanchez. »Gefangene! Rutschen Sie nach links.«

Aufmerksam verfolgte Brown, ob sie Widerstand leisten würde. Offenbar ahnte sie, wie sinnlos das wäre. Sie rutschte zur offenen Tür, bis ihr Kingsbury aus dem Wagen half.

»Nehmt ihr die Binde ab«, sagte der Mann mit der Kamera.

Kingsbury befolgte die Anweisung. Die Frau schaute auf das Haus. Aus ihrem Gesichtsausdruck konnte Brown nichts ablesen. Sie wirkte weder überrascht noch überrumpelt.

»Hast du alles aufgenommen?«, fragte Sanchez.

»Die Kamera läuft die ganze Zeit.«

»Dann los!«

Die Prozession setzte sich in Gang. Die Gefangene kam wegen der Fußfesseln nur langsam vorwärts, im gleichen Tempo lief der Kameramann rückwärts vor ihr her.

Ein seltsamer Haufen, dachte Brown.

Er war gespannt auf die nächste Anweisung. Wohin würde es nachher für die Gefangene gehen? Zurück in den Flieger oder in eine viel ungewissere Zukunft?

34

Henry wartete in der Diele vor der geschlossenen Küchentür. Sein Puls raste. Die Gefangene war eingetroffen, gleich würde er ihr gegenübertreten. Und dann? Er mochte sich das nicht weiter ausmalen, sonst würde er noch verrückt werden. Er musste einfach daran glauben, dass alles gut ginge.

»Wir kommen«, rief der Mann, der ihn ins Haus gelassen hatte.

Erst jetzt wurde Henry bewusst, dass er ihn nicht nach seinem Namen gefragt hatte. Nun war es dafür zu spät. Drei Männer und eine Frau tauchten in seinem Blickfeld auf. Die Agents waren schwarz gekleidet, Schmitt trug graue Gefängniskleidung. Er starrte ihr ins Gesicht, und sie erwiderte den intensiven Blick.

»Was jetzt?«, fragte der Mann zu ihrer Rechten.

»Weiß die Gefangene, warum sie hier ist?«, wollte Henry wissen.

»Nein. Ich habe keine Ahnung«, antwortete Schmitt in perfektem Englisch. Sie sprach mit leicht britischem Akzent. Wo hatte sie das gelernt?

»Hallo, Tilda Schmitt. Sie sind hier, weil wir herausfinden wollen, ob Sie für einen Mord auf amerikanischem Boden verantwortlich sind«, sagte Henry. »Zu diesem Zweck gehen wir beide jetzt gleich in die Küche hinter mir. Das alles wird nur wenige Augenblicke dauern.« Bei den letzten Sätzen war Henry ins Deutsche gewechselt. An der Reaktion merkte er, dass die Männer des Senators damit nicht gerechnet hatten.

Noch überrumpelter wirkte allerdings die Gefangene.

»Was soll das alles?«, fragte sie ebenfalls auf Deutsch.

»Man hat mich gegen meinen Willen aus einem Gefängnis nach Amerika verfrachtet. Ich konnte meinen Anwalt nicht kontaktieren. Weiß überhaupt irgendwer, wo ich gerade bin? Was haben Sie vor?«

Ihre Aussage überraschte ihn nicht. Wie würde ihr Anwalt reagieren, wenn er sie nie wieder in dem deutschen Gefängnis antreffen würde? Hatte der Senator das bedacht? Wahrscheinlich war es ihm egal. Seine zukünftige Präsidentschaft würde sich nicht durch die Verbesserung internationaler Beziehungen auszeichnen. In seinen Augen galt es, die Interessen Amerikas zu wahren. Danach kam lange Zeit nichts.

»Wir verstehen nicht, was Sie oder diese Frau sagen. Das gefällt mir nicht«, sagte der Mann links von ihr.

»Es wird alles aufgezeichnet«, erwiderte Henry gelassen. »Unser gemeinsamer Freund kann es sich hinterher übersetzen lassen.«

»Was hat das alles zu bedeuten?«, fragte Schmitt. »Ich bin müde. Habe seit vierundzwanzig Stunden nicht mehr geschlafen. Das ist Folter!« Sie sprach noch immer Deutsch.

Henry übersetzte für die Anwesenden, die sich über ihre Wehklagen amüsierten.

»Wir gehen jetzt in den Raum hinter mir«, sagte Henry.

»Warum?«, fragte die Mörderin. »Was erwartet mich dahinter?«

»Wissen Sie das nicht schon längst?«

»Woher?«

Henry suchte in ihrem Gesicht nach Anzeichen einer Lüge. Sie ließ sich jedoch nichts anmerken.

»Ich gehe vor. Führen Sie sie in den Raum, wo ich dann mit ihr allein sein muss«, erklärte Henry den Agents.

»Sind Sie absolut sicher?«, fragte einer von ihnen.

»Sie wird mich kaum überwältigen und dann durchs Hinterfenster verschwinden«, antwortete Henry.

»Sei dir mal nicht zu sicher«, flüsterte die Gefangene wiederum auf Deutsch.

Henry kommentierte das nicht. Er wollte den Job erledigt wissen. »Ich übernehme ab hier.«

Er packte sie am Arm und zog sie hinter sich her. Die Gefangene ließ das klaglos über sich ergehen. Henry öffnete die Tür und ging in den Raum hinein. »Schließen Sie die Tür von außen!«, rief er.

Einer der Männer folgte der Aufforderung. Henry schaffte es bis zur Mitte des Raumes, ehe die Vision kurzzeitig die Kontrolle in seinem Kopf übernahm.

Nach fünf Sekunden war es schon wieder vorbei. Die Mörderin starrte ihn an.

»Was hat das alles zu bedeuten?«, fragte sie flüsternd. »Warum bin ich hier?«

Er antwortete nicht.

»Wieso hat man mich aus Deutschland hierhergebracht? Das ist illegal!«

»Seien Sie ruhig.«

»Erklären Sie's mir!«

»Dafür ist keine Zeit.«

»Was passiert jetzt?«

Henry zuckte mit den Achseln. »Sie können hereinkommen«, rief er den wartenden Männern zu.

Die Küchentür öffnete sich. Der Kameramann trat zuerst ein, die beiden anderen folgten ihm.

»Haben Sie mich im Bild?«, fragte Henry.

»Klar und deutlich.«

»Sie ist es. Ich bin mir absolut sicher«, sagte Henry mit fester Stimme.

»Ich bin was?«, wollte die Gefangene wissen. »Das ist ein mieses Spiel! Wieso bin ich hier?«

Henry wandte sich an einen der Bewacher. »Sagen Sie unserem Auftraggeber Bescheid. Wir haben Brians Mörder.«

»Wer ist Brian?«

»Halten Sie den Mund!«, schrie einer der Aufpasser. »Sie wissen genau, von wem die Rede ist.«

Der Kameramann senkte das Aufnahmegerät. »Das war's«, sagte er. »Ich leite den Clip sofort weiter, damit er das endgültige Urteil fällen kann.«

»Was läuft hier für ein kranker Scheiß?«, fragte Schmitt mit leiser Stimme. Sie schaute ihn an.

Henry lief eine Gänsehaut über den Rücken.

35

Daniel Norman bemerkte die Scheinwerfer des näher kommenden Wagens Sekunden, bevor das Fahrzeug in seinem Sichtfeld auftauchte. Sofort verließ er seine Position hinter dem Steuer. Er nickte seinem Kollegen Gressel zu, der sich bislang nicht rührte. Gressel erwiderte die Geste gelangweilt.

Die Anweisungen des Senators waren eindeutig. Anwohner durften ohne Diskussionen passieren, um sie nicht zu verärgern. Nicht, dass einer sonst auf die Idee käme, die Polizei zu rufen. Reiche Menschen waren oft mit einer erheblich kürzeren Zündschnur ausgestattet, als ihnen guttat. Wer allerdings nicht in der Straße lebte, hatte deutlich schlechtere Karten und müsste einen Umweg in Kauf nehmen. Sie würden die Blockade nur für Anwohner kurzzeitig aufheben.

Norman griff zu einem in der Türablage steckenden Klemmbrett. Fünf Meter von der Straßenbarriere entfernt bremste ein silberner Jaguar ab. Der Fahrer schaltete die Scheinwerfer nicht aus. Norman prüfte das Kennzeichen. Es stand nicht auf der Fahrzeugliste der Anwohner. Die hatten sie vor zwei Tagen letztmalig aktualisiert.

Norman trat an das Seitenfenster. Am Steuer saß ein mindestens 60-jähriger Mann, der den Kopf schüttelte. Norman forderte ihn auf, das Fenster zu senken.

»Guten Abend, Sir«, begrüßte er ihn. »Die Straße ist leider gesperrt, und ich würde Sie bitten, einen anderen Weg zu wählen.«

»Das geht nicht«, antwortete der Mann. »Betty hat mir auch nichts von einer gesperrten Straße gesagt. Wir haben erst vor einer Dreiviertelstunde miteinander telefoniert. Da liegt sicher ein Irrtum vor.«

»Betty?«

»Arriola. Sie wohnt in Hausnummer vier.«

»Und Sie wollen mitten in der Nacht zu ihr?«

Der Mann hob seine buschigen grauen Augenbrauen und lächelte auf eine Weise, die Norman als unangenehm empfand.

»Mein junger Freund, das geht Sie zwar nichts an, aber Betty und ich … na ja … nicht, dass Sie gleich erröten. Auch im Alter fließen die Lebenssäfte noch.« Er kicherte.

Norman schaute auf das Klemmbrett. Der Name Arriola stand auf der Liste. Ihm war nur ein Auto zugeordnet. Eine allein lebende Frau?

»Machen Sie jetzt bitte zügig den Weg frei?«, fragte der Neuankömmling. »Es geht Sie zwar nichts an, aber ich habe das Wunderpillchen schon geschluckt, und Betty wäre enttäuscht, wenn ich meine Manneskraft an Sie verschwende.«

»Einen kleinen Augenblick.«

»Fahren Sie einfach zur Seite, Mann!«

Aus dem Funkgerät in Normans Wagen erklang die Stimme eines weiteren Teammitglieds.

»Es nähern sich drei SUVs.«

Endlich verließ Gressel sein Fahrzeug. »Was ist los?«

»Hier oder da hinten?«

»Was will der alte Knacker?«, fragte Gressel leise.

»Angeblich erwartet Arriola ihn. Die wohnt Hausnummer vier.«

»Mitten in der Nacht?«

»Keine Ahnung.«

»Und am anderen Ende?«

Ehe Norman etwas erwidern konnte, stürzte Gressel unvermittelt zu Boden. Aus seiner Stirn floss Blut. Verwirrt drehte sich Norman um. Der alte Mann war lautlos ausgestiegen und hielt eine Pistole mit Schalldämpfer in der Hand.

Norman kam nicht mehr dazu, zu seiner Waffe zu greifen. Wie ein gefällter Baum stürzte er zu Boden.

36

Zwei erledigt, dachte Morris. *Das ging leichter als gedacht.*

Pfeifend setzte er sich wieder in den Jaguar. Bei der Einsatzbesprechung hatte er sich als Ältester der Gruppe sofort für diese Aufgabe gemeldet. Es hatte Spaß gemacht, den Jaguar zu fahren. Ein tolles Fahrzeug.

Morris setzte ein paar Meter zurück und steuerte vorsichtig auf den Bürgersteig. So umkurvte er die kleine Blockade. Auf der Straße fuhr er weiter im Schritttempo, bis er zu dem Grundstück kam, auf dem sich der zweite Akt abspielen würde. Das gesamte Team war bereits da. Die drei schwarzen SUVs standen in wenigen Metern Abstand zueinander verteilt als Schutzbarrieren. Seine Kollegen lieferten sich mit den Männern des Senators ein Feuergefecht. Zwei gegnerische Kräfte lagen reglos am Boden. Das, was Morris jetzt zu tun hatte, tat ihm in der Seele weh. Der Wagen war einfach perfekt und hatte es nicht verdient, so behandelt zu werden. Trotzdem musste es sein.

Er öffnete die Fahrertür, sprang heraus und rollte sich ab. Der Jaguar rollte gemächlich auf die schwarz gekleideten Männer zu. Einer von ihnen drehte sich um und schoss instinktiv auf das Auto. Dabei verließ er seine Deckung. Ein Treffer von hinten in den Kopf beendete sein irdisches Dasein. Morris zog die Waffe. Mit zwei Schüssen schaltete er den nächsten Gegner aus. Nun war nur noch einer übrig. Der versuchte, Morris auszuschalten, verfehlte ihn jedoch. Morris hingegen landete einen Volltreffer.

»Alle Mann tot!«, rief er. »Beeilen wir uns. Bestimmt hat einer der Nachbarn schon die Cops alarmiert.«

Zu siebt rückten sie auf das Haus zu. Jederzeit schussbereit. Noch hatten sie keine eigenen Verluste erlitten. Im Laufen lud Morris seine Waffe nach. Sie erreichten das Vordach, ohne auf Widerstand zu stoßen. Einer der Männer feuerte eine Salve auf das Schloss ab. Dann trat er die Tür ein. Morris ging voran. Er hatte sich den Grundriss des Hauses zur Vorbereitung eingeprägt. An jedem Türrahmen verharrte er und blieb in Deckung. Anfangs passierte nichts. Die Tür zur Küche war geschlossen. Morris legte sich davor auf den Boden und gab seinen Männern ein Signal. Die nickten. Morris hob den Arm, zog die Klinke hinunter und stieß die Tür auf. Schüsse peitschten über seinen Kopf hinweg. Im Liegen nahm er einen der Gegner ins Visier und tötete ihn mit einem Kopfschuss. Nun waren nur noch zwei weitere Männer und die Frau übrig.

»Was wollen Sie?«, schrie einer der Überlebenden.

Morris schoss ihm zweimal in die Brust, sprang auf und feuerte zwei weitere Male auf den letzten Gegner. Dann riss er die Hand herum, zielte erneut auf den in die Brust getroffenen Mann, der nun am Boden lag, und drückte ab.

Die gefesselte Frau starrte das Überfallkommando fassungslos an. Sie sagte etwas in einer Sprache, die Morris nicht verstand.

»Wir müssen uns beeilen!«, schrie er, ohne sie zu beachten. Er umrundete die Kochinsel und packte die Frau am Arm. Die zeterte und versuchte, sich zu wehren. Morris schlug ihr mit der Waffe hart ins Gesicht. Blut schoss der Frau aus der Nase, und sie sackte bewusstlos zusammen.

»Beeilung!«, schrie er. Sie hatten keine Zeit zu verlieren.

Egal, wer als Nächstes hier auftauchen würde, er wäre ihnen nicht wohlgesonnen.

Er hob die gefesselte Frau mit beiden Armen hoch und trug sie hinaus. An der Türschwelle blieb er stehen und schaute sich ein letztes Mal um. Der Auftrag war ohne eigene Verluste erfüllt. Perfekt! Jetzt mussten sie nur noch zusehen, nicht in eine Schießerei mit der Polizei verwickelt zu werden.

Morris trug die Frau zu einem der SUVs, dessen Motor bereits lief. Die Kofferraumklappe war geöffnet. Achtlos schmiss er die Gefangene hinein, drückte den Knopf für die Kofferraumverriegelung und eilte zur Beifahrerseite.

»Die Cops sind noch Minuten entfernt«, brummte der Fahrer.

»Dann nichts wie los!«

37

Sechs Polizeiwagen erhellten mit ihren Scheinwerfern und dem Signallicht die Umgebung. In den Nachbarhäusern brannten Lichter. Einige Anwohner standen unter ihren Vordächern, manche von ihnen filmten mit ihren Handys die bizarre Situation. Erschossene Männer lagen am Boden, neben ihnen halb automatische Feuerwaffen. Ein SWAT-Team war unterwegs und würde in zehn Minuten eintreffen.

Officer Rodriguez schaute fassungslos zu dem Haus, dessen Eingang offen stand. Die Anweisung aus der Zentrale war eindeutig. Da das Grundstück Senator Weller gehörte, sollte niemand das Gebäude vor dem SWAT-Team betreten. Dieser Einsatz würde stur nach Vorschrift ablaufen. Der Senator war von einem hochrangigen Beamten in Kenntnis gesetzt worden. Wie er reagiert hatte, wusste Rodriguez nicht.

Plötzlich klirrte es. Rodriguez zuckte zusammen und griff zu seiner Pistole. Ein Gegenstand flog aus einem Fenster.

»Ich brauche Hilfe«, ertönte eine Stimme. »Ich liege angeschossen in der Küche. Bin unbewaffnet. Hilfe!«

Ohne sich ein Okay abzuholen, stürmte Rodriguez los.

»Juan! Stopp! Das könnte eine Falle sein«, warnte ihn ein Kollege.

Rodriguez glaubte nicht daran. Er hatte schon zuvor die Meinung geäußert, dass es unnötig war, auf ein Einsatzteam zu warten. Nun hatte er einen Grund, gegen die Anweisung der Zentrale zu verstoßen.

Mit zu Boden gerichteter Schusswaffe betrat er das Haus. »Wo sind Sie?«, rief er.

»Sie müssen geradeaus durch und dann nach rechts«, ertönte die Antwort.

Rodriguez drückte sich an der Wand entlang, um keine große Zielfläche zu bieten, falls er der falschen Person vertraute. Er näherte sich der Küche. Nichts passierte. Als er den Raum überblicken konnte, entdeckte er zwei tote Männer. Ein Überlebender lehnte mit dem Rücken am Kühlschrank. Um sein Bein hatte er ein Handtuch gebunden, das blutgetränkt war.

»Helfen Sie mir hoch. Ich muss aus diesem Raum. Das ist der reinste Horror.« Die Stimme des Mannes klang so, als hätte er Schwierigkeiten beim Atmen. Außerdem schien er kurz davorzustehen, den Verstand zu verlieren.

Rodriguez bemerkte in seinem Jackett zwei Einschusslöcher. »Wie heißen Sie?«

»Henry Baker. Ich war im Auftrag von Senator Weller hier.«

»Was ist passiert? Hat man auf Sie geschossen?«

»Jemand hat uns verraten. Ich trug als Einziger eine Schutzweste unter dem Jackett. Trotzdem tut das verdammt weh. Eine Kugel hat mich am Bein getroffen. Helfen Sie mir hoch. Ich halte es in der Küche nicht mehr aus. Bringen Sie mich nach draußen.«

»Jemand hat Sie verraten? Was ist überhaupt passiert?«

»Klären wir das draußen. Bitte!«

Offenbar ertrug dieser Baker den Anblick der toten Männer nicht länger. Waren es Freunde von ihm? Rodriguez trat zu dem Verwundeten und half ihm hoch. Baker stützte sich an ihm ab, während Rodriguez die Waffe einsteckte. Der Mann begleitete ihn humpelnd hinaus. Kaum hatten sie die Türschwelle überquert, atmete Baker erleichtert durch.

»Viel besser«, sagte er erleichtert. »Warten Sie!«

»Brauchen Sie eine Pause?«

»Wie heißen Sie?«

»Officer Juan Rodriguez vom …«

»Officer Rodriguez, hören Sie mir bitte genau zu. Es wurde eine in Deutschland verurteilte Massenmörderin befreit. Ich fürchte, Weller steckt dahinter. Deswegen muss ich Sie um einen großen Gefallen bitten.« Der Mann sprach leise, kaum verständlich. Zwischen den Sätzen holte er tief Luft und stöhnte. »Informieren Sie Detective Scott Petersen über alles, was hier vorgefallen ist. Sagen Sie ihm, dass ich, Henry Baker, angeschossen wurde. Die Schutzweste hat mein Leben gerettet. Petersen muss wissen, dass es mir gut ging, als Sie mir am Tatort begegnet sind.«

»Wieso teilen Sie ihm das in ein paar Stunden nicht selbst mit? Und was heißt das alles? Eine deutsche Massenmörderin?« Er lachte unsicher.

»Ich bin nicht sicher, ob ich die Gelegenheit haben werde, mit Petersen zu sprechen. Weller wird mich als Sündenbock benutzen.«

Rodriguez schmunzelte erneut, obwohl ihm nicht nach Lachen zumute war. »Sie klingen nicht so schwer verletzt, dass Sie befürchten müssen …«

»Versprechen Sie's mir! Nehmen Sie Kontakt zu Detective Scott Petersen auf. Können Sie mir das garantieren?«

Der flehentliche, ängstliche Ausdruck in Bakers Augen gab den Ausschlag. Rodriguez nickte. »Ich versprech's.«

»Danke«, erwiderte Baker erleichtert.

»Was ist passiert?«

»Das wollen Sie nicht detailliert wissen. Je weniger Sie …

egal. Sie müssen noch etwas beachten. Unabhängig, wer Sie fragt, Sie dürfen niemandem von unserem Gespräch erzählen.«

»Rodriguez?«, erklang eine Stimme vor dem Haus. »Alles in Ordnung?«

»Ja! Kleinen Moment. Ich komme mit einem Verwundeten heraus. Ist ein Krankenwagen unterwegs?«

»Erzählen Sie niemandem von Ihrem Versprechen«, flüsterte der angeschossene Mann.

Rodriguez nickte, gleichzeitig betraten zwei Kollegen das Haus. Wieso klang dieser Baker wie ein Verrückter, der von einer Verschwörungstheorie überzeugt war? Warum war eine deutsche Massenmörderin in einem Haus des Senators befreit worden? Das ergab keinen Sinn. Und weshalb sollte Rodriguez niemandem erzählen, was er Petersen auf Wunsch von diesem Baker mitteilen würde?

Allerdings flößte ihm der flehentliche Blick des Angeschossenen Respekt ein. Obwohl er den Horror überlebt hatte, schien er um sein Leben zu fürchten.

»Ich schweige wie ein Grab«, sagte Rodriguez kaum hörbar.

Baker lächelte dankbar.

Zeit, um über die seltsamen Aussagen und Wünsche Bakers nachzudenken, würde Rodriguez später noch genug bleiben. Und dann könnte er auch entscheiden, wie er mit seiner Bitte umgehen würde.

38

Henry lag nach einer ersten Untersuchung durch den Notarzt auf einer Bahre. Man hatte eine Decke über ihn ausgebreitet. Der Arzt hatte die Schusswunde versorgt und ihm gesagt, wie viel Glück er hatte, dass es nur ein Streifschuss gewesen war. Wäre die Kugel wenige Zentimeter weiter rechts eingeschlagen, hätte die Wunde lebenslange Komplikationen nach sich ziehen können, falls er überhaupt überlebt hätte. Die von der Schutzweste abgefangenen Treffer hatten zwei Prellungen verursacht, die ihm lediglich ein paar Tage zu schaffen machen würden. Henry war glimpflich davongekommen. Als Einziger, der sich im Auftrag des Senators in oder vor dem Haus aufgehalten hatte. Alle anderen waren gestorben. Er ahnte, wie das wirken würde. In seinem Kopf rasten die Gedanken, während er festgeschnallt auf den Abtransport ins Krankenhaus wartete.

Der Wagen fuhr langsam an. Ein Sanitäter hielt sich bei ihm im hinteren Teil auf und beobachtete ihn.

»Die Weste hat Ihr Leben gerettet.«

Henry brummte zustimmend. »Ich wollte, die anderen hätten auch welche getragen.«

»Ganz im Vertrauen. Das hätte den wenigsten geholfen. Die meisten sind von Kopfschüssen getroffen worden.«

»Musste jemand von ihnen leiden?«

»Nein. Der Tod trat sofort ein.«

»Wenigstens etwas.«

Die nächsten Minuten fuhren sie schweigend weiter.

Henry versuchte, einen klaren Gedanken zu fassen. Wenn viele der Männer an Kopfschüssen gestorben waren, ihm jedoch nur in die Brust gefeuert worden war, sah das ebenfalls nicht gut für ihn aus.

Plötzlich bremste der Wagen scharf ab. Der Sanitäter hielt sich an einem Regal fest und runzelte die Stirn.

Henry tastete vorsichtig nach dem Gurt, der ihn an der Bahre fixierte. Könnte er ihn rasch lösen, falls der Halt nichts mit dem Verkehr zu tun hatte? Es vergingen nur wenige Sekunden, bis sich die hinteren Türen öffneten. Zwei Männer in Sanitäterkluft hatten sie von außen geöffnet.

»Was soll das?«, fragte der Mann, der sich bislang um Henry gekümmert hatte.

»Wir übernehmen ab hier. Es lag eine Verwechslung vor. Sie hätten den Patienten gar nicht aufnehmen sollen. Ist ein Fall, in dem es um die Sicherheit des Landes geht. Mr. Baker schwebt in Lebensgefahr«, behauptete einer der Männer.

»Lassen Sie das nicht zu«, flehte Henry. »Die wollen mich erledigen.«

Der Sanitäter an seiner Seite schaute von Henry zu dem Neuankömmling, der ihm ein Dokument entgegenstreckte, während der andere alles reglos musterte. Der Sanitäter nahm das Papier an sich und überflog die Zeilen.

»Bitte«, bettelte Henry.

Der Sanitäter ließ das Dokument sinken und schaute ihn an. »Wovor haben Sie Angst? Das ist ein offizielles Schreiben der Gouverneurin von New York.«

»Von der Gouverneurin?«, wiederholte Henry.

»So ist es. Sie sind bei uns in besten Händen, Mr. Baker.« Einer der neu hinzugekommenen Männer kletterte in den Wagen und bereitete alles vor, um die Bahre herauszufahren.

Hatte der Senator seine Kontakte spielen lassen und die Gouverneurin eingebunden? Henry konnte sich das nicht vorstellen. Vermutlich handelte es sich um eine Fälschung. Doch wenn er zu laut krakeelte, würde er den Sanitäter in Gefahr bringen. Also sagte er nichts mehr. Als seine Bahre aus dem Wagen gehievt und über die Straße zu einem bereitstehenden zweiten Krankenwagen geschoben wurde, wollte er den Gurt lösen. Der Sanitäter, der ihn herausgeschoben hatte, schien das zu durchschauen.

»Lassen Sie das! Sie haben keine Chance«, flüsterte er. »Oder glauben Sie, Sie können rechtzeitig aufspringen und mit Ihrer Schusswunde vor uns davonlaufen?«

Henry hielt das nicht einmal für unwahrscheinlich. Er war gut in Form. Wie stark würde ihn die Wunde bei der Flucht einschränken? Ein anderer Gedanke hielt ihn von der Flucht ab. Wollte er sich für immer vor dem Senator verstecken? Dann wäre sein Leben vorbei. Er musste sich dem stellen, was auch immer jetzt passieren würde. »Wohin bringen Sie mich?«

»In ein Krankenhaus, wo Sie bestens ärztlich versorgt werden und sicher sind vor einer Racheaktion der Attentäter.«

»Ein öffentliches Krankenhaus reicht mir völlig.«

»Sie wissen gar nicht, wie gut Sie es in unserer Obhut haben werden.« Der Sanitäter schob ihn in den Krankenwagen, in dem ein weiterer Mann wartete.

»Der Patient ist ziemlich aufgeregt. Er braucht etwas zur Beruhigung.«

»Brauche ich nicht«, widersprach Henry.

Er spürte einen Einstich am Hals, ehe er sich wehren konnte.

* * *

Henry schlug die Augen auf. Sein Kopf dröhnte, und er nahm die Umgebung anfangs nur verschwommen wahr. Unbewusst stöhnte er. Er wollte sich an den Kopf fassen, doch er konnte die Hand bloß wenige Zentimeter heben. Träumte er? Henry blinzelte, bis sich sein Blick klärte. Er starrte auf eine weiß gestrichene Decke. Er hob Kopf und Schulter an. Seine Handgelenke waren mit Handschellen an den Seitengittern eines Bettes gefesselt. War er festgenommen? Das hielt er für unwahrscheinlich. Sein Erinnerungsvermögen kehrte zurück. Er hatte die Schießerei in dem Haus überlebt und war auf dem Weg ins Hospital gewesen, als der Krankenwagen angehalten hatte. Auf die angebliche Anweisung der Gouverneurin hin hatte man ihn in einen anderen Transporter verlegt, gegen seinen ausdrücklichen Protest. Danach hatte er einen Einstich verspürt, und nun wachte er an ein Bett gefesselt auf.

»Na toll!«, murmelte er.

Er legte den Kopf zurück und wartete. Falls in diesem Zimmer jemals eine Person gestorben war, würde die Vision nicht mehr lange auf sich warten lassen. In einem solchen Raum gefangen zu sein, wäre der reinste Horror. Er versuchte, die aufkommende Panik zu unterdrücken und konzentrierte sich auf seine Atmung. Sein Puls beschleunigte sich, während er befürchtete, dass der purpurne Schatten demnächst sein Blickfeld eintrüben würde.

Nichts passierte. Er zählte bis hundert, danach war er sicher, dass ihm zumindest dieser Albtraum erspart bliebe. Seine volle Blase machte sich bemerkbar.

»Hallo?«, rief er. »Hört mich jemand?«

Es dauerte nicht lange, bis die Tür aufging. Ein stämmiger Mann trat ein, vollständig in Weiß gekleidet. Um seinen Hals hing ein Stethoskop.

»Der Patient ist erwacht. Wie geht's Ihnen?«, erkundigte er sich munter.

»Wo bin ich?«, erwiderte Henry.

»In allerbesten Händen. Haben Sie Schmerzen?«

»Mein Kopf dröhnt. Außerdem muss ich pinkeln.«

»Nichts am Bein, nichts am Oberkörper?«

Erst jetzt erinnerte sich Henry an die Schusswunden. Zu seiner eigenen Überraschung bemerkte er das dumpfe Pochen im Oberschenkel nur aufgrund der Nachfrage. »Fühlt sich okay an.«

»Ihre Kopfschmerzen könnten eine Folge des Narkosemittels sein, das man Ihnen gestern gegeben hat. Ich messe eben Ihren Blutdruck.«

»Ich muss wirklich dringend zur Toilette.«

»Haben Sie ein bisschen Geduld. Und bitte sprechen Sie während der Messung nicht.« Der Pfleger legte eine Manschette um Henrys Oberarm und pumpte sie auf. »140 zu 95. Leicht erhöht, aber nicht besorgniserregend.«

»In welchem Krankenhaus liege ich?«

»Ein Krankenhaus wäre Ihrer nicht angemessen gewesen. Der Senator hat Sie privat untergebracht. Seien Sie dankbar, bei den Zuständen des Gesundheitssystems. Ich bringe Sie jetzt zur Toilette. Einen kleinen Moment.« Er griff in seine Hosentasche, zog einen einzelnen Schlüssel heraus und öffnete die Handschellen.

Henry rieb sich die leicht von dem Druck schmerzenden Gelenke. »Finden Sie es normal, dass ein Patient gefesselt ist?«

Der Pfleger lachte. »Wenn Sie wüssten, wo ich früher gearbeitet habe. Seien Sie froh, dass Sie nicht geknebelt sind.

Kommen Sie also gar nicht auf dumme Gedanken. Ich hatte schon mit viel stärkeren und unberechenbareren Insassen als Ihnen zu tun.« Der Mann half Henry auf die Beine und stützte ihn. »Da vorn ist das Badezimmer«, sagte er.

Erst als Henry den Kopf drehte, sah er die zweite Tür. Langsam gingen sie darauf zu, der Pfleger hielt ihn die ganze Zeit fest.

Das Bad bestand lediglich aus einer Toilette, einem Waschbecken und einer Badewanne. Henry schauderte bei dem Anblick der Wanne. Er dachte an Petersen und dessen Mordermittlung. Da keiner der Räume ein Fenster hatte, war ihm jedes Zeitgefühl abhandengekommen.

»Wie spät ist es?«

»Ungefähr halb zehn.«

»Morgens oder abends?«

»Morgens. Setzen Sie sich auf die Toilette. Brauchen Sie Hilfe?«

»Nein, ich glaube, es geht.« Mit wackligen Beinen legte Henry die letzten drei Schritte allein zurück. Er klappte den Deckel hoch, zog die Unterhose hinunter und setzte sich. Der Pfleger drehte ihm den Rücken zu. Henry seufzte erleichtert über den nachlassenden Druck.

»Haben Sie Hunger?«, fragte der Pfleger.

»Ja. Und ein starker Kaffee wäre auch nicht schlecht.«

»Sobald Sie wieder im Bett liegen, kümmere ich mich darum.«

* * *

Nach dem kleinen Frühstück war Henry stundenlang allein. Er starrte an die Decke und dachte über das nach, was ihn erwarten würde. Der Senator hatte ihn entführt. Offenbar, weil er ihn als Sündenbock benötigte. Die Argumentation, die er anführen würde, klänge für Außenstehende leider logisch. Henry war einer der wenigen, die von dem Termin vorab gewusst hatten, außerdem hatte man ihm nicht in den Kopf geschossen, wie vielen anderen.

Er seufzte wehleidig. Die Schwächen dieser Argumentation würden kaum jemanden überzeugen, falls er sie überhaupt jemals zu seiner Verteidigung vortragen könnte. Er hatte von dem konkreten Termin erst wenige Stunden zuvor erfahren. Und außerdem trug er immer eine Schutzweste, hatte also bei der Schießerei lediglich Glück gehabt. Doch wer würde ihm das glauben?

In seinem Kopf setzten sich die Argumente zusammen, die er bei der zu erwartenden Konfrontation vorbringen könnte. Der Senator hatte es vermutlich nicht ertragen, die Mörderin seines Neffen wieder nach Deutschland zu lassen. War Brian überhaupt bloß der Neffe des Politikers gewesen? Kaum hatte Henry Tilda Schmitt als Schuldige identifiziert, war sie entführt worden. Man versteckte sie vor dem Zugriff der Strafvollzugsbehörden. Oh ja. Das war so offensichtlich. Aber wer würde ihm Glauben schenken?

»Hallo?«, rief er nach einer gefühlten Ewigkeit. »Hört mich jemand?«

Wie schon beim ersten Mal kam der Pfleger rasch zu ihm ins Zimmer. Beobachtete er ihn über die Kamera, die Henry mittlerweile in einer Ecke des Raums entdeckt hatte? Oder saß er direkt vor der Tür?

»Was gibt's?«, fragte der Mann.

»Ich habe Durst, muss auf Toilette und will wissen, warum ich gefesselt bin. Reicht es nicht, die Tür abzuschließen? Wohin soll ich verschwinden?«

»Die Handschellen haben Sie sich selbst eingebrockt.«

»Ich habe nichts getan!«

»Da höre ich andere Dinge.«

»Was wirft man mir vor?«

Der Pfleger zuckte mit den Achseln. »Wollen Sie erst zur Toilette oder erst etwas trinken?«

Von außerhalb drang ein Poltern zu ihnen, dann stürmte der Senator in den Raum.

»Raus!«, befahl er dem Pfleger.

Der Mann zögerte nicht und schloss die Tür hinter sich. Weller starrte Henry wütend an. Henry erwiderte den Blick. Er hatte sich nichts zuschulden kommen lassen, daran musste er sich immer erinnern.

»Warum? Und wo ist sie?«, fragte der Senator schließlich.

»Das würde mich auch interessieren. Was soll das alles?« Er zerrte an den Handschellen.

»Das wissen Sie genau.«

»Umgekehrt wird ein Schuh daraus«, zitierte Henry einen der Lieblingssätze seiner Großmutter auf Deutsch.

»Was?«, schrie der Politiker.

Henry wechselte zurück ins Englische. »Ich habe keine Lust auf Ihr abgekartetes Spiel.«

»Sind Sie wahnsinnig?« Weller atmete zweimal tief durch. »Sie waren die einzige Person, die nicht aus meinem engsten Vertrauenszirkel stammt und von dem Termin wusste.«

»Ach ja? Wie viele Stunden vorher habe ich davon erfahren? Und in der kurzen Zeitspanne organisiere ich einen Zugriff, der einer militärischen Operation gleicht? Lächerlich!«

»Es ist offensichtlich, dass Sie der Mörderin zur Flucht

verholfen haben. Warum? Was bezwecken Sie damit? Ist es Ihre Herkunft? Hatten Sie den Eindruck, Sie müssen einer Deutschen helfen?«

»Schwachsinn!«, brummte Henry.

Der Gesichtsausdruck des Senators wurde noch finsterer. »Sieben gute Männer sind gestorben. Seien Sie also nicht so respektlos!«

»Auf mich wurde geschossen«, entgegnete Henry. »Hätte ich nicht die Angewohnheit, an Tatorten eine Schutzweste zu tragen, wäre ich jetzt tot. Die Kugel hätte mein Bein nur wenige Zentimeter weiter innen treffen müssen, und ich wäre verblutet. Und das soll ich angeleiert haben? Haben Sie das wirklich bis zum Ende durchgedacht?«

»Das haben Sie einfach bloß clever eingefädelt. Mich interessiert der Grund. Nur das und wo Schmitt jetzt ist.«

»Der Zugriff ist erfolgt, kurz nachdem ich sie als Brians Mörderin identifiziert hatte. Wenn ich mit ihr unter einer Decke stecke, wieso hätte ich sie überhaupt erst für schuldig erklären sollen? Das ergibt keinen Sinn. Das müssen Sie einsehen. Die Wahrheit ist offensichtlich eine andere.«

»Die da wäre?« Wellers Stimme war kaum mehr als ein Flüstern.

»Sie fordern Blutrache für Brians Ermordung. Und weil Ihre Macht nicht ausreicht, um eine in Deutschland einsitzende, deutsche Staatsangehörige vor ein amerikanisches Gericht zu zerren, haben Sie einen anderen Weg eingeschlagen. Loyale Männer geopfert. Nur um Schmitt unter Ausschluss der Öffentlichkeit zu exekutieren. Aber damit kommen Sie nicht durch!«

»Wie können Sie es wagen?«, schrie Weller. »Halten Sie Ihr dreckiges Maul!«

»Was hätten Sie gemacht, wenn Sie mich nicht als Sündenbock darstellen könnten? Hätten Sie das Flugzeug gesprengt, das Schmitt zurückgebracht hätte, oder …«

»Seien Sie still.« Der Senator kam näher und blieb einen Schritt vom Bett entfernt stehen. »Meine Männer wollen Rache. Es sind Helden gestorben. Die schon für ihr Land gekämpft haben, während Sie noch Ihrer Großmutter zur Last fielen. Sie erwarten von mir, dass ich verschärfte Verhörmethoden anwende. Damit wir herausfinden, was Sie bezwecken und wo sich Schmitt aufhält. Wer Sie unterstützt hat.«

»Und was wäre ein Geständnis wert, das unter Folter zustande kommt?«

»Das ist uns völlig egal.«

»Diese Antwort entlarvt Sie.«

»Sie halten jetzt verdammt noch mal Ihren Mund. Sonst vergesse ich mich! Schon in Kürze werden Sie sich einem Lügendetektortest unterziehen. Gnade Ihnen Gott, wenn Sie dabei als Lügner überführt werden.« Er wandte sich abrupt um, stiefelte zur Tür und riss sie auf. Laut krachend fiel sie hinter ihm ins Schloss.

»Das kann ja heiter werden«, murmelte Henry.

39

Officer Rodriguez hatte Detective Petersen um ein Treffen an einem neutralen Ort gebeten und vorab verraten, dass es um Henry Bakers Verbleib gehe. Petersen hatte zunächst mehr wissen wollen, doch als der Officer beharrlich blieb, waren sie übereingekommen, sich zufällig an einem Hotdog-Stand am Times Square über den Weg zu laufen.

Nachdem sie sich beide Hotdogs gekauft hatten, kam Rodriguez auf die Ereignisse zu sprechen, die ihm zu schaffen machten.

»Ich muss zugeben, ich habe Baker vorgestern Nacht nicht ganz ernst genommen. Er klang fast wie einer dieser Verschwörungstheoretiker. Wissen Sie, wovon ich rede?«

Petersen schmunzelte. »Ja, Baker wirkt manchmal etwas …«

»Genau. Trotzdem wollte ich in Erfahrung bringen, wie es ihm geht. Denn er machte gleichzeitig einen sympathischen Eindruck. Ich rief in dem Krankenhaus an, in das er gebracht werden sollte. Dort ist er nie angekommen. Also habe ich mir die Mühe gemacht, jedes Krankenhaus der Stadt zu kontaktieren. In keinem davon wurde Baker als Patient aufgenommen. Genauso wenig wie in New Jersey.«

»Ich habe von Baker auch seit Tagen nichts gehört, obwohl ich dringend mit ihm sprechen muss.«

»Geht es um dieselbe Sache?«

»Unwahrscheinlich. Er hilft mir bei einer Ermittlung, bei der ich eventuell einen Fortschritt erzielt habe. Aber nur Baker könnte mir das letztendlich bestätigen.«

»Was sollen wir jetzt tun?«

»Erzählen Sie mir mehr von dem Einsatz vorgestern Nacht.«

Rodriguez ging tiefer ins Detail als bei seinem ersten Bericht.

»Er hat ausdrücklich gesagt, dass Senator Weller dahintersteckt?«

»Ja, deswegen hielt ich es ja für Unsinn. Aber jetzt …« Rodriguez zuckte hilflos mit den Achseln. »Ich weiß nicht, wie ich mich verhalten soll. Wenn ich einem Vorgesetzten davon berichte, wird der mich …«

»Tun Sie das nicht. Aus Eigenschutz. Mit Vorwürfen gegenüber Weller sollte man sehr vorsichtig sein. Der hat weitverzweigte Kontakte. Es ist besser, nicht auf seinem Radar zu landen. Wussten Sie, dass Baker in einem Hotel lebt?«, fragte Petersen.

»Wirklich?«

»Ich werde mich dort nach ihm erkundigen. Vielleicht hat man ihn in den letzten sechsunddreißig Stunden gesehen, und wir machen uns unnötig Sorgen.«

»Sie übernehmen das?«

»Verlassen Sie sich auf mich.«

»Sagen Sie mir anschließend Bescheid?«

»Geben Sie mir eine private Telefonnummer, die Ihnen nicht zugeordnet werden kann? Damit das alles inoffiziell bleibt?«

»Ich könnte Ihnen die meiner Frau Carmen geben. Sie würde mir alles ausrichten.«

»Gute Idee.« Petersen zückte Block und Stift und notierte die Nummer.

40

Auf dem Weg zum Hotel dachte Petersen über die vertrackte Situation nach. Er hatte erst kürzlich Anhaltspunkte dafür gefunden, wessen Stimme Baker in seiner Vision gehört haben könnte. Eine junge Schauspielerin betrieb einen Podcast, in dem sie selbstverfasste Kurzgeschichten vorlas. Darin ging es um viele Themen, aber meistens hatten die Storys etwas mit Mord zu tun. Zum Beispiel erzählte sie in einer Geschichte von Menschen, die der Täter beim Baden überraschte. In einer anderen wurden Paare das Opfer eines Serienkillers. Die Schauspielerin lebte in New York. Sie hatte bisher einige Nebenrollen in Serien ergattert. Nicht zuletzt in *Law & Order: New York* und in *Shades of Blue*. Ausgerechnet also in Fernsehserien, die Verbrechen in New York thematisierten. Darüber hinaus spielte sie gelegentlich an kleineren Theatern. Auch bot sie Stadtführungen an, in denen sie sich auf Straßenzüge oder Viertel konzentrierte, die in Filmen oder Fernsehproduktionen zu sehen waren. Petersen hatte sie bislang nicht kontaktiert. Er hatte gehofft, Baker könnte noch einmal den dritten Tatort aufsuchen und versuchen, den genauen Wortlaut mitzusprechen. Anschließend würde Petersen überprüfen, ob es eine Übereinstimmung mit dem Podcast gab. Falls er damit einen Treffer erzielen würde, wäre es Zeit, die Schauspielerin näher unter die Lupe zu nehmen.

Er dachte an das, was Rodriguez ihm berichtet hatte. Wieso hatte sich Baker dem Polizisten anvertraut und war dann verschwunden? Und was steckte hinter der Behauptung, eine in Deutschland verurteilte Massenmörderin sei befreit worden? Wieso hielt sich eine solche Frau in New York auf, und was hatte das mit Weller zu tun? Bei der Adresse, die Rodriguez ihm genannt hatte, handelte es sich um das Haus, in dem Wellers Neffe ermordet worden war. Baker hatte in letzter Zeit Kontakt zu dem Politiker gepflegt. Das passte alles irgendwie zusammen, auch wenn sich für Petersen noch kein stimmiges Gesamtbild ergab. Vielleicht würde der Besuch in dem Hotel etwas daran ändern.

Kaum hatte Petersen vor der Hoteleinfahrt geparkt und war ausgestiegen, kam einer der Bediensteten zu ihm.

»Sir!«, rief der Mann. »Sie können hier nicht parken. Das ist nur zum Ein- und Aussteigen für Gäste gedacht.«

Petersen zückte seine Dienstmarke und blickte dabei auf das Namensschild des Mannes. »Walter, ich brauche höchstwahrscheinlich nicht lange. Geht das in Ordnung?«

Der Doorman nickte sofort. »Selbstverständlich, Detective.«

»Danke! Wie komme ich zur Rezeption?«

»Geradeaus durch zu den Fahrstühlen und dann in die 35. Etage.«

Petersen folgte der Wegbeschreibung. In dem eher dunklen Aufzug fragte er sich nicht zum ersten Mal, wieso Baker in einem Hotel lebte. Ihn würde es nerven, vom Eingang so lange bis ins eigene Zimmer zu brauchen.

Petersen stieg in der 35. Etage aus und ging zur Rezeption, an der momentan zwei Frauen und ein Mann arbeiteten. Er setzte auf seinen Charme und sprach eine der Frauen an.

»Wie kann ich Ihnen helfen, Sir?«

Er zeigte ihr den Dienstausweis, den sie kritisch musterte.

177

»Es geht um Mr. Baker, der bei Ihnen wohnt.« Aus dem Augenwinkel bemerkte er, wie ihn der männliche Mitarbeiter interessiert ansah.

»Was ist mit Mr. Baker?«, fragte die Frau.

»Ist er zu sprechen?«

»Das kann ich gern versuchen.« Sie griff zu ihrem Telefon und wählte eine Nummer. Nach einiger Zeit legte sie den Hörer auf. »Er meldet sich nicht. Darf ich ihm etwas ausrichten?«

»War Mr. Baker gestern oder heute anwesend?«

»Das weiß ich leider nicht. Weshalb erkundigen Sie sich danach?«

»Ich muss dringend mit ihm sprechen.«

»Haben Sie seine Telefonnummer? Und hat er Ihre, Detective?«

»Ja und ja.«

»Ich informiere ihn, dass Sie hier waren und ihn sprechen müssen. Am besten probieren Sie es auch noch selbst telefonisch. Kann ich Ihnen auf andere Weise helfen?«

»In den letzten beiden Tagen ist nichts Ungewöhnliches passiert, was Baker betraf?«

»Nein, Sir.«

Petersen sah, wie sich der männliche Mitarbeiter leicht abwandte und ebenfalls zum Telefon griff. Kurz darauf flüsterte er etwas in den Hörer. Das Verhalten der Bediensteten kam Petersen seltsam vor.

»Dann danke ich Ihnen vielmals.«

»Sie sind stets willkommen.«

Petersen kehrte zu den Fahrstühlen zurück und fuhr wieder nach unten. Was hatte das alles zu bedeuten? Er konnte sich keinen Reim darauf machen. Der Doorman Walter trat auf ihn zu, kurz bevor er den Ausgang erreichte.

»Detective? Vincent von der Rezeption möchte Sie gern sprechen. Aber nicht im Hotel. Können Sie sich einen Parkplatz auf der Straße suchen, vielleicht zweihundert Meter entfernt? Er würde in einer Viertelstunde zu Ihnen kommen.«

Petersen nickte. »Danke Ihnen fürs Aufpassen auf mein Auto, Walter.« Aus der Hosentasche zog er sein Portemonnaie, um dem Mann Trinkgeld zu geben.

»Nicht nötig«, sagte Walter. »Finden Sie Henry«, fügte er kaum hörbar hinzu. »Vincent und ich machen uns Sorgen. Nach allem, was gestern passiert ist.«

Der Doorman wandte sich bereits wieder ab, ehe Petersen nachhaken konnte, was er damit meinte.

41

Im Rückspiegel sah Petersen den Hotelmitarbeiter näher kommen. Da er das Fenster gesenkt hatte, musste er nur den Arm herausstrecken, um dem Mann ein Zeichen zu geben. Der wechselte kurz auf die Fahrbahn, öffnete die Beifahrertür und stieg ein.

»Danke für Ihre Diskretion«, sagte Vincent. »Mein Chef wäre nicht begeistert, wenn er mich zusammen mit Ihnen sehen würde, nachdem Sie sich nach Henry erkundigt haben.«

»Was ist gestern passiert?«, fragte Petersen.

»Am späten Vormittag kamen vier schwarz gekleidete Männer an die Rezeption. Vom Auftreten her hätten sie Secret-Service-Agenten sein können. Sie zeigten uns ein offizielles Schreiben mit dem Briefkopf von Senator Weller. Angeblich sei es für die nationale Sicherheit unerlässlich, dass sie das Zimmer von Mr. Baker betreten müssten. Der Senator wollte, dass mein Chef ihn anrief, und verlangte Diskretion. Aber seine vier Agenten wirkten nicht sonderlich diskret. Jeder Gast hat sie angestiert. Tatsächlich hat der Boss mit Weller telefoniert, denn es war ja keine gerichtliche Anordnung, die uns vorlag. Ich hätte den Kerlen den Zutritt verwehrt, doch der Senator hat so viel Druck gemacht, dass der Boss den Schwanz eingezogen hat. Obwohl er großen Respekt vor Henry hat, war seine Angst vor dem Senator größer. Er hat die Männer persönlich begleitet und sie hineingelassen. Die haben sich eine Viertelstunde umgesehen und Henrys Laptop sowie sein Tablet eingesteckt. Dann sind sie abgezischt. Was ist mit Henry?«

»Das versuche ich gerade herauszufinden. Ich brauche seine Hilfe bei einer Ermittlung, die in einer entscheidenden Phase steckt.«

»Was hat Henry mit dem Senator zu schaffen?«

»Ich glaube, es geht um die Ermordung von dessen Neffen Brian Weller.«

»Wirklich? Das ist doch Jahre her.«

»Wurde aber nie aufgeklärt.«

»Und wie kann Henry dazu beitragen?«

Was konnte Petersen dem Hotelmitarbeiter sagen, ohne Informationen preiszugeben, die Baker eventuell lieber vertraulich behandelte? »Er hat einen gewissen Blick auf die Ermittlungen, der helfen kann, wenn man einfach nicht weiterkommt.«

Vincent schmunzelte. »Oder mit anderen Worten: Fragen Sie ihn selbst, von mir erfahren Sie nichts.«

»Sorry.«

»Schon in Ordnung. Suchen Sie nach Henry? Mir wäre wohl dabei, wenn ich wüsste, dass er Unterstützung hat. Mir ist Weller nicht geheuer. Klar, er tritt vor Kameras supersmart auf, aber hinter seiner Fassade steckt jemand, den ich mir auch als Diktator vorstellen könnte. Keine Ahnung, warum ihn alle für einen geeigneten Präsidenten halten.«

»Geht mir genauso. Ja, ich kümmere mich darum.« Petersen kramte eine Visitenkarte aus der Geldbörse. »Wenn Sie in achtundvierzig Stunden nichts von Baker oder mir gehört haben, wenden Sie sich an meinen Partner.« Auf der Rückseite der Karte notierte er die Nummer. »Erzählen Sie ihm von unserem Gespräch.«

Vincent wirkte beunruhigt. »Das klingt mies.«

»Weller ist ein Mann, den man nicht zum Gegner haben will. Keine Ahnung. Ich fürchte, ich muss ins Wespennest stechen, um mehr herauszufinden. Insofern wäre ein wenig Rückendeckung gut.«

Vincent nahm die Karte entgegen. »Ich melde mich in spätestens zwei Tagen. Jetzt muss ich zurück.« Er stieg aus und eilte zum Hotel.

Petersen schaute ihm hinterher, bevor er den Motor startete. In was für eine Sache war Baker bloß verwickelt? Und was würde aus seiner eigenen Karriere werden, wenn er sich mit Weller anlegte?

42

Christopher Malarino kehrte zu seinem Wagen zurück, den er nicht weit von Lindseys Hauseingang geparkt hatte. Dass er aus Spargründen die Urlaubsreise hatte absagen müssen, hatte sich im Nachhinein als Glücksfall herausgestellt. In den letzten Tagen hatte er viel Zeit in dem Viertel verbracht, um mehr über Lindseys aktuelle Lebensumstände zu erfahren. Sie hatte nicht mal ansatzweise jeden Tag ihren Aaron gesehen. Für Christopher war das ein gutes Zeichen. Noch war der Kampf um ihr Herz nicht verloren. Lindsey und er hatten einfach zu perfekt zusammengepasst, er konnte bis heute nicht verstehen, wieso sie gegangen war. Das müsste sie ihm erst vernünftig erklären, ehe er in Erwägung zöge, sie in Ruhe zu lassen.

Lindsey würde voraussichtlich in den nächsten zwanzig bis dreißig Minuten nach Hause kommen. Dann würde er eine Weile warten, ob dieser Aaron zu Besuch käme. Falls nicht, wäre heute der richtige Zeitpunkt für ein klärendes Gespräch. Denn Christophers Urlaub dauerte nicht mehr lange.

Er setzte sich wieder hinters Steuer. Die vergangene Stunde hatte er in einem nahe gelegenen Restaurant verbracht und sich für den Rest des Tages gestärkt. Er war bereit, stundenlang auszuharren.

In den nächsten Minuten passierte nichts. Einige Anwohner, die Christopher bei seinen Beobachtungen schon mehrfach gesehen hatte, kamen nach Hause. Er war stolz auf sein gutes Personengedächtnis. Menschen, die er ein-

oder zweimal beobachtet hatte, erkannte er zuverlässig wieder. Die Zeit verstrich. Würde Lindsey ausgerechnet heute nicht sofort von der Arbeit heimkehren? Das wäre verdammt ärgerlich.

Ihr Auftauchen vertrieb seine Sorge. Sie kam aus Richtung der U-Bahn-Haltestelle. In ihrer Hand trug sie einen gefüllten Beutel mit Einkäufen, die ihre Verspätung erklärten. Kaum war sie im Haus verschwunden, blickte er zur Uhr. Wie lange sollte er warten, ob Aaron auftauchen würde?

»Heute will ich's wissen«, murmelte er. Eine Stunde erschien ihm genug. Bis dahin würde er sich gedulden.

43

Lindsey öffnete die Wohnungstür. »Aaron?«, rief sie.

Ihr Freund antwortete nicht. Aber er musste da sein, denn sonst wäre die Tür verschlossen gewesen. Sie betrat die Diele. Erst jetzt sah sie die am Boden verstreuten Rosenblätter, mit denen Aaron einen Pfeil gebildet hatte, der ins Schlafzimmer zeigte. Lindsey grinste.

»Wartest du etwa nackt im Bett auf mich, du heißer Kerl?«

Sie stellte die Tüte mit den Einkäufen ab und ging ins Schlafzimmer. »Aaron?« Er war nicht im Raum. Dafür hatte er ein kleines Geschenk mit einer Nachricht hinterlassen. Lindsey nahm den Brief zur Hand. »Wow«, flüsterte sie. »Du verrückter Typ. Oh Gott!«

Was für eine ausgefallene Idee. Ein gemeinsames Bad, Champagner, danach das Geschenk auspacken. Neugierig hob sie es an. Was steckte darin? Würde er ihr heute einen Antrag machen? Oder hatte er eine Wohnung gefunden und alles in die Wege geleitet? Dann wäre in der kleinen Box bestimmt ein Schlüssel. Beides konnte sie sich nicht richtig vorstellen. Sie waren sich einig, dass sie zunächst zusammenleben wollten, bevor sie den nächsten Schritt anleierten. Das spräche also gegen den Antrag. Zudem war es unwahrscheinlich, dass er allein einen Mietvertrag unterschrieb, ohne ihr Einverständnis einzuholen. Oder hatte er ein passendes Objekt gefunden und sich reservieren lassen?

Um seine zeitlichen Vorgaben einzuhalten, musste sie sich beeilen. Sollte sie ihn anrufen und um eine Verschiebung bitten? Der Einkauf hatte länger gedauert als erwartet. Nach einer Weile beschloss sie, es einfach darauf ankommen zu lassen. Sie rannte ins Badezimmer und drehte den Wasserhahn der Wanne auf. Dann eilte sie zurück in die Diele. Fünf Minuten später waren die Einkäufe verstaut. Vielleicht würde sie es ganz knapp schaffen, seine Planung einzuhalten.

Ihre Gedanken wanderten wieder zu dem Geschenk. Was hatte er sich wohl ausgedacht? Sie konnte es kaum erwarten, sein Präsent zu öffnen. Lindsey seufzte. Hoffentlich müsste sie später nicht ihre Enttäuschung überspielen. Denn das würde wiederum ihn frustrieren.

44

Vorsichtig betrat der Mörder die Wohnung. Es war Zeit für sein Rendezvous mit Lindsey.

»Ich bin in der Badewanne, mein Schatz. Du bist echt verrückt.« Sie kicherte.

Er schloss die Tür. Diesmal würde alles perfekt laufen, davon war er überzeugt. Ihre Verspätung hatte ihn beunruhigt, während er auf sie gewartet hatte. Doch sie hatte es geschafft, der Anweisung zu folgen.

»Baby? Wieso sagst du denn nichts?«

Das Badezimmer erreichte er durchs Schlafzimmer. Die Tür zu dem Raum war nicht geschlossen. Er bereitete den Taser vor.

»Aaron? Alles okay?«

Wasser plätscherte. Stand sie etwa auf, weil sie instinktiv die Gefahr spürte? Er durchquerte das Schlafzimmer.

»Oh Gott!«, schrie sie, als sie ihn erblickte. »Hilfe!«

Er schoss mit dem Taser auf sie, traf perfekt ihren Hals. Auf seine Zielsicherheit konnte er sich selbst in den größten Stressmomenten verlassen. Sie zuckte zunächst, dann erschlaffte sie, und ihr Körper glitt tiefer ins Wasser.

»Heute ist es so weit, endlich wird die Welt von dir erfahren.«

Aus seinem Rucksack holte er das Wiedergabegerät heraus und startete die Audiodatei. Ihre Stimme entlockte ihm ein glückliches Lächeln. Er setzte sich auf den Badewannenrand und drückte Lindseys Kopf unter Wasser. Dabei summte er eine Melodie. Es war die Erkennungsmusik ihres

Podcasts. »Ob du mir dankbar sein wirst?«, flüsterte er, während er auf die Uhr schaute. Nach fünf Minuten ließ er von ihr ab. Ihr Puls war nicht mehr zu ertasten. Nun müsste er sie nur noch ins Bett tragen und alles für das Polaroidbild vorbereiten.

Als es an der Tür klingelte, zuckte er erschrocken zusammen. Rasch stoppte er die Wiedergabe der Datei und lauschte. Es dauerte bloß einen kurzen Moment, ehe der Besucher anklopfte. Also stand er schon im Hausflur.

»Lindsey!«, erklang eine männliche Stimme. »Ich weiß, dass du da bist. Mach mir auf. Ich gehe nicht, bevor wir uns ausgesprochen haben.«

Wer zum Teufel war das? Um Aaron konnte es sich nicht handeln. Wütend überschlug er seine Optionen. Er konnte nicht ewig warten und darauf hoffen, dass der Typ wieder verschwand. Sonst würde Aaron irgendwann daheim aus seiner Wanne klettern, weil seine Liebste nicht aufgetaucht war.

Erneut klopfte es.

»Lindsey? Was soll das? Das habe ich nicht verdient!«

»Genauso wenig wie ich«, flüsterte er. Ein Plan nahm in seinem Kopf Gestalt an. Noch lag er zeitlich gut im Rahmen. Würde es vielleicht sogar den Reiz erhöhen? Er zog ein Handtuch von der Stange und verließ das Badezimmer. Den Taser schaltete er einsatzbereit. Durchs Schlafzimmer kehrte er in die Diele zurück. Dort wickelte er sich das Handtuch um Hals, Kinn, Mund und Nase und knotete es am Hinterkopf zusammen. Er drückte sich an die Wand neben der Tür. Von dieser Position könnte er dem unerwünschten Gast öffnen und dann hinterrücks angreifen.

Wieder klopfte der Mann, energischer als zuvor. Wenn er so weitermachte, würden die Nachbarn misstrauisch.

Er drückte die Klinke hinunter und zog die Tür auf.

»Oh, Lindsey! Danke.« Schlagartig klang der Besucher friedlicher. »Lindsey? Wo bist du?« Der Mann betrat die Wohnung.

Jetzt kam es auf den perfekten Zeitpunkt an. Der Mörder wartete. Als der Besucher in die Diele getreten war, schmiss er die Tür zu. Überrascht fuhr der junge Mann herum. Für eine Reaktion blieb ihm keine Zeit mehr. Ein Stromschlag durchzuckte seinen Körper. Er stürzte zu Boden.

»Blöder Wichser! Deinetwegen muss ich jetzt …« Wütend verpasste er dem Bewusstlosen einen heftigen Tritt gegen das Kinn. Doch seine Wut war nicht verraucht. Erneut trat er zu, diesmal gegen die Seite. »Arschloch!«, zischte er.

45

Stöhnend schlug Christopher die Augen auf. Im ersten Moment wusste er nicht, wo er war. Dann begriff er, dass er auf dem Boden von Lindseys Flur lag. Sein Körper schmerzte entsetzlich. Das Kinn, die Rippen, der Hals. Langsam kehrte sein Erinnerungsvermögen zurück, und er richtete sich schwerfällig auf. Er hatte sich mit Lindsey aussprechen wollen, jemand hatte ihm die Tür geöffnet, und er hatte einem maskierten Mann gegenübergestanden, der ihn angegriffen hatte.

Christopher lauschte. Er hörte gedämpft eine weibliche Stimme.

»Lindsey?«

Sprach sie mit jemandem, oder war das gar nicht sie? Christopher griff nach der Türklinke. Ächzend zog er sich hoch. Das Atmen fiel ihm schwer. Sein Kopf dröhnte. Er traute sich nicht, den Kiefer anzufassen. Hoffentlich war er nicht gebrochen. Als er aufrecht stand, erfasste ihn ein Schwindel. Mit wackligen Beinen näherte er sich dem Schlafzimmer. Jetzt vernahm er die Stimme aus dem Badezimmer deutlicher. Das war nicht Lindsey.

Plötzlich hielt er inne.

»Mein Gott!«, schrie er. »Schatz!«

Die Liebe seines Lebens lag mit obszön breit gespreizten Beinen reglos auf dem Bett.

»Lindsey!«

46

Petersen blieb vor dem verschlossenen Vernehmungszimmer stehen. Ein Arzt hatte sich Malarino angesehen. Der Mann hatte zwei heftige Tritte einstecken müssen, aber letztlich Glück gehabt. Weder die Rippen noch der Kiefer waren gebrochen. Er würde einige Tage Schmerzmittel nehmen müssen, und die angebrochene Rippe würde ihn wahrscheinlich wochenlang behindern. Trotzdem war er glimpflich davongekommen. Was man weder von Lindsey Hogan noch von Aaron Fletcher sagen konnte. Trotz des Zwischenfalls hatte der Mörder den Doppelmord wie geplant durchgezogen. Von Hogans Wohnung war er zu Fletcher gefahren und hatte ihn ebenfalls getötet. Anschließend hatte er ihm Dessous angezogen, die Lippen bemalt und ein Polaroid der toten Hogan neben die Leiche gelegt. Noch aufschlussreicher fand Petersen allerdings das Abspielgerät, das sie im ersten Badezimmer sichergestellt hatten.

Petersen betrat den Raum. »Mr. Malarino. Danke, dass Sie trotz Ihrer Schmerzen geblieben sind.«

»Haben Sie das Schwein?«

»Noch nicht. Was ich Ihnen jetzt mitteile, ist vertraulich. Sie dürfen mit niemandem darüber sprechen, schon gar nicht mit der Presse. Auch in den sozialen Medien posten Sie davon nichts. Wenn Sie mir das versprechen, reden wir weiter, und Sie erhalten mehr Informationen, als ich einem Zeugen normalerweise preisgeben würde.« Petersen wollte den Mann auf seine Seite ziehen, ein Vertrauensverhältnis zu ihm aufbauen. Die Details, die er Malarino nennen würde, wären für ihn nicht viel wert. Es würde nicht mehr lange dauern, bis die Medien von den mittlerweile sechs Morden Wind bekämen. Vielleicht hatte Petersen nur noch wenige Stunden Vorsprung. Insofern würde es keinen Schaden anrichten, den guten Cop zu spielen.

Malarino nickte. »Ich gebe Ihnen mein Wort, dass ich nichts verrate.«

»Aaron Fletcher ist ebenfalls tot. Er ist genau wie Ihre Ex in der Badewanne getötet worden.«

»Oh mein Gott! Sie wissen, dass ich das nicht war?« Malarino sah ihn flehentlich an.

»Das wissen wir. Sie sind kein Verdächtiger. Sonst hätte ich Sie schon längst wegen Ihrer Rechte belehrt. Aber vielleicht können Sie helfen, den Wahnsinn zu stoppen. Obwohl der Täter wusste, dass Sie nicht ewig bewusstlos bleiben, ist er in aller Ruhe zu Fletcher weitergefahren, um seine abscheuliche Tat durchzuziehen. Absolut kaltblütig. So etwas habe ich selten erlebt. Je mehr Sie uns über ihn erzählen können, desto mehr helfen Sie uns.«

»Ich hab ihn gesehen.«

Petersen nickte. »Sie haben ausgesagt, er hätte sein Gesicht mit einem Handtuch vermummt. Konnten Sie trotz …«

»Nein! Sie verstehen nicht. Ich habe ihn *vorher* gesehen. Zweimal in den letzten Tagen.«

Petersen stutzte. »Was heißt das?«

»Wie soll ich das erklären, ohne dass Sie mich für einen Stalker halten?«

»Da besteht überhaupt keine Gefahr.«

Malarino lächelte dankbar. »Ich hatte die ganze Woche frei. Urlaub. Und ich wollte mich mit Linny aussprechen, rausfinden, ob sie mir noch eine Chance gibt. Also habe ich ein paar Tage in der Straße gewartet, um sicherzugehen, dass ich sie erwische, wenn Fletcher nicht bei ihr ist. Sonst wäre es ja unangenehm für sie geworden. Sie müssen wissen, ich habe ein ziemlich gutes Personengedächtnis. Leute, die mir mal irgendwie ins Auge gefallen sind, erkenne ich auch nach Jahren noch wieder. Jedenfalls, dieser Mann, der war mir am Vormittag aufgefallen. Er hat nämlich das Haus betreten, ungefähr eine halbe Stunde, nachdem Linny gegangen ist. Und einen Tag vorher hatte ich ihn auch schon bemerkt, als er die Straße entlanggeschlendert ist.«

»Sind Sie sicher? Sie haben sein Gesicht kaum sehen können.«

»Er hat sich den Kopf kahl geschoren, außerdem hat er seltsame Augenbrauen. Die sahen fast aus wie aufgemalt. Und seine Nase hat einen kleinen Höcker an der Nasenwurzel. Das war alles trotz des Handtuchs zu sehen.«

Petersen dachte über die Aussage nach. Zumindest die Beschreibung des kahlen Kopfes passte zu dem, was Baker gesehen hatte.

»Er fährt übrigens einen dunkelblauen Ford.«

»Haben Sie sich das Kennzeichen gemerkt?«

»Nein. So gut wie mein Personengedächtnis funktioniert, so schlecht ist mein Zahlengedächtnis. Tut mir leid.«

»Würden Sie den Mann bei einer Gegenüberstellung identifizieren können?«

»Hundertprozentig.«

Petersen dachte nach. Ein dunkelblauer Ford. Vielleicht hatten Verkehrskameras ein solches Auto zwischen den beiden Tatorten erfasst. Darum müsste er sich sofort kümmern. Außerdem war es dringend notwendig, Baker aufzutreiben. Egal, was eine Konfrontation mit dem Senator für seine Karriere bedeuten würde. Petersen brauchte Bakers besondere Fähigkeit.

47

Die Tür flog auf, und der Senator stürmte wütend hinein. Vor zwei Stunden hatte sich Henry der Lügendetektorprozedur unterziehen müssen. Er ahnte, was Wellers Miene bedeutete.

»Rücken Sie endlich mit der Wahrheit heraus!«, schrie Weller.

Henry blieb gelassen. Seit er sich eingestanden hatte, das eigene Schicksal nicht mehr in der Hand zu haben, ging es ihm besser. Er war gefangen in einem fensterlosen Raum, gefesselt an ein Bett, der Willkür eines gefährlichen Mannes ausgesetzt. Es würde passieren, was passieren sollte. Worüber sich den Kopf zerbrechen? Er konnte es ohnehin nicht ändern.

»Offenbar bestätigt der Lügendetektor meine Unschuld, was Ihnen nicht schmeckt, Mr. Senator.«

»Schwachsinn! Es gibt Menschen, die sind so kaltschnäuzig, dass sie sogar die Technik austricksen können. Das ist meine letzte Warnung: Gestehen Sie alles, und ersparen Sie sich unvorstellbare Schmerzen.«

»Hören Sie lieber mit diesem unwürdigen Schauspiel auf! Sie haben garantiert Ihre Kontakte genutzt und mich von der NSA oder welcher Behörde auch immer durchleuchten lassen. Ist dabei nur der Funken eines Ansatzes herausgekommen, ich könnte etwas mit dem Sturmangriff zu tun gehabt haben? Offensichtlich nicht! Ist Ihnen das nicht Beweis genug?«

»Sie sind der einzig logische Verdächtige!«

Henry atmete tief durch. »Und was, wenn wir beide uns irren und akzeptieren, dass weder Sie noch ich hinter Schmitts Befreiung stecken? Könnte Ihnen jemand aus Ihrem engsten Umfeld in den Rücken gefallen sein?«

»Das würde sich keiner trauen. Ausgeschlossen!«

»Spulen wir die Zeit zurück. Schon Brians Ermordung ergibt keinen Sinn. Irgendwer muss Schmitt engagiert und sie ins Land geschleust haben. Wie wahrscheinlich wäre es sonst, dass Schmitt und Brian sich begegnet wären? Hat dieser Auftraggeber gehofft, Ihre Ambitionen auf die Präsidentschaft mit dem Mord an Brian zu begraben? Weil Sie seinen Tod nur schwer verkraften würden? Überlegen Sie mal, wie viel Planung dahintersteckt, wenn Schmitt tatsächlich auf Brian angesetzt wurde. Und jemand, der das schafft, könnte auch ihre Befreiung in Auftrag geben. Ich habe nichts damit zu tun, und Sie behaupten das ebenfalls. Falls das stimmt, hat es ein hinterhältiger Gegner auf Sie abgesehen. Würden Sie für jede Person aus Ihrem Vertrauenszirkel die Hand ins Feuer legen?«

Weller zögerte. »Das kann nicht sein«, sagte er leise. Allerdings wirkte er nachdenklich. »Nein! Ausgeschlossen!« Seine Stimme wurde wieder entschlossener. »Ich werde jetzt auf meine Leute hören und Sie verschärften Verhören unterziehen.«

»Und dann gestehe ich alles, das versteht sich von selbst. Vielleicht halte ich sogar ein paar Tage durch, weil ich nichts getan habe. Aber irgendwann bricht man jeden Menschen, das wissen Sie! Ich werde erzählen, was Sie hören wollen. Wie viel wird ein solches Geständnis wert sein? Ich habe Sie für einen ehrenhafteren Mann gehalten. Offenbar habe ich mich in Ihnen getäuscht.«

»Sie wagen es …«, zischte Weller.

Henry starrte ihn an. In den nächsten Sekunden würde sich entscheiden, ob er demnächst Besuch von einem noch unangenehmeren Menschen als Weller bekommen würde.

In diesem Augenblick klopfte es sacht an der Tür. Dreimal. Der Senator kniff die Augen zusammen. Das dreimalige Anklopfen wiederholte sich.

»Ich fasse es nicht«, brummte der Politiker. Er drehte sich um, riss die Tür auf. »Ich wollte nicht gestört werden«, schrie er.

»Und ich würde nicht stören, wenn es nicht wichtig wäre«, erklärte ein Mann.

Die Stimme kam Henry seltsam vertraut vor. Das war einer der Agents, die ihn in Wellers Haus begrüßt hatten. Könnte es sein, dass man Henry noch in New York gefangen hielt? Damit hatte er nicht gerechnet.

Der Senator verließ den Raum und warf die Tür zu.

48

Weller funkelte seinen Mitarbeiter zornig an. »Was ist angeblich so wichtig, dass es nicht noch ein paar Minuten warten kann?«

»Vor dem Anwesen stehen mehrere Streifenwagen mit eingeschalteten Blaulichtern«, erklärte der Mann.

»Wieso denn das? Ist etwas passiert?«

»Ein Detective Petersen beharrt darauf, mit Mr. Baker zu sprechen.«

»Bitte? Woher weiß er davon? Haben Sie Petersen die passende Antwort gegeben?«

»Das hat ihn nicht beeindruckt. Er lässt sich nicht abwimmeln und beharrt auf seiner Forderung. Solang die nicht erfüllt ist, wird er die Streifenwagen nicht abziehen. Das wird unweigerlich irgendwann die Medien auf den Plan rufen. Petersen droht damit, in jede Kamera und jedes Mikrofon zu sprechen und zu behaupten, Sie würden einen amerikanischen Staatsbürger gegen dessen Willen festhalten.«

»Ist der wahnsinnig? Weiß er nicht, was das für seine Karriere bedeutet?«

»Wie soll ich reagieren? Noch steht kein Pressevertreter vor der Tür.«

Weller rieb sich über die Augenbrauen und senkte den Kopf. Er seufzte. »Führen Sie Petersen in die Bibliothek. Ich bin bereit, mit ihm zu sprechen. Aber nur, falls er die Streifenwagen wegschickt.«

»Und was ist mit Baker? Fahren wir fort wie besprochen? Der Experte wartet auf den Startschuss.«

»Erst mal nicht. Zunächst müssen wir Petersen abwimmeln.«

Weller ließ den Detective des NYPD eine Viertelstunde lang warten. In der Zwischenzeit sammelte er Informationen über den Mann. In der Kürze der Zeit fand er allerdings nichts, was er gegen ihn hätte verwenden können. Immerhin brachte er in Erfahrung, dass Petersen verheiratet war und zwei minderjährige Kinder hatte. Er würde sich notgedrungen anhören, was der Mann zu sagen hatte.

Weller ging in die Bibliothek, in der Petersen Platz genommen hatte und genüsslich an dem Whisky nippte. Offenbar hatte er sich selbst eingeschenkt. Als Weller den Raum betrat, machte der Detective sich nicht einmal die Mühe aufzustehen.

»Ihre Karriere scheint Ihnen nicht viel wert zu sein«, sagte Weller.

»Ich glaube, Sie spielen eher mit dem Feuer als ich, Mr. Senator. Sie halten einen amerikanischen Bürger gegen seinen Willen fest. Zu allem Überfluss handelt es sich dabei um einen Mann, der versucht, den Mord an Brian Weller aufzuklären. Der im Haus Ihres Neffen angeschossen wurde, wovon die Presse noch gar nichts erfahren hat. Genauso wenig wie von den toten Männern aus Ihrem Team. Und dass Sie ohne richterlichen Beschluss ein Hotelzimmer haben durchsuchen lassen, ist ein schweres Vergehen. Schon das könnte Ihrer Karriere schaden, obwohl es im Vergleich zu den Toten eher unbedeutend wirkt. Sie gelten als Mann von Recht und Gesetz, der in keinen Skandal verwickelt war. Das wollen Sie alles wegen Baker riskieren?«

»Sind Sie sich im Klaren, wem Sie drohen? Wofür ich sorgen kann?«

»Daran zweifle ich nicht eine Sekunde. Und wissen Sie was? Es ist mir egal. Mit dem, was ich über Sie in Erfahrung gebracht habe, kann ich genauso gut meinen Lebensunterhalt bestreiten, falls Sie mir Knüppel zwischen die Beine werfen. Bücher, Talkshows, ein eigener Youtube-Kanal. Ihre ärgsten Rivalen würden mich bestimmt großzügig mit Spenden unterstützen.«

»Meinen Sie?«

»Mir geht's nur um eines, alles andere ist mir gleichgültig. Mr. Baker und ich ermitteln gemeinsam in einer Mordserie.«

»Als wenn ich das nicht wüsste.«

»Inzwischen hat der Mörder schon sechs Menschen getötet. Ich kann mir weitere Verzögerungen nicht leisten und brauche Bakers besondere Fähigkeit. Dank Ihrer Kontakte haben Sie wohl keine Schwierigkeiten, ihn rund um die Uhr beschatten zu lassen, falls Sie wirklich glauben, er hätte gegen Sie opponiert. Ich verlasse Ihr Haus nicht ohne Mr. Baker. Mehr habe ich nicht zu sagen.«

Weller lächelte. »Schon bald, wenn Ihr Leben in Trümmern liegt, Ihre Frau die Scheidung eingereicht hat und Ihre Kinder Sie hassen, werden Sie sich hieran erinnern. Sie werden feststellen, wie naiv es war, mir zu drohen. Mich gegen Sie aufgebracht zu haben, Detective Petersen.«

»Wird das der Tag sein, an dem Sie vor die Kameras treten und Ihren Rückzug von der Präsidentschaftskandidatur verkünden? Oder ist das der Tag, an dem Sie eingestehen, nicht bloß Brians *Onkel* gewesen zu sein?«

Weller nickte anerkennend. »Ihre Kaltschnäuzigkeit gefällt mir. Sie schadet Ihnen, trotzdem gefällt sie mir. Bedauerlich, dass wir uns auf diese Weise kennenlernen. Sie sind hier, um Mr. Baker abzuholen? Wunderbar! Mein Personal hat ihn gesund gepflegt. Es war mir ein Anliegen, darüber persönlich zu wachen. Ich denke, heute ist Mr. Baker endlich wieder transportbereit.«

»Das ist eine fantastische Nachricht.«

»Ich lasse alles vorbereiten. Er kommt in wenigen Minuten zu Ihnen in die Bibliothek.« Weller erhob sich. »Richten Sie Ihrer Frau und Ihren Kindern schöne Grüße von mir aus. Bestimmt wird man noch voneinander hören.«

»Grüßen Sie Ihren Bruder und Ihre Schwägerin von mir.«

Weller starrte den Detective hasserfüllt an. »Sie haben einen großen Fehler gemacht. Das wissen Sie hoffentlich«, zischte er, bevor er sich abwandte und den Raum verließ.

49

Im Auto atmete Henry zum ersten Mal tief durch. Bis dahin hatte er befürchtet, der Senator würde ihn nur zermürben wollen. Ihn zum Schein freilassen und im letzten Moment doch wieder einfangen. Kaum hatten sie das Grundstück verlassen, schaute sich Baker um. Niemand folgte ihnen.

»Machen Sie sich keine Sorgen. Uns passiert nichts«, erklärte Petersen.

»Seien Sie sich da nicht zu sicher. Ein tragischer Verkehrsunfall ist leicht zu arrangieren. Fahren Sie an Kreuzungen bitte besonders vorsichtig. Nicht, dass zufällig eine Ampelschaltung nicht funktioniert und wir von einem Sattelschlepper gerammt werden.«

Aus einer Seitenstraße kam ein einzelner Streifenwagen, der sich hinter sie setzte.

»Das ist unser Aufpasser. Am Steuer sitzt übrigens Rodriguez«, sagte Petersen. »Ein guter Mann. Es war klug von Ihnen, sich ihm anzuvertrauen.«

»Offensichtlich. Aber ganz besonders danke ich Ihnen. Weller war wahrscheinlich von Ihrem Auftritt nicht begeistert.«

Petersen schmunzelte. »Das ist ein bisschen untertrieben. Erzählen Sie mir, was passiert ist. So manches weiß ich schon von Rodriguez, leider fehlen mir noch ein paar Mosaikstückchen.«

Ausführlich berichtete Henry von seiner Rolle bei den Ermittlungen gegen die Mörderin, die Brian Weller in dessen Haus getötet hatte.

»Als ich auf die Beiträge über die in Deutschland verhaftete Mehrfachmörderin aufmerksam wurde, überkam mich eine Ahnung, dass diese Tilda Schmitt die Täterin sein könnte. Ihre Morde in Europa passen zum Vorgehen der Täterin in New York. Auch ihr Aussehen deckt sich mit meiner Vision.«

»Wieso haben Sie die Ereignisse in Deutschland überhaupt verfolgt?«, wollte Petersen wissen. »Wegen Ihrer familiären Wurzeln?«

Henry zögerte. »Die spielen sicher eine Rolle. Aber ich verfolge auf der ganzen Welt bizarre Mordserien. Keine Ahnung, was dazu geführt hat. Der Unfalltod meiner Eltern, verursacht von einem flüchtigen Mörder? Ich will dieses Pack hinter Gitter wissen. Jeder, der frei herumläuft, ist eine Gefahr für unschuldige Menschen.«

»Sie hätten Polizist werden sollen.«

»Großmutter hat mir das untersagt«, erwiderte Henry leise.

Überrascht blickte Petersen ihn an. »Wirklich? Das haben Sie sich gefallen lassen?«

»Ich glaube, meine Visionen haben mich ebenfalls abgeschreckt. Stellen Sie sich vor, Sie hätten meine … Gabe. Was würde das mit Ihnen an Tatorten machen?«

»Nicht auszudenken.«

»Deswegen bin ich den Schritt nicht gegangen. Und trotzdem arbeiten wir jetzt zusammen. Verrückt, wie sich das Leben entwickelt! Na ja. Weller hat es geschafft, Schmitt von Deutschland nach New York zu verfrachten. Ich habe sie am Tatort als Mörderin identifiziert. Kaum war das passiert, brach die Hölle los.« Er wandte den Kopf ab und schaute aus dem Beifahrerfenster. Eine Weile schwiegen sie. Schließlich räusperte sich Henry. »Weller ist ein brutaler

Machtmensch. Der schreckt vor nichts zurück, auch nicht vor Entführungen. Ich fürchte den Tag, an dem er Präsident wird. Dann sind wir nicht mehr weit von einer Diktatur entfernt. All der Streit zwischen Linken und Rechten in Washington spielt Weller in die Karten. Er wird so tun, als könne nur er die Gräben wieder zuschütten, aber dafür besondere Kompetenzen einfordern. Irgendwann sind es die Leute leid. Erinnern Sie sich an meine Worte! Jemand muss ihn aufhalten. Er schreckt ja nicht mal davor zurück, seine eigenen Männer in den Tod zu schicken. Loyale Kriegshelden, die er ins offene Messer hat rennen lassen.«

»Sie glauben, Weller hat das veranlasst?«

»Wer soll es sonst gewesen sein? Der Senator hat das eingefädelt. Er wusste, er hat keine Chance, Schmitt vor ein amerikanisches Gericht zu stellen. Also hat er einen anderen Plan verfolgt. Sie aus Deutschland nach New York gebracht und dann ihre Befreiung vorgetäuscht. Das gibt ihm die Gelegenheit, mit ihr nach seinen Vorstellungen abzurechnen. Wahrscheinlich liegt ihr Körper schon irgendwo vergraben, weit weg von New York. Im Death Valley oder so.«

»Das sind schwerwiegende Anschuldigungen, die Sie nicht beweisen können.«

»Er hat auch meinen Tod einkalkuliert. Hätte ich nicht die Angewohnheit, an Tatorten eine Weste zu tragen, wäre ich gestorben.«

»Ich werde Sie deswegen nie wieder verspotten, das verspreche ich.«

»Danke.«

»Allerdings haben wir jetzt ein kleines, organisatorisches Problem.«

»Welches?«

»Der Senator hat Ihnen die Weste nicht zurückgegeben.

Und ich möchte Sie nicht erst ins Hotel fahren, sondern ohne Umwege zu den Tatorten bringen.«

»Haben Sie keine Schutzweste dabei?«

»Hängt im Präsidium im Spind.«

»Wunderbar! Da hilft sie wirklich weiter.«

»Ist das ausnahmsweise okay für Sie?«

Henry nickte. Er war Petersen dankbar. Der Detective hatte mit seinem Auftritt im Haus des Senators seine Karriere riskiert. Also schuldete er ihm etwas. »Was können Sie mir über die neuen Morde berichten?«

Nun war es an Petersen, ausführlich zu erzählen. Er konzentrierte sich auf die beiden Opfer und wie sie gestorben waren. Dann kam er auf den wertvollen Zeugen zu sprechen.

»Also hat dieser Malarino seine Ex gestalkt«, fasste Henry zusammen.

Petersen nickte. »Er ist nicht der sympathischste Zeitgenosse, trotzdem haben wir ihm viel zu verdanken. Sein Personengedächtnis ist angeblich fantastisch. Er ist felsenfest überzeugt, den Mann, der ihn angegriffen hat, zweimal zuvor gesehen zu haben. Übrigens stimmt die Zeugenbeschreibung mit Ihrer Vision überein, was den kahlen Kopf anbelangt.«

»Sehr gut!«

»Er konnte uns sagen, in welchen Wagen der Mann eingestiegen ist. Leider hat er sich nicht das Kennzeichen gemerkt. Sonst hätten wir den Mörder schon. Ich sammle derzeit das Videomaterial aller Verkehrskameras zwischen den beiden Tatorten. Mein Partner und ich werden das dann auswerten, irgendwo ist hoffentlich zur relevanten Zeit der blaue Ford mit Kennzeichen erfasst worden.«

»Sie brauchten mich gar nicht unbedingt am Tatort. Auch ohne meine Hilfe stehen Sie kurz vor dem Durchbruch.«

»Es gibt ein paar Details, die nur Sie klären können. Der Täter hat bei Hogan im Badezimmer ein Abspielgerät zurückgelassen. Es lief, als Malarino aus der Bewusstlosigkeit erwachte. Ich will von Ihnen erfahren, ob der Schuldige die Wiedergabe schon während der Morde gestartet hatte. Das können Sie hoffentlich vor Ort beantworten. Außerdem interessiert es mich, ob Sie dieselbe Stimme wie bei Briggs hören.«

»Sind Sie in der Sache weitergekommen, oder tappen Sie noch im Dunkeln?«

Petersen lächelte selbstgefällig. »Ach ja, das wissen Sie noch gar nicht. Sie haben sich ja lieber von Weller gesund pflegen lassen.«

»Tschuldigung«, brummte Henry. »Mein Fehler.«

»Wenigstens sehen Sie es ein! Ich glaube, ich habe herausgefunden, welche Stimme Sie gehört haben. Eine junge Schauspielerin betreibt einen Podcast, in dem sie selbstgeschriebene Kurzgeschichten vorliest. Meistens sind das Thriller, ab und zu Liebesgesülze. In den spannenderen Geschichten ging es auch um Morde, die in der Badewanne begangen wurden. Eine andere thematisiert die Tötung von Paaren.«

»Nein! Krass. Was wissen Sie über diese Schauspielerin? Steckt sie hinter den Taten?«

»Unwahrscheinlich. Sie ist zumindest kein glatzköpfiger Mann.«

»Aber sie könnte trotzdem damit zu tun haben.«

»Ich hatte noch keine Zeit, mich näher mit ihr zu beschäftigen. Erst mal muss ich wissen, ob das ihre Stimme ist, die Sie am zweiten Tatort gehört haben. Wenn Sie das bestätigen, nehme ich sie unter die Lupe.«

»Lässt er sich von ihren Geschichten inspirieren?«, fragte Henry leise. »Ist sie hübsch?«

»Sehr attraktiv«, antwortete Petersen.

»Wie alt?«

»Ende zwanzig.«

»Aber sie hat den Durchbruch nicht geschafft?«

»Nein. Davon ist sie anscheinend weit entfernt.«

Eine Idee nahm in Henrys Kopf Gestalt an.

50

Henry zögerte. Er hatte es sich angewöhnt, immer eine Schutzweste am Tatort zu tragen. Schon seit seinem ersten Einsatz. Ohne sie fühlte er sich nackt und verletzlich, obwohl er wusste, wie unwahrscheinlich es war, nun erneut angegriffen zu werden. Erst recht nicht von Männern mit halb automatischen Waffen. Henry warf Petersen einen verunsicherten Blick zu.

»Alles okay?«, fragte der Detective.

Henry klopfte sich gegen die Brust. Petersen verdrehte nicht die Augen. Erinnerte er sich an sein Versprechen, Henry nicht mehr wegen seiner Angewohnheit zu verspotten?

»Sie müssen von der Diele nach rechts ins Schlafzimmer, von da kommen Sie ins Bad.«

»Oder mit anderen Worten: Wird's bald?«

Der Detective grinste. Henry stieß Luft aus und betrat die Wohnung. Mitten in der Diele blieb er stehen und lauschte. Draußen hupte ein Auto, ansonsten war es ruhig. Mit Trippelschritten ging er ins Schlafzimmer. Das Opfer hatte den Raum mit einem Queensize-Bett, ein paar Schränken und einem flauschigen Teppich ausgestattet. Das Zimmer wirkte gemütlich. An den Wänden hingen Poster von Broadwaymusicals. *Das Phantom der Oper, Chicago, Westside Story.* Alles Klassiker. Für einen Moment war Henry neidisch. Er konnte sich nicht einfach in ein Musical setzen und für zweieinhalb Stunden die Welt um sich herum vergessen. Nicht bei der Gabe, die so oft ein Fluch war.

Innerlich wappnete er sich, das Bad zu betreten. Schließlich stieß er die Tür auf. Mit drei großen Schritten durchquerte er den Raum und setzte sich auf den Badewannenrand.

Der purpurne Schatten trübte sein Gesichtsfeld ein. Er sah nicht viel, alles nur verschwommen. Doch er hörte etwas. Eine weibliche Stimme. Dieselbe wie beim letzten Mal? Henry war sich ziemlich sicher. Und dann, völlig unerwartet, drang die Stimme des Mannes an sein Ohr.

»Ob du mir dankbar sein wirst?«

Die Vision brach ab.

Henry sammelte sich. *Ob du mir dankbar sein wirst?* Wen hatte der Mörder gemeint? Sein Opfer Lindsey Hogan? Vielleicht sogar ihren Ex Malarino? Beides hielt er für unwahrscheinlich. Hätte der Täter Malarino gekannt, hätte er bemerkt, dass der die Straße beobachtete und somit ein potenzieller Zeuge war. Und wieso hätte Lindsey Hogan ihm dankbar sein sollen? Nichts von dem, was Petersen berichtet hatte, deutete darauf hin, dass sie depressiv gewesen und sich den Tod herbeigewünscht hatte.

Er verließ das Badezimmer. »Petersen!«

»Was haben Sie gesehen?«

»Nicht viel. Fast nichts.«

Petersen zog die Mundwinkel nach unten.

»Entscheidender ist, was ich gehört habe.« Henry lächelte und berichtete von seiner Vision. »Ich bin mir ziemlich sicher, es ist dieselbe Stimme wie beim letzten Mal.«

»Ich kann sie Ihnen gleich im Auto vorspielen. Hab das schon vorbereitet, wollte Sie in der Urteilsfindung aber nicht beeinflussen.«

»Da war aber noch etwas. Genau in den letzten zwei Sekunden ihres Lebens hat der Mörder eine Frage gestellt. Ich kenne jetzt seine Stimme.«

»Das ist fantastisch! Was hat er gesagt?«

»›Ob du mir dankbar sein wirst?‹ An wen war das gerichtet? Wohl kaum an Hogan, oder sehen Sie das anders?«

Petersen dachte über die Frage nach. »Manche Mörder glauben, ihren Opfern einen Gefallen zu tun. Zählt er dazu?«

»Erscheint mir unwahrscheinlich. Vor allem, wenn man bedenkt, dass es schon der fünfte Mord war. Ich habe eine andere Theorie. Wieso hat er das Abspielgerät an Ort und Stelle gelassen? Er liefert uns damit einen Hinweis. Das ist aus Tätersicht unklug.«

»Es sei denn, er *will*, dass wir von ihr erfahren.«

Henry nickte. »Ist auch mein Gedanke. Wie heißt sie eigentlich? Habe ich schon mal von ihr gehört?«

»Rose Davenport.«

»Ist das ihr richtiger Name oder ein Künstlername?«

Petersen zuckte mit den Achseln. »An ein Pseudonym habe ich noch gar nicht gedacht.«

* * *

Im Auto spielte Petersen die vorbereitete Datei ab. Henry lauschte der Stimme. Schon nach kurzer Kostprobe war er sich sicher.

»Das ist sie. Ich habe sie an beiden Tatorten gehört. Fahren wir zur anderen Wohnung. Ich suche unterdessen nach Informationen über Davenport.«

Henry benötigte nur zehn Minuten. Er schaute sich jeden ihrer Auftritte in den sozialen Medien an. Der Name Davenport schien ihr Geburtsname zu sein, denn sie hatte schon vor dreizehn Jahren ein Facebook-Profil darunter angelegt.

»Führt das FBI eigentlich noch Befragungen bei inhaftierten Serienmördern durch?«, fragte er abrupt. »So wie damals, wann war das noch? In den Siebzigern? Achtzigern?«

Petersen warf ihm einen verwunderten Blick zu. »Wie kommen Sie darauf?«

»Ich glaube, wir können wahnsinnig viel lernen, wenn wir verstehen, was in den Köpfen solcher Täter vorgeht. Spekulieren wir ein bisschen. Wir denken gerade in die gleiche Richtung. Der Mörder macht das, um Davenport zu beeindrucken. Oder liege ich da völlig falsch?«

»Nein, das könnte schon hinkommen.«

»Nehmen wir an, Davenport weiß davon nichts. Für mich ist es einfach nicht nachvollziehbar, wie jemand meint, auf diese Weise ihr Herz gewinnen zu können.«

»Manche dieser Täter denken so quer, dass man das niemals nachvollziehen wird.«

»Sie und ich nicht. Aber ein Serienmörder wird vielleicht sagen, klar, ist doch logisch. Der Staat müsste eine neue Behörde ins Leben rufen, die nichts anderes tut, als Verbrecher zu befragen. Davon würden am Ende alle profitieren.«

»Die meisten Häftlinge würden die Kooperation verweigern«, vermutete Petersen.

»Kommt darauf an, was man ihnen anbietet. Ist es nicht immer eine Frage des Preises?«

»An was denken Sie? Reduzierung des Strafmaßes? Das würde die breite Öffentlichkeit nicht akzeptieren. Schon gar nicht Angehörige, die jemanden verloren haben.«

»Sie greifen direkt ins höchste Regal. Ich hätte bei Hafterleichterungen angefangen. Ich bin überzeugt, die meisten Häftlinge haben ihren Preis.«

»Keine Ahnung, ob das etwas bringt. Außerdem ändert

das ja nichts an meinem Job. Es reicht nicht, die Handlungen der Täter zu verstehen. Dadurch habe ich sie noch nicht verhaftet. Und die meisten Morde sind sowieso Einzeltaten im sozialen Umfeld. Ihre Idee in allen Ehren, Baker. Aber das würde kaum etwas bringen.«

»Für mich klingt es nach einem lohnenswerten Ansatz. Egal, was Sie darüber denken.«

51

Der zweite Tatort brachte sie nicht weiter. Die Mordmethode, die der Unbekannte nutzte, bot Henrys Fähigkeiten
kaum Ansatzpunkte. Die meisten seiner Opfer bekamen
vom Tod durch Ertrinken nichts mit. Es war ein Segen für
sie, aber keine ideale Voraussetzung für Henry. Diesmal
hatte er nicht einmal etwas gehört. Der Tod hatte Fletcher
still aus dem Leben gerissen. Wahrscheinlich war es ein
großes Glück, dass Henry wenigstens bei der ersten Vision
verschwommen einen glatzköpfigen Mann wahrgenommen hatte. Das verlieh Malarinos Beobachtung mehr Ge-
wicht.

Henry dachte über das kurze Gespräch mit dem Detective im Auto nach. Petersen irrte sich. Zu verstehen, was einen Mörder antrieb, würde die Ermittlungsbehörden wei-
terbringen. Selbst wenn es bloß ein einzelner Mord war,
der sich im sozialen Umfeld des Opfers zugetragen hatte.
Petersen tat ja fast so, als würden solche Taten ausnahmslos
aufgeklärt. Leider war die Polizei weit davon entfernt. In
Verbindung mit seiner Fähigkeit könnte detaillierteres Wissen über die Psyche von Mördern ein mächtiges Schwert
sein.

Er rief den Detective zu sich und brachte ihm die
schlechten Nachrichten bei. Petersen trug es gefasst. Mit
Rose Davenport hatten sie eine gute Spur. Malarinos Zeu-
genaussage war Gold wert, und die Auswertung der Verkehrskameras stand noch aus. Die Schlinge lag um den
Hals des Mörders und zog sich unbarmherzig zu. Es war

eine Frage der Zeit, bis sie ihn aus dem Verkehr ziehen würden.

* * *

»Warum schauen Sie so oft in den Rückspiegel?«, fragte Henry, kurz bevor sie den Columbus Circle erreichten.

»Uns folgt seit rund drei Meilen ein schwarzer SUV. Er hält konstant seinen Abstand, was schon sehr ungewöhnlich ist.«

»Na super! Männer des Senators?«

»Nicht ausgeschlossen. Fürchten Sie, dass er Sie wieder entführen könnte?«

»Nein. Eher nicht. Ich habe den Lügendetektortest mit Bravour bestanden, und vielleicht denkt Weller mal über meine Theorien nach. Ich habe damit nichts zu tun. Falls ich mich irre und er ebenfalls nicht dahintersteckt, bleibt nur eine einzige Erklärung übrig.«

»Dass sich jemand sein Vertrauen erschlichen hat, der ihm schaden will.«

»Nur das ergäbe Sinn. Obwohl ich noch immer überzeugt bin, dass Weller die Fäden zieht. Schmitt ist vermutlich längst tot oder durchlebt die schlimmsten Qualen.«

»Dann müsste er sich aber jetzt nicht die Mühe machen und Sie beschatten lassen.«

»Höchstens, um den Verdacht weiter von sich abzulenken.«

»Oh«, sagte Petersen.

»Was ist los?«

»Der SUV ist abgebogen. Er folgt uns nicht mehr. Vielleicht war das nur ein Zufall.«

»Petersen! Wollen Sie mich in den Wahnsinn treiben?«

»Sorry. Aber ich dachte, Sie sollten von dem Verfolger wissen. Eines kann ich Ihnen auf jeden Fall versprechen. Wenn ich in den nächsten Wochen länger als achtundvierzig Stunden nichts von Ihnen gehört habe, schlage ich laut die Buschtrommeln.«

»Danke.« Tatsächlich war es ein gutes Gefühl, das zu wissen. Henry zweifelte nicht einen Moment an Petersens Worten. Er hatte bewiesen, dass er keine Angst vor dem Senator hatte.

Walter kam strahlend auf ihn zu, nachdem Henry ausgestiegen war. Entgegen seiner Art umarmte der Doorman ihn sogar.

»Oh mein Gott. Ich bin so froh, dich zu sehen. Wo warst du? Geht's dir gut? Was hat das alles zu bedeuten?«

Die Fragen prasselten wie Maschinengewehrfeuer auf ihn ein. Mit erhobener Hand verabschiedete Henry sich von Petersen, der grinsend davonfuhr.

»Lange Geschichte, Walter.«

»Die hat was mit diesen schwarzen Autos zu tun, in die du in letzter Zeit eingestiegen bist.« Keine Frage, sondern eine Feststellung. »In was bist du verwickelt, wieso lässt Senator Weller dein Zimmer durchsuchen?«

»Mich interessiert viel mehr, warum ihm das gestattet wurde. Ganz ohne richterlichen Beschluss.«

»Ja! Das ist ein Skandal. Vor allem Vincent und ich ärgern uns maßlos. Geht gar nicht! Wirst du den Manager darauf ansprechen?«

Darüber hatte Henry noch nicht nachgedacht. Er zuckte mit den Achseln. »Ich weiß es nicht. Das macht mir zu schaffen.«

»Dann musst du es thematisieren.«

214

»Was bringt das?«

»Er soll sich wenigstens bei dir entschuldigen.«

»Davon habe ich auch nichts.«

»Oh nein. Tu das nicht!« Walter musterte ihn besorgt.

»Was meinst du?«

»Spiel deswegen nicht mit dem Gedanken, hier auszuziehen. Du würdest uns fehlen.«

»Und ihr mir. So weit bin ich noch lange nicht. Ist Vincent im Dienst?«

»Er hat seit zwei Stunden frei. Morgen wieder.«

Henry musterte die Autos in der Umgebung. Keines davon schien zum Senator zu gehören.

»Alles in Ordnung?«, fragte Walter. »Erzählst du mir irgendwann deine *lange Geschichte*?«

»Das mache ich. Aber nicht mehr heute. Ich freue mich jetzt einfach auf ein heißes Bad und mein bequemes Bett.«

52

Petersen und sein Partner Curland hatten beschlossen, die Arbeit aufzuteilen. Während Letzterer das von der Verkehrsbehörde zur Verfügung gestellte Videomaterial sichten wollte, würde Petersen die Schauspielerin aufsuchen. Von ihr schien keine Gefahr auszugehen, nichts deutete auf ihre Beteiligung an den Morden hin, insofern wäre es vielleicht klüger, allein bei ihr aufzutauchen, statt zu zweit. Wichtige Zeugen empfanden so etwas schnell als Bedrohung.

Davenport wohnte in Queens Village, gar nicht weit vom Belmont Park entfernt, einer Pferderennbahn, auf der Petersen früher viel Zeit verbracht hatte. Bevor er Vater geworden und seither kein Geld mehr übrig war, das er auf Rennpferde verwetten konnte. Die meistens ohnehin nicht so den Zielpfosten erreichten, wie er es erwartet hätte.

Über der Veranda des kleinen Hauses flatterte eine amerikanische Fahne. Blumenkübel mit hauptsächlich roten und gelben Blumen schmückten den Eingangsbereich. Ein einzelner Schaukelstuhl stand neben der Haustür, zusammen mit einem Tisch. Ob sie dort saß, wenn sie Skripte für Rollen las, die ihr angeboten wurden?

Petersen klingelte und trat zwei Schritte zurück. Er hatte ihre Web-Auftritte sorgfältig studiert. Sie war eine attraktive Frau. Doch so hart sich das auch anhörte, mit fast dreißig arbeitete die Zeit mittlerweile gegen sie. Viele Jahre blieben ihr nicht mehr, falls sie den Durchbruch schaffen wollte. Das Schauspielgewerbe war gnadenlos.

Davenport öffnete ihm die Tür. Sie war barfuß, trug einen weißen knöchellangen Rock und ein schwarzes T-Shirt.

»Ja, bitte?«, fragte sie mit einem Lächeln. Ihre Zähne waren makellos.

»Miss Davenport?« Er erkannte sie sofort, wollte das jedoch vor ihr geheim halten.

»Wie kann ich helfen?«

Er zeigte ihr seine Dienstmarke. »Detective Petersen, NYPD. Haben Sie einen Moment Zeit für mich?«

Davenport musterte den Ausweis. »Schickt Sie die Castingagentur? Für das Vorsprechen nächste Woche?«

»Nein. Ich bin ein echter Polizist.«

»Oh. Was führt Sie zu mir?«

Petersen traf eine Entscheidung, die er bisher aufgeschoben hatte. Er ging zum Frontalangriff über und achtete genau auf Davenports Reaktion. »Ich befürchte, Ihr Podcast inspiriert einen Mörder.«

Davenport riss Augen und Mund auf. Petersen ermahnte sich selbst. Sie war als Schauspielerin geübt darin, auf Knopfdruck Emotionen vorzuspielen. Trotzdem wirkte ihre Reaktion echt und vor allem entsetzt.

»Darf ich reinkommen?«

Sofort öffnete sie ihm die Tür und trat zurück. »Das ist ja furchtbar. Reden wir in der Küche.«

53

Curland nahm die Brille von der Nase und rieb sich die Augen. Seit einer halben Stunde starrte er hochkonzentriert auf den Monitor und sichtete das Videomaterial der Überwachungskameras. Er brauchte dringend eine Pause.

Als er den Blick hob, sah er den Chief auf sich zukommen. Rushfield wirkte angefressen. Er blieb an Petersens leerem Schreibtisch stehen.

»Wo ist Scott?«, wollte er wissen.

»Vor ungefähr einer halben Stunde zu einer Befragung nach Queens Village aufgebrochen.«

»Alleine?«

»Damit wir Zeit sparen. Ich sichte gerade das Material der Verkehrskameras. Er nimmt eine wichtige Zeugin in die Mangel. Wir haben Ihnen davon erzählt.«

»Trotz alledem hat mir Scott nichts von seinem *Kontakt* zu Senator Weller berichtet. Wissen Sie etwas darüber?«

Curland zog es vor, den Kopf zu schütteln. Der Chief musterte ihn misstrauisch.

»Ich habe gerade einen Anruf aus dem Büro des Senators bekommen. Von seinem Stabschef. Der sich offiziell über Scott beschweren wollte. Scheiße, Austin! Was ist passiert? Tun Sie nicht so, als wüssten Sie nichts. Das nehme ich Ihnen nicht ab.«

Curland überlegte fieberhaft. Was konnte er preisgeben, ohne seinem Partner in den Rücken zu fallen? »Ich glaube, der Senator hat momentan ein Problem mit Mr. Baker.«

»Dem Hellseher?«

»Ist nicht der richtige Ausdruck, aber ja. Weller und Baker … keine Ahnung. Irgendwas stimmt zwischen denen derzeit nicht.«

»Hat das etwas mit dem nächtlichen Einsatz im Haus von Brian Weller zu tun?«

»Ich habe nicht den blassesten Schimmer.« Wieder fing sich Curland einen kritischen Blick ein, aber wenigstens schwieg Rushfield. »Jedenfalls musste Scott dringend mit Baker sprechen, konnte ihn aber nirgendwo finden. Soweit ich informiert bin, ist er zu Weller gefahren, wo er Baker dann antraf.«

»Ohne mich zu informieren, belästigt er den Senator?«, donnerte der Chief. »Ganz großes Kino. Er soll sich melden, sobald er zurück ist.«

»Richte ich ihm aus.«

Rushfield wandte sich ab und stapfte davon. Auf halbem Weg blieb er stehen und kehrte zurück. Diesmal setzte er sich hin und beugte sich über den Tisch.

»Ich fürchte, Scott ist in einen Scheißhaufen getreten. Der Stabschef klang, als würde er von mir erwarten, dass ich ihm den Kopf abreiße. Oder Schlimmeres«, erklärte er flüsternd.

»Scott kann hoffentlich auf Ihre Rückendeckung zählen?«

»Schon die Frage ist eine Unverschämtheit. Sie kennen mich. Aber es wäre gut, wenn Sie den Fall endlich aufklären. Egal, was sich Scott geleistet hat, sobald Sie jemanden verhaften, hat er Argumente in der Hand.«

»Wir stehen kurz vor dem Durchbruch.«

»Das will ich schwer hoffen.« Er stand auf und ging ohne Abschiedsfloskel.

Curland verlor keine weitere Zeit. Er setzte seine Brille auf und vertiefte sich wieder in das Videomaterial.

54

Petersen brachte Rose Davenport behutsam bei, inwieweit sie womöglich die Fantasie des Mörders inspirierte.

»Sie glauben wirklich, er denkt, er würde das für mich tun?«, fragte sie kaum hörbar, nachdem sie lange geschwiegen hatte.

»Wir sind uns ziemlich sicher. Er hat an zwei Tatorten Ihren Podcast laufen lassen und einmal sogar darüber spekuliert, ob Sie ihm dankbar sein werden.« Petersen vermied tunlichst, mehr Details preiszugeben. Hätte er Bakers Fähigkeit erwähnt, hätte Davenport das schlimmstenfalls zum Anlass genommen, sich nicht mit der Mordserie auseinanderzusetzen.

»Wofür soll ich dankbar sein? Ich habe ihn nicht darum gebeten. Das müssen Sie mir glauben!«

»Daran zweifeln wir keine Sekunde«, antwortete Petersen. Tatsächlich hatte er während ihres Gesprächs keinen Anhaltspunkt darauf gefunden, dass Davenport in die Morde verwickelt sein könnte. »Haben Sie Probleme mit aufdringlichen Fans? Einen Stalker, der sich als Ihren größten Fan bezeichnet und glaubt, alles über Sie zu wissen?«

»Ich bin nur eine kleine Nummer. Interessiert es Sie, wie viele Leute meinen Podcast hören? Keine tausend im Schnitt. Manche hinterlassen ein Like, fast niemand kommentiert es ausführlicher. Und meine Schauspielkarriere? Na ja. Ich musste vor Kurzem den Agenten wechseln, weil der letzte nicht mehr an mich geglaubt hat. Keine Rolle mehr für mich an Land gezogen hat.«

»Und keiner Ihrer engsten Fans hat je Anstalten gemacht, Sie näher kennenzulernen?«

Sie dachte über die Frage nach, ehe sie den Kopf schüttelte.

Davenport schien Petersen nicht weiterhelfen zu können.
Trotzdem war er sich sicher, dass der Schlüssel zur Lösung
des Falls vor ihm saß. »Einige Ihrer Geschichten finde ich
ungewöhnlich. Zum Beispiel die Morde in der Badewanne.
Woher nehmen Sie Ihre Inspirationen?«

Davenport lächelte und tippte sich an ihre Schläfe. »Das
steckt alles hier drin. Keine Ahnung, warum. Ich wurde als
Kind nicht gemobbt, sondern wuchs in einem liebevollen
Elternhaus auf. Hat Ihnen die Badewannengeschichte gefallen?«

Bislang hatte Petersen ihr verschwiegen, wie fünf der
sechs Opfer gestorben waren. »Sehr sogar«, behauptete er.

Ihr Lächeln wurde breiter. »Ein schönes Kompliment
von einem Detective der Mordkommission. Raten Sie, wie
ich die Idee hatte.«

»Erzählen Sie's!«

»Ich lag in der Badewanne, als es an meiner Haustür
klingelte. Ich konnte nicht aufmachen, habe auch nie erfahren, wer es gewesen ist. Der Besucher hat keine Nachricht
hinterlassen. Während ich im heißen Wasser entspannte,
dachte ich so, was, wenn sich jetzt ein Mörder Zutritt verschafft? So war die Idee geboren. Ich finde, sie ist eine meiner besten.«

»Definitiv. Haben Sie je die Entstehungsgeschichte öffentlich thematisiert? Oder auch nur in einem vertraulichen
Gespräch?«

»Sie sind der Erste, der das erfährt. Meine Freunde oder
Kollegen interessieren sich nicht für den Podcast. Die finden

es spannender, wenn ich erzähle, wie ich fast mit Brad Pitt gedreht hätte.«

»Hätten Sie?« Beide schmunzelten. »Ich würde Ihnen gern ein paar Namen nennen. Vielleicht können Sie mit einem davon etwas anfangen.«

»Legen Sie los! Mein Namensgedächtnis ist nicht schlecht, Officer Padsen.«

Erneut schaffte sie es, ihn zum Lachen zu bringen. Petersen zog einen Block aus dem Jackett und schlug eine beschriebene Seite auf. Sie sollte den Eindruck haben, er müsse die Namen nachsehen. Manchmal war es klug, unterschätzt zu werden. Nacheinander nannte er ihr die sechs Opfer. Mit keinem von ihnen hatte sie je wissentlich Kontakt gehabt.

»Was ist mit einem gewissen Calvin Williamson? Hat …« Petersen hielt inne. Davenport hatte den Mund aufgerissen.

»Was ist mit ihm? Ist er Ihr Verdächtiger? Dieses Arschloch!«

»Sie kennen Williamson?«

»Der hat mir so viel Ärger eingebrockt. Wir wären fast vor Gericht gelandet. Haben Sie nicht vorhin vermutet, der Täter will meiner Karriere einen Schub geben? Dann ist Williamson nicht Ihr Mann. Der will mir eher schaden.«

»Was ist passiert?«

»Das ist ungefähr ein Jahr her. Ziemlich genau sogar. Da hatte er eine Tour bei mir gebucht mit zwei Gästen, Freunde von ihm aus England, denen er Highlights von New York zeigen wollte. Große Filmfans. Wir hatten uns auf eintausend Dollar als Honorar geeinigt. Man kann bei mir kostenfrei stornieren, bis zu achtundvierzig Stunden vor Beginn. Na ja, Williamson rief an dem Morgen bei mir an, an dem wir uns getroffen hätten. Er wollte absagen. Ich musste ihm erklären, dass das zu kurzfristig sei. Das wollte er nicht akzeptieren. Unser Streit schaukelte sich am Telefon hoch. Irgendwann legte er einfach auf. Ich schickte ihm am nächsten Tag eine Rechnung. Da fing er an, mich in den sozialen Medien zu beschimpfen. Zu der Zeit bekam ich negative Bewertungen von verschiedenen Usern, mit denen ich nie Kontakt hatte. Ich bin sicher, Williamson steckte dahinter. Die Rechnung zahlte er natürlich auch nicht. Irgendwann ließ ich ihm von einem befreundeten Anwalt eine letzte Zahlungsaufforderung schicken. Erst dann hat er bezahlt. Ohne die Mahngebühren. Ich erhielt noch ein paar üble Bemerkungen auf Instagram, bis er endlich aufgab. Was hat Williamson damit zu tun?«

»Er hat eine der Leichen gefunden. Seine Halbschwester gehört zu den Opfern.«

Davenport schnaubte verächtlich. »Haben Sie ihn vernommen? Dem traue ich alles zu. Ein unangenehmer Kerl!«

»Er hat …« Petersens Telefon klingelte. »Sorry.« Er zog es aus dem Jackett und sah die Nummer seines Partners. Sofort stand er auf. »Sorry«, wiederholte er und wandte Davenport den Rücken zu, bevor er das Telefonat annahm.

»Was ist?«, fragte er.

»Wir haben ihn«, sagte Curland. Er gab sich erst gar nicht die Mühe, seine Freude zu unterdrücken. »Eine der Kameras hat ihn auf dem Weg von Tatort eins zu zwei voll erfasst. Ich habe die Zulassung geprüft. Unser Täter heißt Dillon Ross.«

»Kannst du mir ein Standbild von der Kamera aufs Handy schicken? Dann zeige ich es Miss Davenport.«

»Wird erledigt.«

»Ich komme gleich zurück. Unternimm nichts ohne

mich.« Petersen beendete das Telefonat und drehte sich wieder um.

»Sie sehen zufrieden aus«, stellte Davenport fest.

»Wir haben einen Verdächtigen identifiziert.« Sein Handy brummte. Er öffnete die Nachricht seines Partners, der ein Foto anhing. Es zeigte einen Mann mit kahlem Kopf, der hinter dem Steuer eines Fords saß. »Kennen Sie diese Person?«

Davenport nahm das Telefon in die Hand und musterte das Bild ausgiebig. »Nein. Tut mir leid. Ist das der Mörder?«

»Er heißt Dillon Ross.«

Nun runzelte sie die Stirn. »Dillon Ross?«, wiederholte sie. »Ich glaube, der hat mich damals öffentlich verteidigt gegen Williamson.«

»Daran erinnern Sie sich, obwohl seitdem ein Jahr vergangen ist?«

Davenport nickte. »Ich interessiere mich für die Bedeutung von Namen. Dillon stammt von Dylan ab.« Sie buchstabierte die alternative Schreibweise. »In der walisischen Mythologie ist Dylan der Gott des Meeres. Wussten Sie das?«

Petersen schüttelte den Kopf. Hatte die Mordmethode etwas mit der Herkunft des Namens zu tun? Fühlte sich Ross von Wasser angezogen?

»Jedenfalls behauptete dieser Dillon, er hätte eine ganz wunderbare Tour bei mir gebucht, von der er jede Minute genossen hätte. Die Sache war bloß die, ein Dillon Ross gehörte nie zu meinen Kunden. Ich habe das damals in den Kommentaren nicht thematisiert, weil er mir ja geholfen hat.«

»Finde ich das alles noch auf Instagram?«

»Nein. Ich habe es gelöscht, nachdem Williamson bezahlt hat.«

Petersen verzog missmutig den Mund. »Nicht zu ändern. Miss Davenport, treffe ich Sie in den nächsten Tagen hier an, oder planen Sie eine längere Reise?«

»Ich bin hier oder bei der Arbeit. Dreimal die Woche jobbe ich in einem Restaurant als Kellnerin. Unter anderem heute.«

»Wann fangen Sie an?«

»Um sechs.«

»Und über Ihr Handy sind Sie erreichbar? Für den Fall der Fälle?«

Davenport nickte.

»Sie hören von mir.« Petersen zog eine Visitenkarte aus seinem Jackett. »Unter dieser Nummer erreichen Sie mich rund um die Uhr. Scheuen Sie sich nicht, mich anzurufen, wenn Ihnen noch etwas einfällt.«

55

Henrys Telefon klingelte und übertrug Petersens Namen.

»Detective!«, begrüßte er ihn. Im Hintergrund war ein Motor zu hören. Offenbar war der Cop unterwegs.

»Baker! Alles in Ordnung bei Ihnen?«

»Na ja.«

»Ist etwas passiert?«

Henry seufzte. »Ich fürchte, ich entwickle einen Verfolgungswahn. Jedes Mal, wenn ich unbekannte Männer in dunklen Anzügen sehe, schießt mein Puls hoch.«

»Das stelle ich mir in einem First-Class-Hotel anstrengend vor.«

»Ist es auch. Weswegen rufen Sie an?«

»Wir glauben, den Täter identifiziert zu haben. Ich schicke Ihnen ein Foto des Mannes. Schauen Sie sich das bitte an. Augenblick!«

Die Datei traf bereits ein. Henry öffnete sie und starrte auf die von einer Verkehrskamera stammende Aufnahme.

»Curland hat das Bild aus dem Video extrahiert. Die Qualität könnte besser sein«, erklärte Petersen. »Glauben Sie, er …«

»Das passt zu dem, was ich gesehen habe«, unterbrach Henry den Detective. »Hat es sich Malarino schon angesehen?«

»Mir war Ihre Meinung wichtiger. Außerdem wollte ich mich überzeugen, dass bei Ihnen alles in Ordnung ist.«

»Das rührt mich.«

»Ziehen Sie meine Besorgnis nicht ins Lächerliche.«

»Haben Sie Namen und Adresse des Verdächtigen?«

»Dank der Zulassung war das kein Problem. Dillon Ross. Klingelt's da bei Ihnen?«

»Leider nicht.«

»Ich habe ein bisschen Namensforschung betrieben. Der Vorname stammt aus dem Walisischen und bezeichnet in der Mythologie den Namen eines Meergotts. Vielleicht ertränkt er seine Opfer deshalb.«

»Sie erstaunen mich immer mehr. Das klingt zwar ein bisschen verrückt, trotzdem logisch.«

»Ich komme gerade von der Schauspielerin. Davenport.« Petersen fasste das Gespräch zusammen.

»Williamson scheint gern Verträge abzuschließen und sie anschließend zu seinen Bedingungen kündigen zu wollen. Fast bedauerlich, dass er wegen Ihrer Ermittlungserfolge wohl ein großes Erbe antreten kann.«

»Dann ist er wenigstens flüssig genug, um Sie zu bezahlen, Baker.«

»Und jetzt? Wann verhaften Sie Ross?«

»Genau das werde ich mit meinem Partner besprechen. Sie hören von mir. Und hüten Sie sich vor Männern in schwarzen Anzügen.« Der Detective beendete das Gespräch.

Henry legte das Telefon beiseite und starrte aus dem Hotelfenster. Endlich stand der Fall vor der Aufklärung. Zumindest dieser Mörder würde hoffentlich kein weiteres Unheil über unschuldige Menschen bringen. Henry dachte noch eine Weile über die Doppelmordserie nach, ehe er sich auf sein eigenes Problem konzentrierte. Er hatte mit dem erhöhten Pulsschlag zwar ein wenig übertrieben, trotzdem steckte ein wahrer Kern dahinter. Er wusste nicht, wie lange der Senator von der Idee besessen wäre, dass Henry für die

Befreiung Schmitts verantwortlich war. Solang sich daran nichts änderte, würde Henry nicht in Ruhe leben können.

Er nahm das Telefon wieder in die Hand und wählte die Nummer seines Butlers Eddie. Der hatte seit Wochen deutlich mehr zu tun, da Henry ihm einige Aufträge erteilt hatte. Es gab immer etwas zu besprechen. Manchmal nur Kleinigkeiten. Heute würde es allerdings um eine größere Sache gehen.

»Mr. Baker«, begrüßte Eddie ihn.

Ob die NSA oder eine streng geheime Organisation das Gespräch im Auftrag des Senators abhörte? Henry würde das immer im Hinterkopf behalten, obwohl es wie eine verrückte Verschwörungstheorie klang.

»Eddie! Passt es Ihnen, wenn ich gleich vorbeikomme?«

»Es ist Ihr Haus. Sie sind jederzeit willkommen.«

»Ich möchte ein paar Sachen mit Ihnen besprechen. Langsam vergeht mir die Lust am Hotelleben.«

»Das höre ich gern. Ich erwarte Sie! Soll ich Ihnen eine Mahlzeit zubereiten?«

»Nicht nötig. Ich bin in ungefähr einer Stunde bei Ihnen.« Henry trennte die Verbindung. Lange Zeit hatte er geglaubt, es würde keine Alternative zu seinem jetzigen Leben geben, denn er hatte die Hotelunterkunft sehr geschätzt. Mittlerweile zweifelte er daran. Würde er das Hotel und seine Annehmlichkeiten wirklich vermissen? Das würde die Zukunft zeigen.

56

Dillon Ross fragte sich, wie es weitergehen sollte. Der Grundstein war gelegt, nun müsste er den nächsten Schritt anleiern. Wann endlich berichteten die Medien über die Todesserie und versetzten die Menschen in Angst und Schrecken? Falls die Cops eine Nachrichtensperre verhängt hatten, würde er einen großen Fernsehsender oder vielleicht die New York Post informieren. Ein Bekennerschreiben schicken. Und spätestens bei seiner zweiten Nachricht würde er Rose erwähnen, die ihn zu seinen Taten inspiriert hatte. Ihr Bekanntheitsgrad würde explodieren. Ob die Cops schon herausgefunden hatten, was er ihnen am Tatort hinterlassen hatte? In der Datei gab es keinen Hinweis auf den Podcast, er hatte einfach bloß einen Teil ihrer Lesung auf den Datenträger kopiert. Trotzdem war die Aufgabe nicht überwältigend schwer.

Immer wenn er an Rose dachte, was täglich der Fall war, sinnierte er über die Tatsache, wie ähnlich sein Nachname ihrem Vornamen war. Das konnte kein Zufall sein. Sie waren füreinander bestimmt. Seit er sie das erste Mal in dem Theater gesehen hatte, war es um ihn geschehen. Er wusste mittlerweile so viel über sie. Sie war die Eine. Die Frau, die das Schicksal für ihn auserwählt hatte. Genau deshalb konnte er sie nicht einfach ansprechen und sie um eine Verabredung bitten. Was, wenn sie ablehnte? Vielleicht bloß, weil sie einen schlechten Tag hatte. Nein! Die Gefahr war viel zu groß, es zu vermasseln und ihre Beziehung gar nicht erst zustande kommen zu lassen. Sie hatte Besseres verdient.

Rose sollte durch seine Taten erkennen, wie wichtig sie ihm war. Er würde ihrem Podcast zum Durchbruch verhelfen. Danach käme bestimmt ihre stockende Schauspielkarriere wieder ins Laufen. Er könnte im Theater in der ersten Reihe sitzen und dabei zusehen, wie sie am Ende der Vorstellung minutenlange Ovationen erhalten würde. Sie hatte es verdient, dass Menschen begeistert ihren Namen riefen. Es wäre auch für ihn schön, denn es würde ihn stolz machen, ihr Partner zu sein. Und nach ihrer Hochzeit würde sie Rose Ross heißen – ein wundervoller Name.

Sie durfte nie erfahren, dass er ein Mörder war. Das wäre sein Geheimnis, welches er vor der Welt verbergen würde. Er könnte ihr nicht zumuten, mit einem zu lebenslanger Haft verurteilten Gefängnisinsassen verheiratet zu sein.

Ross schaute auf die Uhr. Würde er es heute schaffen, sie persönlich anzusprechen? Zwei oder drei Sätze mit ihr zu reden, harmloses, belangloses Zeug? Ihre Schicht begänne in zwei Stunden. Unsicher ging er ins Schlafzimmer und musterte sein Spiegelbild. Irgendwann müsste er den Mut dafür aufbringen. Nicht sofort mit der Tür ins Haus fallen, aber zumindest ein kleines Gespräch mit ihr führen. Und dann abwarten, wie sie beim nächsten Wiedersehen auf ihn reagierte.

Ausreden schossen ihm durch den Kopf, warum es nicht der richtige Tag war. Wie so oft, wenn er sich vorgenommen hatte, zu ihr zu fahren.

»Feigling!«, beschimpfte er sein Spiegelbild.

Wieso jagte ihm der Gedanke so viel Angst ein? Er hatte bewiesen, was in ihm steckte. Schon dreimal!

»Heute ziehe ich's durch. Rose, wir sehen uns gleich.«

57

Ihre Kollegin Jennifer warf Rose einen besorgten Blick zu. »Schätzchen, alles okay bei dir?«

Rose zwang sich zu einem Lächeln. Sie nippte an dem Wasser, das sie in der Küche trank, versteckt vor den Gästen, die hiervon nichts mitbekommen sollten. »Hab schon bessere Tage gehabt.«

»Kann ich dir helfen? Was ist denn los?«

Sie war versucht, Jennifer von dem überraschenden Besuch zu erzählen, den sie bekommen hatte. Aber das würde mindestens fünf Minuten dauern. Kein Thema, das man zwischen Tür und Angel besprach. Also zuckte sie mit den Achseln. »Nein, Jenny, du kannst mir nicht helfen.«

»Sicher?«

»Wird schon! Vielleicht haben wir nachher Zeit zum Quatschen. In der Pause oder nach Feierabend.«

»Ich bin für dich da! Sag einfach Bescheid.«

Rose lächelte ihr dankbar zu. Sie trank das Wasser aus und straffte ihre Schultern. Es war gut, etwas zu tun zu haben. Zu Hause wäre sie aus dem Grübeln gar nicht mehr herausgekommen, hier konnte sie ihre Gedanken unter Kontrolle halten. Je mehr Arbeit, desto besser. Sie beobachtete einen der Hilfsköche, der gerade einen Thunfischsalat zu Ende präparierte.

»Ist das für Tisch sieben?«, fragte sie.

Der Hilfskoch packte eine schwarze Olive auf ein grünes Salatblatt. »Ja. Du kannst ihn mitnehmen.«

Rose schnappte sich den Teller. Durch die Schwingtür

verließ sie die Küche. Der Gast, der den Salat bestellt hatte, saß an einem der Tische vor dem Lokal.

»Hier kommt die Bestellung«, sagte sie zu ihm. »Kann ich sonst noch etwas tun?«

»Vorläufig nicht. Danke!«

Mit einem Lächeln wandte sie sich von ihm ab. An einem der Tische, für die sie verantwortlich war, hatte ein neuer Gast Platz genommen und war momentan in sein Handy vertieft.

»Herzlich willkommen. Möchten Sie nur etwas trinken oder auch etwas essen?«

Der Neuankömmling schaute hoch und lächelte sie an. »Hallo.«

Rose stockte der Atem. War das der Mann von dem Bild der Verkehrskamera, das ihr der Detective gezeigt hatte? Sie war sich ziemlich sicher. Instinktiv wich sie einen Schritt zurück.

»Ich hätte gern Dinner.«

»Okay, alles klar … ähm, dann, ähm, ich bringe Ihnen die Karten.« Hektisch wandte sie sich ab und spürte seinen Blick im Rücken.

War er das wirklich?

Im Restaurant kam Jennifer auf sie zu. »Hast du ein Gespenst gesehen? Du bist ganz blass.«

»Scheiße«, murmelte sie. »Da draußen sitzt ein Mann allein am Tisch vier.«

Jennifer schaute an ihr vorbei. »Ich sehe ihn. Was ist mit dem?«

»Ich bringe ihm eben die Karten. Sonst wird er misstrauisch. Können wir uns gleich in der Küche treffen? Er darf nicht mitbekommen, dass wir über ihn sprechen.«

»Zu spät. Er guckt schon.«

Zu Roses Erleichterung schien Jennifer den Ernst der Lage zu erkennen und sie nicht für hysterisch zu halten. Sie schaffte es, ihre Kollegin an den Oberarm zu fassen und so herzlich zu lachen, als hätte sie einen guten Witz erzählt. Dann trat Rose an das Pult, auf dem sich die Karten stapelten, nahm die Dinner- und Getränkekarte und brachte sie nach draußen. Der Mann starrte sie an, als er sie entgegennahm.

»Suchen Sie in aller Ruhe aus. Ich bin gleich wieder bei Ihnen. Momentan ist viel zu tun. Entschuldigen Sie die kleine Verzögerung.«

»Überhaupt kein Problem«, erwiderte er.

Sie wandte sich ab und stiefelte ins Restaurant. Jennifer wartete bereits in der Küche auf sie.

»Du siehst total verängstigt aus. Was ist los?«, fragte ihre Kollegin.

»Heute war ein Detective der Mordkommission bei mir zu Hause.«

»Was?«

»Lange Geschichte. Erzähle ich noch in Ruhe. Er hat mir das Foto eines Verdächtigen gezeigt. Ich bin mir sicher, es ist der Kerl, der jetzt an Tisch vier sitzt. Er ist ein Mordverdächtiger.«

»Was hast du damit zu tun?«

»Angeblich … oh Gott, Jenny, ich weiß nicht, wie ich reagieren soll.«

»Bist du dir sicher? Oder siehst du Gespenster?«

»Ziemlich.«

»Kannst du den Detective anrufen?«

»Ich habe seine Visitenkarte abfotografiert. Er ist wohl Tag und Nacht erreichbar.«

»Worauf wartest du dann noch?«

»Du hast recht.« Sie zog das Smartphone aus der Hosentasche und öffnete das Bild. Sorgfältig tippte sie die Nummer des Polizisten ein und baute die Verbindung auf.

»Ich gehe raus und behalte ihn im Auge.«

Rose lächelte dankbar. Es dauerte nicht lange, bis sich ihr Gesprächspartner meldete.

»Petersen!«

»Detective, hier spricht Rose Davenport.«

»Miss Davenport.«

»Ich fürchte …«

Weiter kam sie nicht, denn Jennifer stürzte in die Küche.

»Rose!«, rief sie aufgeregt.

58

Dillon Ross hatte die Karte zwar aufgeschlagen, nahm aber die darin verzeichneten Gerichte nicht wahr. In seinem Kopf tobte ein Sturm. Sie hatte sich so merkwürdig verhalten. Warum? Wirkte er abschreckend auf sie? Das konnte nicht sein. Er war kein unattraktiver Mensch, vor dem die Frauen Reißaus nahmen. Auch ansonsten hatte er sich nichts zuschulden kommen lassen. Keinen unangenehmen Spruch gedrückt oder ihr einen gierigen Blick zugeworfen. Dafür war er viel zu sehr Gentleman.

Trotzdem hatte sie ihn angesehen, als wäre er ein Gespenst. Sie war zurückgewichen, hatte sich abrupt umgedreht und gleich danach mit einer Kollegin gesprochen. Als sie ihm die Karte gebracht hatte, war sie umgehend aus seinem Blickfeld verschwunden, genau wie die andere Kellnerin.

Für Ross gab es dafür nur eine Erklärung. Sie wusste von den Morden. Und das hieß …

Er schob den Stuhl zurück, legte die Speisekarte beiseite und stand auf. Ihm gelang es, gelassen zu bleiben. Im normalen Tempo entfernte er sich vom Restaurant. Nach gut hundert Schritten bog er um die Ecke. Sein Auto parkte eine Viertelmeile weiter. Er rannte los. Auf dem Weg dorthin ging er seine Optionen durch.

59

Petersen und Curland rannten zu Petersens Wagen, weil
der näher am Ausgang parkte. Der Anruf hatte sie vor zwei
Minuten erreicht. Wie sie inzwischen wussten, war der Verdächtige ungesehen aus dem Restaurant verschwunden.
Offenbar hatte er Lunte gerochen, denn für seinen über-
stürzten Aufbruch gab es keine andere Erklärung. Nun
standen sie unter Zugzwang. Ross würde kaum nach Hause
fahren und dort einfach abwarten. Ihr ursprünglicher Plan,
ihn ein paar Tage zu observieren, hatte sich erledigt.

Curland schickte ein paar Streifenwagen zur Adresse ih-
res mutmaßlichen Täters und ein paar zum Restaurant.
Sollten die Officers den blauen Ford sehen, hatten sie die
Erlaubnis, den Verdächtigen festzunehmen.

Mit eingeschaltetem Warnlicht jagte Petersen durch die
Straßen New Yorks. Immer wieder musste er abbremsen
und hupen, weil andere Verkehrsteilnehmer nicht schnell
genug Platz machten.

»Ich hasse diese Stadt!«, brummte er. »Zu viele Menschen, zu viele Autos.«

Nach zwanzig Minuten erreichten sie das Restaurant
und parkten direkt davor quer auf dem Bürgersteig.

»Ich sehe Davenport«, sagte Petersen. Er ging voran und
blieb vor der Kellnerin stehen.

»Er ist einfach gegangen«, erklärte sie. »Ohne etwas zu
bestellen oder einen Grund zu nennen. Ich glaube, das war
meine Schuld.«

»Wieso?«, fragte Petersen.

»Ich habe mich erschrocken, als ich ihn erkannt habe.«
Sie schaute beschämt zu Boden. »Von einer Schauspielerin
hätten Sie mehr erwarten können. Tut mir leid.«

»Machen Sie sich nichts daraus. Das war eine normale
Reaktion. Immerhin hatte ich Sie vor dem Mann gewarnt.
Kein Wunder also, wenn Sie bei seinem Anblick Angst be-
kommen.«

Die Schauspielerin warf ihm einen dankbaren Blick zu.

»Haben Sie Überwachungskameras, die auf die Außentische gerichtet sind?«, fragte Curland.

»Nein.«

»Hat irgendwer gesehen, wohin er verschwunden ist?«

»Ein Gast sagt, er sei dort hinten um die Ecke gebogen.«

»Ich gucke mir das an«, meinte Curland und lief los.

»Es tut mir leid«, wiederholte sie.

»Das war nicht Ihre Schuld.« Was brachte es, ihr Vorwürfe zu machen? Sie hatte ihn ja nicht absichtlich in die
Flucht getrieben. Nun wusste Ross, dass die Polizei ihm auf
der Spur war. Ihr wichtigster Vorteil hatte sich in Luft auf-
gelöst.

60

Sie hatte ihn an die Cops verraten. Nach allem, was er ihretwegen veranlasst hatte. Wieso war sie so undankbar? Er hatte das getan, um ihre Karriere zu fördern. Und was war ihr Dank?

Die Heftigkeit seiner Wut erschütterte ihn. Bisher hatte er immer bloß Liebe für Rose empfunden. Schlagartig hatte sich das ins Gegenteil verkehrt.

Was sollte er jetzt tun? Sie müsste für ihren Verrat bezahlen. Könnte er in ihr Haus einbrechen und sie bei ihrer Rückkehr überraschen? Oder wäre das zu vorhersehbar?

Ross rieb sich die Schläfen. Er befand sich in einem Parkhaus, in dem er für den Moment einigermaßen sicher war. Die Cops kämen eher nicht auf die Idee, Parkhäuser auf der Suche nach ihm zu durchkämmen.

Der Gedanke, zu ihr zu fahren und sie in Empfang zu nehmen, hatte Charme. Er könnte sie zumindest für ein paar Stunden zwingen, ihn als ihren Partner zu akzeptieren. Allerdings befürchtete er, die Cops würden genau das von ihm erwarten. Sie würden ihm dort auflauern und Handschellen anlegen. Oder waren sie gar nicht fähig, seine Schritte so weit vorauszusagen?

Und was würde danach passieren? Er müsste Rose töten. Brächte er das überhaupt über sich, wenn sie erst eine Nacht wie Mann und Frau verbracht hätten? Ross kannte sich. Seine Wut würde abflauen, vielleicht sogar seine Enttäuschung über ihre Reaktion im Restaurant. Sobald sie ihm schöne Augen machen würde, wäre er wie Wachs in ihren

Händen. Sie könnte ihn manipulieren und ein zweites Mal verraten. Das durfte er unter keinen Umständen zulassen. Er müsste seine Wut nutzen und sich rächen.

In seiner Vorstellung raste er mit dem Wagen auf sie zu, erfasste sie mit hoher Geschwindigkeit. Ihr Körper flog durch die Luft, sie schlug mit dem Gesicht am Boden auf. Selbst wenn sie es überlebte, wäre in ihrem Leben nichts mehr wie zuvor.

Genau das hatte sie verdient. Er hatte so viel getan, um ihr seine Liebe zu beweisen. Dadurch fühlte sich der Verrat besonders schlimm an. Dafür müsste sie einen hohen Preis bezahlen.

Sie bediente im Restaurant die Außentische. Wenn er den richtigen Moment abpasste, könnte er mit dem Wagen auf sie zurasen. Vielleicht würden dabei auch Unbeteiligte umkommen. Aber was störte ihn das? All seine Hoffnungen auf eine schöne Zukunft waren dahin. Sobald er verhaftet wäre, würde er den Rest seines Lebens im Gefängnis verbringen. Da war es besser, mit einem lauten Knall abzutreten.

Er schaute auf die Fahrzeuguhr. Wie lange würde der Einsatz der Cops andauern? Er schätzte, nicht länger als eine Stunde. Ihre Schicht endete allerdings erst um Mitternacht. Er könnte sich gedulden und kurz vor Schichtende zuschlagen.

Ross lächelte. Die letzten Stunden in Freiheit würde er auskosten. Sie bestrafen. Wenn alles gut ginge, würde er anschließend frontal gegen ein Haus fahren und seinem Leben ein Ende setzen. Das war besser, als in einer schmalen Zelle zu verrotten.

61

Petersen nippte an dem doppelten Espresso, den Rose Davenport ihm gebracht hatte. Ihre Schicht dauerte noch eine Dreiviertelstunde. Er hatte sich mit ihr geeinigt, sie nach Hause zu begleiten. Petersen und sein Partner schätzten die Gefahr hoch ein, dass Ross versuchen würde, die Schauspielerin anzugreifen. Es wäre unmöglich, sie rund um die Uhr zu bewachen, aber zumindest bis zum nächsten Morgen sollte sie beschützt werden.

Die Fahndung nach Dillon Ross lief auf Hochtouren. Zu Hause hatte man ihn nicht angetroffen. Sein Kennzeichen war an alle Streifenwagen gemeldet. Ob der mutmaßliche Täter schon die Stadt verlassen hatte? Vielleicht sogar den Staat? Das war zumindest nicht auszuschließen.

Davenport kam zu ihm. »Sie müssen wirklich nicht auf meinen Feierabend warten, Detective. Sie haben bestimmt eine Familie, die sich auf Sie freut.«

Petersen lächelte. »Die Kinder schlafen hoffentlich, und meine Frau ist viele Überstunden gewohnt.«

»Sie befürchten, er könnte mir zu Hause auflauern.«

»Das ist nicht sehr wahrscheinlich. Wir haben einen Streifenwagen vor Ihrer Haustür platziert. Schon das sollte ihn abschrecken. Trotzdem wäre mir wohler zumute, wenn ich später einmal einen Rundgang durch Ihr Haus mache und mich davon überzeuge, dass die Luft rein ist.«

Die Schauspielerin wirkte erleichtert. »Vielen Dank. Ich weiß das zu schätzen. Ich komme ein paar Minuten früher weg. In einer halben Stunde können wir los.«

»Meinetwegen müssen Sie sich nicht abhetzen.«

62

Ross hatte den Schutz des Parkhauses verlassen und sich über Umwege dem Restaurant genähert. Nun stand er zwei Kreuzungen entfernt in einer Parklücke. Er stieg aus und schaute sich in der Umgebung um. Eine erhöhte Polizeipräsenz konnte er nicht erkennen. Mit diesem Schachzug rechneten sie offenbar nicht. Er kehrte zu seinem Wagen zurück, startete den Motor, parkte aus und überquerte die Kreuzung. Erneut hielt er am Straßenrand an. Das Restaurant war hell erleuchtet, ungefähr ein Drittel der Außenplätze noch belegt.

Trotz der Entfernung erkannte Ross, wie sie das Gebäude verließ, sich zu einem Gast an den Tisch stellte und mit ihm unterhielt. Das war seine Chance! Gerade, als er aufs Gaspedal treten wollte, um sie frontal zu erwischen, wandte sie sich ab und kehrte ins Restaurant zurück.

»Miststück«, zischte er. »Beim nächsten Mal bist du dran! Deine Glückssträhne ist gleich vorbei. Das schwöre ich.«

63

Rose Davenport lächelte Petersen zu, bevor sie zu dem äußersten Tisch ging, dessen Gäste die Rechnung angefordert hatten. Er erwiderte ihr Lächeln. Dann dachte er an seine Frau. Wenn er ihr morgen am Frühstückstisch erzählen würde, für wessen Schutz er mit seinen Überstunden gesorgt hatte, wäre sie bestimmt nicht begeistert. Schon gar nicht, sobald sie im Internet nach Davenport gesucht hätte. Trotz ihrer inzwischen siebzehn Jahre funktionierenden Ehe war Hannah immer noch eifersüchtig. Wäre nicht Austin sein Partner, sondern eine einigermaßen gut aussehende Kollegin, würde sie vermutlich jede Woche wegen seiner Überstunden misstrauisch werden. Bestimmt wäre es klüger, nicht zu erwähnen, dass die Schauspielerin erst Ende zwanzig und attraktiv war. Allerdings befürchtete er, Hannah würde ohnehin nachfragen. Oder es eben auch ohne sein Zutun herausfinden.

Petersen bemerkte ein Fahrzeug, das eine Kreuzung entfernt vom Straßenrand losfuhr. Die Umrisse des Autos passten zu einem Ford, wie Ross ihn fuhr. Davenport unterhielt sich noch mit den zahlenden Gästen.

Unvermittelt beschleunigte der Wagen und schoss auf den Außenbereich zu.

»Rose! Achtung!«, schrie Petersen und sprang auf. Bei dem Auto handelte es sich um dasselbe Fahrzeugmodell wie das des Täters.

Die Schauspielerin hatte sich umgedreht und starrte in die Scheinwerfer.

»Zur Seite!«

Weder die Kellnerin noch ihre Gäste reagierten.

»Aus der Bahn!«, brüllte er.

Das Fahrzeug hatte sie fast erreicht. Petersen packte die Frau und schubste sie zur Seite. Sie schrie auf, verlor das Gleichgewicht und stürzte zu Boden. Petersen versuchte, die Gäste aus der Fahrbahn zu zerren, doch es war zu spät. Das Auto erfasste einen Mann und schleuderte ihn durch die Luft. Als Nächstes rammte der Ford den Tisch, dann einen Stuhl und einen weiteren Tisch.

Petersen griff zur Waffe. Den Wagen schüttelte es hin und her. Der Airbag hatte ausgelöst. Der Fahrer versuchte, nach links auf die Straße zurückzukehren, allerdings blockierte ein Vorderreifen, in den sich ein Stuhl verhakt hatte.

Sollte er schießen und einen Querschläger riskieren? Der Wagen ruckelte und wurde immer langsamer. Petersen beschloss, nicht zu feuern. Er rannte dem Ford hinterher, der kurz hinter dem Restaurant zum Stehen kam. Die Fahrertür öffnete sich, und Ross kletterte heraus. Er hielt sich beide Ohren.

»Hände hoch!«, brüllte Petersen.

Ross schaute sich hektisch um.

»Machen Sie keine Dummheiten!«, warnte Petersen.

Der Täter erblickte Davenport und begriff, dass er sie verfehlt hatte. Wütend schrie er auf und stürzte los. Er hatte nur noch Augen für die Frau, alles andere schien ihm egal zu sein. Selbst die auf ihn gerichtete Pistole. Er wollte zu Ende bringen, was mit dem Auto nicht funktioniert hatte.

Der bei dem Anschlag erfasste Gast stieß erbärmliche Schmerzensschreie aus, seine Begleitung wimmerte seinen Namen. Andere Gäste traten aus dem Lokal, die Sirenen eines Rettungswagens ertönten in weiter Ferne. All das versuchte Petersen auszublenden. Im College hatte er Eishockey gespielt. Er konzentrierte sich auf den rennenden Gegner, der offenbar nur sein Opfer in die Finger bekommen wollte. Im perfekten Moment machte Petersen zwei Schritte nach rechts, schnitt Ross den Weg ab, spannte sämtliche Muskeln an und rammte den Täter aus der Bahn. Der flog ein, zwei Meter weit, krachte rücklings auf einen Tisch und stürzte dann zu Boden.

»Mein Rücken!«, schrie er. »Sie haben mir den Rücken gebrochen.«

Petersen trat zu ihm. Er drehte ihn auf den Bauch und riss seine Arme nach hinten. Während er ihm Handschellen anlegte, belehrte er ihn über seine Rechte. Kaum war das erledigt, wandte er sich der Schauspielerin zu. Die kümmerte sich bereits um das schwer verletzte Unfallopfer. Offenbar hatte zumindest sie den Mordversuch unverletzt überstanden. Für den Gast sah es dagegen nicht gut aus.

64

Henry Baker wartete in der Bar des Hotels. Ob Williamson überhaupt kommen würde? Die Antwort, die er auf Henrys Vorschlag geschickt hatte, ließ beide Möglichkeiten offen.

Fünf Minuten nach der vereinbarten Uhrzeit trat ein Mann aus dem Aufzug und blieb zunächst stehen. Henry erhob sich, damit Williamson ihn registrierte. Sein Auftraggeber nickte ihm zu und setzte sich in Bewegung.

»Hallo«, begrüßte Williamson ihn. »Keine Ahnung, warum Sie sich schon wieder hier mit mir treffen wollen. Sie haben beim letzten Mal Ihre Meinung sehr deutlich gemacht.«

»Vergessen wir das einfach, einverstanden? Setzen Sie sich. Diesmal gehen die Getränke auf mich, allerdings habe ich mir erlaubt, zwei Gläser Champagner zu bestellen. Ich hoffe, Sie mögen Champagner.«

Williamson nahm Platz. »Haben wir etwas zu feiern?«

»Der Mörder Ihrer Schwester ist verhaftet. Schon das sollte Grund genug sein.«

Nathaniel kam mit einem Tablet herbei, auf dem zwei gefüllte Champagnergläser standen, die er auf dem Tisch abstellte. »Wohl bekomms.« Er wandte sich gleich wieder ab und ließ ihnen ihre Privatsphäre, genau wie Henry es zuvor erbeten hatte.

Henry nahm eine der Champagnerflöten in die Hand. Williamson folgte zögerlich seinem Beispiel. Sie stießen miteinander an.

»Petersen ist ein bisschen zurückhaltend, was Informationen anbelangt. Wissen Sie mehr?«, erkundigte sich Williamson.

»Erinnern Sie sich an Ihre Auseinandersetzung mit Rose Davenport?«

Williamson zog die Augenbrauen zusammen. »Was soll das jetzt?«

»Entspannen Sie sich. Der Täter hat das alles nur gemacht, um Davenport seine Liebe zu beweisen.«

»Was?«

»Nur deshalb sind Sie hineingezogen worden. Der Mann hat damals Ihren Streit verfolgt − war ja schließlich öffentlich − und beschlossen, Sie zu bestrafen. Er hat Sie heimlich durchleuchtet. So kam Ihre Schwester in sein Visier, und die Idee zu allem, was folgte, war geboren.«

Williamson sprang wütend auf. »Meldet sich Petersen deshalb nicht, weil ich angeblich schuld an den Morden bin? Lächerlich!«

Henry blieb gelassen. »Setzen Sie sich bitte. Es soll nicht zu Ihrem Schaden sein. Sollten Sie jetzt allerdings gehen …« Er ließ die Drohung unvollendet.

Williamson schien mit sich zu ringen. Schließlich nahm er wieder Platz. »Ich habe nichts damit zu tun.«

»Grundsätzlich gebe ich Ihnen sogar recht. Niemand kann etwas dafür. Weder Sie noch Ihre Schwester oder eines der anderen Opfer. Der Täter war völlig besessen von Davenport. Man hat bei ihm zu Hause über einhundert Fotos gefunden, die er heimlich von ihr geschossen hat. Er hatte jede Folge der Fernsehserien auf DVD, in denen sie kleine Rollen hatte. Mit genauen Vermerken der Szenen, in denen sie zu sehen ist. Die Polizei fand über fünfzig Eintrittskarten, die er sich für Theatervorstellungen gekauft hatte, in denen sie mitgespielt hat.«

»Kranker Scheiß!«

»Ich hätte es nicht besser ausdrücken können. Jetzt aber zu Ihnen. Und bitte, flippen Sie nicht sofort wieder aus. Sie haben offenbar eine Angewohnheit, die Ihnen regelmäßig Ärger einbrockt.«

»Was meinen Sie?«

»Sie buchen Dienstleistungen und weigern sich dann, dafür zu bezahlen. Herrje, Sie haben bei Davenport eine Tour gebucht, die Sie spätestens achtundvierzig Stunden vorher hätten stornieren müssen. Wieso anschließend diese öffentlichen Beschimpfungen?«

»Haben sich bei Ihnen noch nie Pläne kurzfristig geändert?«

»Ganz oft sogar. In ungünstigen Fällen habe ich die finanziellen Konsequenzen eben getragen.«

»Als wenn das immer so einfach wäre.«

»Na ja, und was unsere Vereinbarung anbelangt, unterschreiben Sie ohne Zwang einen Vertrag und fühlen sich anschließend nicht mehr daran gebunden.«

Williamson beugte sich vor. »Ohne Zwang? So sehe ich das nicht. Die Cops hatten mich im Visier, und dann schickt mich Petersen zu Ihnen. Mein Anwalt meint sogar, das könnte Betrug gewesen sein, und Sie hätten sich …«

»Hören Sie mit diesen haltlosen Unterstellungen auf. Was sagt Ihr Anwalt wegen des Erbes?«

Williamson kratzte sich kurz am Rücken. Dann griff er zum Champagner. Ihm war sichtlich unwohl zumute. »Sieht nicht gut aus. In den Unterlagen meiner Schwester ist ein Testament aufgetaucht. Sie hat vor Jahren festgelegt, dass im Todesfall ihr gesamtes Vermögen an eine Tierschutzorganisation gehen soll. Das Dokument ist handschriftlich verfasst, und ein Gutachter hat die Echtheit bestätigt. Und mein Vater? Tja, wenn er mich im Nachlass nicht bedenken wollte, habe ich schlechte Karten. Mein ganzes Scheißleben ist verflucht. Es hört einfach nicht auf.«

Henry griff in die Innentasche seines Jacketts und zog einen Briefumschlag heraus, den er auf den Tisch zwischen ihnen legte.

»Was ist das?«, wollte Williamson wissen. »Ihre Rechnung? Ich werde Sie nicht bezahlen können.«

»Öffnen Sie's!«

Williamson griff zum Umschlag und nahm den darin steckenden Zettel heraus. Seine Augen überflogen die Zeilen. »Machen Sie sich über mich lustig?«, fragte er leise.

»Nein. Das ist ein ernst gemeintes Angebot. Ich habe das mit dem Testament Ihrer Schwester übrigens schon gehört.«

»Ich zahle Ihnen jetzt einen Dollar und habe damit meine finanziellen Verpflichtungen Ihnen gegenüber erfüllt?«

»So ist es.«

Sofort zog Williamson einen Dollarschein aus der Hosentasche und reichte ihn herüber. Henry nahm ihn entgegen und steckte ihn ein. Er griff zu einem bereitliegenden Kugelschreiber und unterschrieb das Dokument. Kaum hatte er den Stift abgesetzt, nahm Williamson das Papier an sich.

»Wieso?«

Henry zuckte mit den Achseln. »Sie sollten Ihr Verhalten überdenken. Ihr Leben ist nicht verflucht. Ich glaube, viel zu oft bringen Sie sich selbst in Schwicrigkeiten. Wie auch immer.« Henry erhob sich und streckte Williamson die Hand entgegen. »Ich wünsche Ihnen für die Zukunft alles Gute.«

Williamson sprang auf und erwiderte den Händedruck. »Danke! Ich weiß das zu schätzen.«

* * *

Henry setzte sich wieder hin, nachdem Williamson verschwunden war. Er schaute auf die Lichter der Stadt. Williamsons Frage kam ihm in den Sinn.

»Wieso?«

Er hatte darauf nicht geantwortet, denn die Wahrheit ging ihn nichts an. Der Grund dafür war einfach und kompliziert zugleich. Bei allem, was Henry plante, konnte er es nicht gebrauchen, dass irgendwo ein wütender Mensch durch New York lief, der auf Rache aus war. Sich den Senator zum Feind gemacht zu haben, war schwerwiegend genug. Die Viertelmillion hatte Henry gern geopfert. Wie einen Bauern beim Schach, dessen Opfer dem Spieler insgesamt eine bessere Position einbrachte.

Williamson konnte er fortan aus seinen Überlegungen streichen. Das war ihm die Summe durchaus wert.

65

Kurz vor Weihnachten

Obwohl es zur Vorweihnachtszeit im Hotel brummte, bestanden die Mitarbeiter, zu denen Henry den engsten Kontakt gepflegt hatte, darauf, ihn persönlich zu verabschieden.

Walter, Vincent, Nathaniel, John und Kairi begleiteten Henry nach draußen.

»Kannst du es dir nicht noch mal anders überlegen?«, unternahm Vincent einen letzten Überredungsversuch. »Dein Zimmer ist bis Neujahr bezahlt. Du hast keinen Grund, jetzt schon zu gehen. Eine Verlängerung der Konditionen wäre kein Problem. Vielleicht könnte ich sogar einen weiteren Rabatt heraushandeln.«

»Du hast keinen Grund, *überhaupt* zu gehen«, fügte Nathaniel hinzu.

»Ich werde euch auch vermissen«, erwiderte Henry. »Außerdem wandere ich ja nicht aus. Keine Sorge, ich komme vermutlich jede Woche als Gast vorbei.«

»Wehe, wenn nicht«, brummte Walter.

»Liegt's an der unrechtmäßigen Durchsuchung deines Zimmers?«, fragte Vincent nicht zum ersten Mal.

Bislang hatte Henry das immer verneint. »Ja«, sagte er nun. »Das hat mich richtig enttäuscht.«

»Ich wusste es«, brummte Vincent.

»Das ist weder der einzige noch der wichtigste Grund«, fuhr Henry fort. »Ich bin einundvierzig. Wenn ich so etwas wie ein normales Leben haben will, muss ich den nächsten Schritt gehen.«

»Also steckt eine Frau dahinter«, spekulierte Kairi.

Henry lächelte. »Keine, die ich euch jetzt präsentieren könnte. Aber ja, ich hoffe, irgendwann die Eine zu treffen. Meine Erfahrung lehrt mich, dass man als potenzieller Partner nicht ernst genommen wird, wenn man in einem Hotelzimmer lebt. Das Haus meiner Großmutter steht – von meinem Butler Eddie abgesehen – schon viel zu lange leer. Wir haben es uns in den letzten Wochen gemütlich eingerichtet. Ihr müsst mich mal besuchen kommen. Es ist toll geworden.«

»Glaubst du, Eddie kümmert sich besser um dich als wir?«, fragte John.

»Das ist überhaupt nicht möglich. Ich hoffe, er spielt wenigstens in eurer Liga. Die vom Senator angeleierte rechtswidrige Durchsuchung war wahrscheinlich der Arschtritt, den ich gebraucht habe.«

»Zum Glück hat der Mistkerl bekommen, was er verdient«, brummte Vincent.

Henry nickte. Der Stern des Senators war in den letzten Wochen verblasst. Was nicht zuletzt an anonymen Informationen lag, die CNN aus Deutschland erhalten hatte. Mittlerweile wusste die Öffentlichkeit, was Weller getan hatte. Ein ranghoher deutscher Beamter namens Karlsen hatte sich sogar zu einem Interview bereit erklärt. In dem fünfminütigen Gespräch hatten die Amerikaner von dem Druck erfahren, den der Senator ausgeübt hatte. Das alles hätte wahrscheinlich niemanden interessiert, wenn die Mörderin nicht geflohen wäre. Teile der Medien spekulierten, Weller stecke dahinter und habe Selbstjustiz betrieben. Andere vermuteten, sie sei frei und somit eine Gefahr für jeden Amerikaner. Der Senator hatte Henry als Drahtzieher darstellen wollen, doch niemand hatte ihm das abgenommen. Ganz im Gegenteil. Gegen ihn lief ein Amtsenthebungsverfahren, das voraussichtlich Ende Januar zu Wellers Ungunsten ausgehen würde. Seine Chancen auf die Präsidentschaft hätte er wahrscheinlich verspielt, auch wenn fünf Jahre eine lange Zeit war, in der viel passieren konnte.

»Und die Presse weiß nicht mal alles«, erklärte Henry. »Vor vier Wochen standen ein paar Männer vor Eddies Tür. Sie haben sich trotz seines Protests Zutritt zum Haus verschafft.«

»Warum?«, wollte Vincent wissen.

»Bloß, um ein mieses Schauspiel abzuziehen. Wahrscheinlich haben sie das heimlich gefilmt. Sie haben mein Haus durchsucht und so getan, als wären sie auf der Suche nach dem Versteck, in dem ich diese Mörderin festhalte.«

»Was? Wieso hast du das nicht an CNN weitergeleitet?«, fragte Walter.

»Ich glaube, Weller hat genau darauf gehofft, um seine abstruse Theorie wieder aufgreifen zu können. Deswegen habe ich nicht darüber geredet. Und jetzt … na ja. Da liegen so viele Vorwürfe gegen Weller auf dem Tisch. Auf diese Kleinigkeit kommt es auch nicht mehr an. Er ist erledigt. Mir macht bloß ein bisschen Sorge, dass sich seine Wut nach der Amtsenthebung noch mehr auf mich fokussieren wird. Aber was soll ich machen?« Henry zuckte mit den Achseln. »Er hat mich gegen meinen Willen festgehalten, mein Handy, Laptop und Tablet gründlich durchsucht, in meinem Zimmer herumgewühlt. Alles rechtswidrig. Natürlich hat er nichts gefunden, was mich mit dem Überfall in Verbindung bringt. Das ist ein Hirngespinst. Habt ihr übrigens die Gerüchte gehört, dass man Brian Weller exhumieren will, um festzustellen, ob der Senator wirklich nur der Onkel war?«

Kairi kicherte. »Das würde ihm so recht geschehen. Wenn er mit der Frau des eigenen Bruders ein Kind gezeugt hätte, wäre das der endgültige Todesstoß für seine Karriere. Damit bringt er die christlichen Wähler gegen sich auf.«

»Sehe ich auch so.« Henry seufzte. »Ziehen wir es nicht weiter in die Länge, bevor ich es mir noch anders überlege.«

Er verabschiedete sich mit innigen Umarmungen von seinen Lieblingshotelmitarbeitern. Sein Blick trübte sich. Der Auszug aus dem Hotel schmerzte Henry, leider war er alternativlos.

Als er Kairi losließ, schnaubte er. »Leute, nicht böse sein, aber ich steige jetzt direkt ins Auto. Oh Gott, ihr steht mir noch gegenüber, trotzdem vermisse ich euch schon.« Henry wischte sich die Tränen aus den Augen.

* * *

Auf der vierzigminütigen Fahrt ließ Henry die letzten Wochen und Monate Revue passieren. Der Senator hatte alles in seiner Macht Stehende getan, um Henry eine Verschwörung unterzujubeln. Er hatte nicht nur den bei der rechtswidrigen Durchsuchung beschlagnahmten Laptop, das Tablet und Henrys Smartphone unter die Lupe genommen, sondern ihn beschatten lassen. Wahrscheinlich war Henry auch abgehört worden. Erst in den letzten Wochen hatte der Druck nachgelassen, weil Weller mit dem Kampf um sein politisches Überleben beschäftigt war.

»Ach, Senator«, murmelte Henry. »Irgendwie tun Sie mir leid.«

In seinem Kopf blitzte eine Erinnerung an den Abend auf, an dem Henry zu Brian Wellers' Haus gefahren war. Er hatte das Hotelzimmer verlassen, und Eddie hatte im

Flur auf ihn gewartet – nicht wiederzuerkennen mit grauem Vollbart und einer dazu passenden Perücke. Der Gehstock hatte seinen Auftritt abgerundet. Eddie hatte Henrys Hotelzimmer betreten, bevor die Tür zugefallen war. Henry war auf dem Weg in die Lobby gewesen, während der treue Butler das Smartphone eingesteckt hatte, mit dem Henry seine Telefonate führte, die nicht für fremde Ohren bestimmt waren. Oder gelegentlich auch E-Mails verschickte. Offenbar hatte Weller nie etwas von diesem Telefon erfahren, denn sonst hätte die Geschichte einen anderen Verlauf genommen.

66

Henry bewunderte die neu gezogene Wand im Kellergeschoss. Nichts deutete darauf hin, was dahinter lag. Nur
wer den Grundriss des Hauses einsehen würde, könnte erkennen, um wie viel Fläche der Keller geschrumpft war.
Aber da das Gebäude schon so lange im Besitz seiner Familie war, hatte er in dieser Hinsicht kaum etwas zu befürchten. Mit dem Zeigefinger fuhr er über die Fugen, bis
er die kleine Erhebung spürte. Er drückte darauf und
zählte bis fünf. Eine effektive Sicherheitsmaßnahme: Der
versteckte Knopf musste fünf Sekunden lang gedrückt
werden, sonst löste er nichts aus. Die Zeit entsprach absichtlich genau der Länge seiner Visionen.

Surrend erwachte der Motor zum Leben und fuhr die
Wand zwei Meter zur Seite. Henry schritt durch den Durch-
gang. Das Deckenlicht brannte. Der Gast konnte jederzeit
entscheiden, ob er es hell oder dunkel haben wollte.

Tilda hockte hinter der Glaswand. Eddie und Henry
hatten Wochen gebraucht, um das Gefängnis einzurichten.
Tilda konnte duschen, ihr Geschäft verrichten, Sport treiben. Ihr standen Bücher zur Verfügung. Ob sie in Deutschland ähnlich komfortabel inhaftiert gewesen war?

Sie sah ihn mit großen Augen an. Seit sie vor vier Tagen
aus ihrem zwischenzeitlichen Versteck hierhergebracht worden war, hatten sie einander noch nicht gesehen. Henry
dachte an die Söldner, die er für den Auftrag engagiert hatte.
Morris und seine Männer, die alles nach Henrys ausgeklü-
geltem Plan ausgeführt hatten. Ihr Lohn waren drei Millio-

nen Dollar gewesen. Henry hoffte, die Mitglieder des Teams würden nie in eine Situation geraten, in denen es ihnen einen Vorteil brächte, die Wahrheit zu gestehen.

»Sie?«, fragte Tilda auf Deutsch. »Sie stecken hinter meiner Entführung?«

»Ich habe dich gerettet«, antwortete Henry. »Der Senator hätte dich getötet.«

»Warum?«

»Weil er glaubt, du wärst für den Tod seines Neffen verantwortlich. Oder anders ausgedrückt, ich habe ihm den Gedanken eingetrichtert. Entschuldige. Ich weiß, du hattest nichts mit Brians Tod zu tun.«

»Warum?«, wiederholte sie.

Wie würde Tilda auf die nächste Enthüllung reagieren?

»Hallo, Schwesterherz«, sagte Henry.

Sie starrte ihn fassungslos an.

»Das ist kein Scherz«, fügte Henry hinzu. »Wir haben dein Blut untersucht. Ich zeige dir die Ergebnisse, wenn du willst. Wir sind eng verwandt.«

»Du spinnst! Ich habe keine Geschwister.«

»Wundert mich nicht, dass die Schmitts dieses kleine Geheimnis für sich behalten haben.«

In einer Ecke des Raums vor der Glasscheibe stand ein Stuhl. Henry setzte sich hin und musterte seine Schwester. Er konnte kaum Ähnlichkeiten zu sich erkennen. Tilda glich eindeutig ihrer Mutter sehr, während sich bei Henry die väterlichen Gene durchgesetzt hatten.

»Schwachsinn! Du bist total verrückt.«

»Unsere Eltern und ich waren in einen Verkehrsunfall verwickelt. Ich war damals sieben und Mama mit dir hochschwanger. Papa und sein wichtiger Geschäftspartner hatten Monate zuvor einen moralisch fragwürdigen Deal ausgehandelt. Mama sollte als Leihmutter fungieren für die Schmitts, die keine Kinder bekommen konnten. Der Unfall hat Mama und Papa getötet, ich habe ihn einigermaßen heil überlebt. Und das Baby in Mamas Bauch konnte von den Ärzten in einer Notoperation gerettet werden. Es wurde vertragsgemäß übergeben. Die Schmitts sind nach dem Unfall rasch nach Deutschland geflogen. Das ist die ganze Wahrheit.«

Tilda lachte abfällig. »Verrückt!«

»Morgen bringe ich dir die Ergebnisse der Blutuntersuchung.« Henry hatte nicht damit gerechnet, dass sie ihm die Geschichte sofort abkaufen würde. Aber sie hätten in Zukunft genügend Zeit, darüber zu sprechen. Er hatte zahlreiche Unterlagen, die er ihr präsentieren konnte. Sogar den Vertrag, den sein Vater und Schmitt geschlossen hatten.

»Dann sage ich vielen Dank, Bruderherz. Machst du mir auf?« Sie deutete auf die Tür ihres Gefängnisses.

»Das geht leider nicht. Du bist eine verurteilte Mörderin.«

»Und du ein Entführer. Irgendwer hat die Ermordung der Männer in dem Haus in Auftrag gegeben. Sind wir vielleicht doch vom selben Blut? Mir scheint, du hast mindestens so viel Blut an deinen Händen wie ich.«

»Nicht ganz. Ja, es sind Männer gestorben. Das waren notwendige Opfer. Senator Weller war im Begriff, eine Art Geheimtruppe aufzubauen. Wie die SA in den Dreißigern in Deutschland. Darüber solltest du Bescheid wissen. Ist es im Geschichtsunterricht in der Schule besprochen worden? Bestimmt! Der Tod dieser Menschen diente einem höheren Zweck. Ich hoffe, ich habe dadurch Schlimmeres verhindert.«

»Bla, bla, bla.«

»Du hingegen hast aus Lust getötet.«

»Red's dir schön. Für die Toten macht das keinen Unterschied. Wieso sperrst du deine Schwester ein? Was versprichst du dir davon?«

»Du wirst eine angemessene Strafe für deine Taten absitzen.«

»Hier? Ohne Freigang, wie ich vermute.«

»Ohne Freigang, ohne Tageslicht. Lässt sich leider nicht ändern. Dafür hast du die Chance, dich zu bewähren und deine Haftdauer zu verkürzen.«

Tilda lachte hämisch. »Was muss ich dafür tun? Vor dir strippen? Denn ficken geht ja nicht, solang du und ich auf unterschiedlichen Seiten des Glases stehen. Oder hast du vor, ein Loch hineinzuschneiden? Du siehst nicht so aus, als hättest du das nötig.«

»Hör auf! Ich brauche etwas anderes von dir. Deinen Verstand.«

»Bitte?«

»Ich unterstütze die Polizei bei komplexen Ermittlungen. Mancher Mörder wurde dank meiner Mitarbeit aus dem Verkehr gezogen. Willst du wissen, warum ich den Cops helfe? Warum ich selbst beinahe Polizist geworden wäre? Der Verursacher des Unfalls, bei dem unsere Eltern gestorben sind, hatte Minuten zuvor seine Ex getötet. Bei seiner Flucht kam es zu dem Zusammenstoß. Du sollst mir dabei helfen, die Psyche von Mördern zu verstehen. Mir ihre Beweggründe erklären. Für jeden Täter, den wir unschädlich machen, wird dir ein Teil der Strafe erlassen, oder du bekommst andere Vergünstigungen zur Belohnung.«

Tilda lachte. »Oh Gott. Wer bist du? Die kleine FBI-Mieze, die den Kannibalen befragt hat? Das war ein Roman. Ein Film. Das hat sich jemand ausgedacht! Mit der Realität hat das nichts zu tun.«

Henry lächelte. Er hatte mit ihrer ablehnenden Haltung gerechnet. Mit ihrem Spott. Das alles belastete ihn nicht. Er war überzeugt von seiner Mission. Seine Fähigkeit konnte helfen, Verdächtige zu identifizieren. Aber es brauchte einen psychopathischen Verstand, um diese Menschen zu verstehen. Leider legten die Behörden darauf keinen Wert mehr. Also musste er eigenständig aktiv werden.

Bestimmt würde es Monate dauern, bis Tilda bereit wäre, mit ihm zu kooperieren. Irgendwann würde sie sich jedoch schon aus Langeweile nicht mehr dagegen sträuben, davon war Henry überzeugt. Und bis dahin könnten sie sich über ihre Familiengeschichte unterhalten, mehr vom Leben des anderen erfahren. Ihm stand eine spannende Zeit bevor.

»Ich glaube, für unser erstes Gespräch reicht das. Du bekommst dreimal am Tag Mahlzeiten. Von viel besserer Qualität als in einem deutschen Gefängnis. Das verspreche ich. Eddie ist ein fantastischer Koch. Ich freue mich auf unser Wiedersehen.«

Henry stand auf und wandte sich von ihr ab.

»Du gehst jetzt einfach?«

»Keine Sorge. Wir sehen uns wieder. Bis bald.«

»Bleib hier!«, rief sie ihm hinterher. »Ich will nicht allein sein. Einzelhaft ist grausam.«

»Deine Taten waren grausam.« Er erreichte die bewegliche Wand. Um sie zu schließen, genügte es, vor dem Verlassen des Gefängnisraums kurz einen Knopf an der Wand zu drücken. Die fünfsekündige Wartezeit galt nur für die Außenseite.

»Bleib hier!«

Die Mauer setzte sich in Bewegung. Henry verließ das Gefängnis. Er hatte einiges mit Eddie zu besprechen. Tildas Aufenthalt musste langfristig organisiert werden. Und dabei müssten sie immer berücksichtigen, dass sie vielleicht abgehört wurden. Aus diesem Grund hatten sie einen Raum eingerichtet, der ebenso abhörsicher war wie das Kellergeschoss.

Henrys Magen knurrte. Ob Eddie schon gekocht hatte?

Die Mauer rastete ein. Sofort war von Tildas immer wütender werdendem Geschrei nichts mehr zu hören. Hoffentlich gewöhnte sie sich schnell an ihre neuen Lebensumstände. Er wollte vernünftige, tiefgehende Gespräche mit ihr führen. Aber solang sie ihr Schicksal nicht akzeptierte, wäre das nicht möglich. Zum Glück mangelte es Henry nicht an Geduld. Eines Tages würde es genauso ablaufen, wie er sich das seit Monaten vorstellte. Seit er verstanden hatte, wer die in Deutschland inhaftierte Mörderin war. Seine Schwester. Manchmal schlug das Leben seltsame Kapriolen.

Nachwort

Liebe Leserinnen und Leser,

haben Sie den Roman *Die Tätowierte* gelesen? Darin hatte Tilda Schmitt ihren ersten Auftritt. Falls Sie meine Reihe um Robert Drosten und Lukas Sommer nicht kennen, können Sie den Thriller übrigens ohne jede Vorkenntnis lesen, obwohl es der 26. Teil dieser Reihe ist.

Nachdem ich den Roman zu Ende geschrieben hatte, ging mir Tilda nicht aus dem Kopf. An Reaktionen, die ich nach der Veröffentlichung erhalten habe, merkte ich, dass es vielen meiner Leser ähnlich erging. So spukte sie weiter in meinen Gedanken herum, und ich fragte mich, wie ich mehr Bücher schreiben könnte, in denen sie eine Rolle spielte. Sollte ihr ein Ausbruch aus dem Gefängnis gelingen? Das erschien mir zu einfach, außerdem hatte ich eine ähnliche Geschichte schon um den Mörder Leander Hell gesponnen. Und plötzlich kam mir Henry Baker in den Sinn. Ein Mann, der in New York lebt und scheinbar nichts mit Tilda am Hut hat.

Da meine Frau und ich zu dem Zeitpunkt ohnehin eine Reise nach Kanada und in die Vereinigten Staaten geplant hatten, verlängerten wir unsere Reisepläne und fügten aus Recherchegründen New York zu unserer Liste von Zielen hinzu. Anfang Juni verbrachten wir zehn Tage in der faszinierenden Stadt, erlebten apokalyptischen Smog aufgrund von Waldbränden in Kanada, unternahmen eine neunstündige Tour zu Fuß mit einer fantastischen, deutschsprachigen Reiseführerin und entdeckten weitere unvergessliche Dinge. Wieder zu Hause, setzte ich mich sofort an den Schreibtisch.

Seite um Seite wuchs die Geschichte, die schon bald eine Fortsetzung finden soll. Vor allem natürlich dann, wenn Sie Interesse daran haben, mehr über Henry und Tilda zu erfahren.

Falls der Roman Ihnen gefallen hat, freue ich mich über Ihre Rückmeldung. Neben persönlichen Nachrichten sind für uns Autoren Rezensionen, die Sie auf der Produktseite von *Die letzten fünf Sekunden* bei dem Buchhändler Ihres Vertrauens hinterlassen können, ganz besonders wichtig. Dafür bedanke ich mich sehr herzlich!

Wenn Sie es noch nicht getan haben, dann tragen Sie sich doch bitte in meinen Newsletter ein, durch den Sie immer auf dem neuesten Stand sind, was meine Veröffentlichungen anbelangt. So helfen Sie mir ganz besonders!

www.marcus-huennebeck.de/newsletter

Alle neuen Empfänger von Marcus Hünnebeck erhalten übrigens die Kurzgeschichte *Die Namen des Todes – Die Jagd beginnt* als Dankeschön geschenkt.

Vielen Dank und herzliche Grüße
Ihr

Marcus Hünnebeck

kontakt@marcus-huennebeck.de
www.facebook.com/MarcusHuennebeck
www.instagram.com/marcushuennebeck

Lesetipps

Ich werde oft nach der richtigen Reihenfolge meiner Bücher gefragt. Diese finden Sie im Folgenden, auch wenn ich der Meinung bin, dass man jeden meiner Thriller unabhängig von den anderen lesen kann. Aber für alle Leser, die sich gern an der chronologischen Reihenfolge des Erscheinens orientieren, ist diese Auflistung gedacht.

Die KEG-Reihe

Die Todestherapie
Der Wundennäher
Der Schädelbrecher
Blut und Zorn
Die TodesApp
Muttertränen
Todesschimmer
Vaters Rache
Rachekrieger
Der Geisterfahrer
Nesthäkchens Schrei
Bittere Brut
Tödlicher Fake

Schreikind
Eiskalte Reue
Der Schattenbringer
Der Mädchenpflücker
Feuerqual
Totgeschlagen
Böser Sandmann
Der Blutmaler
Schlechter Freund
Der Schmerzspezialist
Der Bravmacher
Die Nachahmer
Die Tätowierte

Die Buchinger-Reihe

So tief der Schmerz
Kein letzter Blick
Wundenherz
Zu viel gesehen
Zwischen den Seiten

Der Kümmerer
Der Raum der bösen
Mädchen
Lügenmaske

Bei meinen übrigen Büchern finden Sie die Reihenfolge direkt auf den Produktseiten der Bücher.

Über den Autor

Marcus Hünnebeck gehört zu den erfolgreichsten Thriller-Autoren Deutschlands. Seine Bücher erreichen regelmäßig die vordersten Positionen in den Bestsellerlisten und begeisterten inzwischen weit über zweieinhalb Millionen Leser. Besonders mit der Reihe um die beiden Hauptkommissare Robert Drosten und Lukas Sommer hat er sich in der Gunst der Leser nach vorne geschrieben. Nachdem er im Ruhrgebiet aufgewachsen und danach viele Jahre im Rheinland gelebt hat, wohnt er inzwischen in Hamburg.

Vier Männer planen die perfekten Morde, indem sie einander nachahmen und es so aussehen lassen, als wäre jede ihrer Taten von ein und derselben Person begangen worden. Tatsächlich schlagen sie jedoch nacheinander zu und besorgen sich wasserdichte Alibis für die Zeit, in der sie nicht auf der Jagd nach jungen Frauen sind. Auf den Überwachungskameras der Einkaufszentren, aus denen die Opfer verschwinden, erkennt das Team um Robert Drosten und Lukas Sommer keine Unterschiede – so perfekt ist die Maskerade zusammengestellt. Doch nach den ersten Morden nehmen die Dinge einen unerwarteten Lauf, und innerhalb der Gruppe herrscht plötzlich Misstrauen. Als es einer entführten Frau gelingt, Zeugen auf sich aufmerksam zu machen, haben die Polizisten endlich eine konkrete Spur. Unter den Mördern bricht Panik aus. Während einige von ihnen dazu bereit scheinen, sich gegenseitig ans Messer zu liefern, kommen Drosten und Sommer den skrupellosen Verbrechern immer näher.

Eine traumatisierte Psychologin sinnt auf Rache. Jahre zuvor ist sie geschändet worden; nun bestraft sie nahestehende Personen ihrer Peiniger mit dem Tod. Als die Polizei durchschaut, nach welchem Muster die Opfer ausgewählt werden, verhindert sie im letzten Moment einen weiteren Mord. Doch der Täterin gelingt während des Zugriffs die Flucht, und sie taucht spurlos unter.

Hauptkommissar Krumm bittet den Personenfahnder Till Buchinger um Unterstützung. Buchinger kennt die Tricks, mit denen Menschen von der Bildfläche verschwinden. Obwohl er Krumm nicht vertraut, erklärt er sich mit der Zusammenarbeit einverstanden, denn die Mörderin hat auch einen seiner engsten Freunde brutal umgebracht. Aber seine Suche nach der skrupellosen Psychologin löst eine Kettenreaktion aus, die sein Leben und das vieler anderer Unschuldiger gefährdet.

Gero Ruppert kennt sich aus mit Trauer und Verzweiflung. Der Psychologe betreut Eltern, die ihre Kinder auf schmerzliche Weise verloren haben. Als ein 17-jähriges Mädchen brutal missbraucht und ermordet wird, kontaktiert Ruppert die verwaiste Mutter und bietet ihr an, sie psychologisch zu behandeln.

Drei weitere junge Frauen sterben, und Ruppert kümmert sich um die trauernden Hinterbliebenen. Für die Soko rund um die Kommissare Drosten und Sommer steht trotz wasserdichter Alibis der Hauptverdächtige fest: Der Mörder kann nur Gero Ruppert selbst sein. Hat er einen Helfer? Spielt er ein falsches Spiel mit traumatisierten Eltern? Doch die Polizisten ahnen nicht, dass der Psychologe bedroht wird. Er muss den Anweisungen eines Erpressers folgen, um nicht seine eigene Tochter zu verlieren. Je näher die Soko den wahren Hintergründen kommt, desto stärker gefährdet sie das Leben des Mädchens – wogegen Ruppert mit allen Mitteln kämpft.

MARCUS HÜNNEBECK

DIE TÄTOWIERTE

THRILLER

Nach einem brutalen Mord bleibt der Täterin nur wenig Zeit, sich der Verhaftung zu entziehen. Ihren waghalsigen Fluchtversuch vereitelt die Polizei. Anfangs schweigt sie im Präsidium, bis sie nach Lukas Sommer verlangt. Nur ihm will sie sich offenbaren. Am nächsten Morgen treffen die beiden aufeinander. Sommer fragt sich, woher sie von ihm wusste. Als sie ein Tattoo auf ihrem Oberschenkel präsentiert, erinnert er sich plötzlich an das niemals geklärte Schicksal eines spurlos verschwundenen Ehemanns und liebevollen Vaters.

Obwohl die Mörderin im Gefängnis sitzt, hält sie weiterhin die Fäden in der Hand. Unterstützt wird sie offenbar von draußen, wo auch das Leben eines weiteren jungen Mannes bedroht wird. Sie stellt eine pikante Forderung. Sommer ahnt, dass dies der Beginn eines tödlichen Spiels ist. Soll er sich trotzdem darauf einlassen, um das Leben eines Unschuldigen zu retten?